[日]东野圭吾 著
星野空 译

危险的维纳斯

危険なビーナス

北京联合出版公司
Beijing United Publishing Co.,Ltd.

图书在版编目（CIP）数据

危险的维纳斯 /（日）东野圭吾著；星野空译．—北京：北京联合出版公司，2018.12（2019.1 重印）

ISBN 978-7-5596-2328-7

Ⅰ．①危… Ⅱ．①东… ②星… Ⅲ．①长篇小说－日本－现代 Ⅳ．①I313.45

中国版本图书馆 CIP 数据核字（2018）第 260711 号

著作权合同登记 图字：01-2018-7879 号

危险的维纳斯

作　　者：〔日〕东野圭吾

译　　者：星野空

责任编辑：杨芳云

北京联合出版公司出版

（北京市西城区德外大街 83 号楼 9 层　100088）

河北鹏润印刷有限公司印刷　新华书店经销

字数：230 千字　880 毫米 ×1230 毫米　1/32　印张：10.5

2018 年 12 月第 1 版　2019 年 1 月第 2 次印刷

ISBN 978-7-5596-2328-7

定价：45.00 元

如发现图书质量问题，可联系调换。质量投诉电话：010-82069336

危险的维纳斯

东野圭吾

1

这一天，第二位患者是一只黄虎斑公猫。虽然很明显是只土猫，但从长相来看，或许还混了些阿比西尼亚猫的血统。它看着伯朗的脸，仿佛感到了险恶的气息，发出“呜——呜——”的低吼。这种情况下如果贸然出手就是愚蠢的行为，猫咬人的速度绝不可小觑。如果手指关节之类的被咬到，可能会发肿以致一个星期都没办法工作。

“没事的噢。”伯朗对猫说，“我什么都不做，就稍微看看。”

“真不好意思。”抱着猫的女人道歉。她虽然看起来年轻，但实际年龄或许已经三十过半。黑色的长发很衬她的瓜子脸，也算是个美人了。虽然伯朗特别地想问她是不是单身，但因为荫山元实就在一边所以忍住了。这个三十岁上下的女人虽然也是相当标致的冰山美人，但言行却比她的外表更为辛辣冷静。她显然会说：“要是你被告性骚扰可是会输的。”

猫看来渐渐恢复了平静，伯朗对他的助手说：“荫山君，把猫抱起来看看。”

“是。”荫山元实的声音干巴巴的，她朝着女饲主伸出双手。女饲主小心翼翼地递过猫。猫被初次见面的女助手抱住，显得很老实。

“给我看看屁股。”

听到伯朗的话，荫山元实挑了挑眉，但还是默不作声地把猫放上了诊疗台，并让它的臀部对着伯朗。

“原来是这么回事。”伯朗嘟哝了一句。猫的肛门旁有一道裂开的伤口，他很熟悉这个场面。

“肛门囊破了。啊，你知道肛门囊吗？”

女饲主缩着脖子点了点头。

“我上网查过，就是会分泌臭东西的地方吧。”

“对，对。”伯朗说。网络真是方便，多亏了它，自己才不用对外行从头解释。

“肛门囊里有肛门腺，是生成分泌物的。虽然有用来排出分泌物的出口，但如果那里发生堵塞，肛门囊就会肿起，最终破裂，所以为了预防这一点，就要定期挤压清理肛门腺。你平时没有做吧？”

“对不起……”女人有些抱歉地低声回答。

伯朗摆摆手。

“有很多人不做的，因为有很多猫不做也没事。如果分泌物比较干就不容易堵塞，但这个小家伙是必须做的。我认为这次破裂的一边最终要做手术摘除，但肛门腺有左右两边，你最好当心别让另外一边也破裂。”

“我会照做的，要怎么挤压呢？”

“这个之后说吧。总之，先治疗破裂的地方。”伯朗指着猫的臀部说。

在患处周围打了麻醉针之后，荫山元实开始用电推剪给猫剃毛。正当伯朗一边看着粉色的皮肤渐渐显露，一边思考处理步骤时，前台的电话响了。他皱着眉咂了咂嘴。虽然接电话是荫山元实的工作，但她现在抽不出手。她一言不发，继续操作着电推剪。

伯朗开门走到前台，拎起不停作响的电话听筒："您好，池田动物医院。"

一瞬间，他感到对方似乎抽了口气。

"请问，你们这里有没有一位叫手岛伯朗的人？"对方是女性，语速飞快地询问，听起来似乎很年轻。

"我就是手岛。"

伯朗回答后，对方轻呼道："啊，找对了！"

"嗯？"

"啊……不好意思，我叫矢神枫。"

"矢神？是那个矢神吗？"

"是的，就是那个矢神。"

这个姓氏他很熟，但伯朗不记得听过"枫"这个名字。

"请问，您是哪边的矢神女士？"

"我是明人君这边的矢神。"

"我弟弟的？"

"是的，我是明人君的妻子。初次问候，大哥！"语气强烈的问候语。

伯朗用力握紧了听筒："那家伙……结婚了吗……"

"我们是在去年年末办的婚礼。明人君还是没有和您联络啊，他明明说过要通知大哥的。他有时候就是这样，脑子是很好，但对优先级靠后的事就不上心。"

通知哥哥自己结婚看来似乎是优先级靠后的事。

嗯，或许就是这么回事。伯朗暗忖，假设自己结婚，估计也会拖着不告诉明人吧，虽然他完全没有结婚的计划。

"那真是恭喜你们了。"这语气连他自己都觉得毫无诚意，"礼我可是要送的。那个，送哪里好？"

虽然关系疏远，但听到自己的弟弟结婚总不能毫无表示。他伸手拿过一旁的便笺。

"啊，礼就不用了。我们全都谢绝了。"

"啊，是这样吗？"

他把便笺放回原处。既然说不用，那他也不会强送。

伯朗回头看看诊疗台，荫山元实已经给猫剃完毛，正和女饲主一起满脸狐疑地等着他。

"我知道了，你们结婚的事我已经知道了。祝你们幸福！"

他结束了对话正要挂电话，却被阻止了。"啊，稍等一下。"

"还有什么事？"

"可是关键的事我还一点儿都没讲。"

"还有别的事吗？我正在工作，患者等着呢。"

"对不起！您既然不知道我们结婚的事，就表示您最近没有和明人君聊过吧？"

"别说最近，都好几年没有说过话了。"

"是这样吗，那果然……"对方刚刚还劲头十足的声音这时听起来有些消沉。

"明人他怎么了吗？"

"是的，他……"她顿了顿，似乎是在平复心情，然后继续说道，"明人君……失踪了，已经好几天没有回来了。"

2

伯朗的父亲名叫手岛一清，是个画家，但伯朗几乎不记得他，因为他在伯朗五岁时就去世了。照母亲祯子的说法就是，既没有名气，画的画也完全没有销量。

支撑手岛家生活的，是当过护师的祯子。当时还是被称为女护士。除了绘画再无所长的一清自然完全不碰家务，可想而知，当时身兼工作与主妇之职的祯子一定过得相当辛苦。

两人相遇的地方是祯子工作的医院。据说是一清因盲肠炎而住院时，祯子看了他在病床上所画的画后不由自主地搭了话。

“第一次看到你爸爸的画时，我觉得他一定会出名，会是一个成功的画家。唉，没眼光真可怕。”

和祯子所说的话截然不同，她的表情开朗而愉快。虽然她不顾周围人的反对嫁给了无名画家，但似乎并不曾因此而后悔。

结婚后第三年，他们有了孩子。伯朗这个名字好像是祯子想出来的，取了“画伯”这个与丈夫无缘的称呼中的“伯”字，再组合上巨匠毕加索的名字“Pablo[1]”。“取名的时候已经有一半是自暴自弃了噢。”祯子神态自若地向伯朗解释。

虽然伯朗几乎没有和父亲有关的记忆，但他还记得在小小的出租房，爬上楼梯，拉开隔扇，就能看到父亲对着巨大画布的瘦小背影。

那是一幅奇妙的画，似乎像图形，又似乎只是单纯的花纹，虽然已经无法再清晰地忆起，但他还记得自己每次凝视它时，都会感

1 日文中“lo”的发音和“朗”一样。

到眩晕。

“你在画什么？”他记得自己这么问过。

父亲转过身，颇有深意地笑着说：“爸爸也不明白噢。”

“你在画你也不明白的东西吗？”

“我在画我也不明白的东西噢。不，或许是被要求画的吧。”

“被谁？”

“不知道，可能是上帝。”

这一番交谈是实际发生的对话，还是随着岁月的流逝而被篡改的记忆？伯朗自己都没有信心。毕竟，那是三十三年前的事。

那幅画没有完成。

他隐约知道父亲生病了。因为父亲除了画画，大部分时间睡在被子里，还经常抱着头趴在地上。

一清是在一个寒冬的早上离世的。他看起来仿佛只是睡着了，祯子在他的身边打着电话。或许是由于她的护士工作，她并不慌乱，说话也很冷静。没多久，警笛声响起，救护车赶到，却没有人把一清的身体抬出去，大概是已经确认了他的死亡。

一清葬礼的情形，伯朗基本没有印象。据祯子说，他在开始念经后就睡着了。然后他被抱去了其他房间，一直到晚上才醒。

伯朗是在上小学后才知道父亲得的什么病。祯子告诉他那是脑肿瘤。在他的知识范围内已经懂得癌症是一种可怕的病，所以当他知道那竟然形成在脑子里时，感到非常吃惊。回想起父亲抱着头的样子，伯朗不由得心生恐惧。

据说一清是在伯朗两岁的时候发病的。因为他常说头疼，就去祯子工作的医院接受了精密检查，结果查出了恶性肿瘤，而且是在手术极端困难的部位。医生似乎是这么说的："我们一起思考怎样才能让他度过幸福的时光吧。"这就是所谓的无计可施吧。

也就是说，伯朗记忆中的一清，是在对自己的死期有所觉悟中过着每一天。祯子也是，她知道自己处于丈夫随时都可能倒下的状况。但伯朗在和双亲共处的时间里，从没有感到过丝毫阴沉，一清本人自然不用说，或许连祯子也都努力地想要让一家三口所剩无几的时光能够愉快度过吧。即使是如今，每当伯朗思及此事时都会感到胸口难受，他为自己的一无所知而羞愧。

贫穷的画家虽然没有什么像样的遗产，但壁橱里还是收着好几幅卖不掉的画。伯朗偶尔也会看看那些画，多数是笔触细腻的静物画，但遗憾的是没有一幅能打动人心，唯有父亲最后那幅未完成的画给人的印象异常深刻。

据祯子说，一清开始动手画那幅画是在脑肿瘤发作的两年后。在那之前，他擅长的明明都是静物画，却突然画起了那样的抽象画。祯子说："不知道是出于什么理由。"

"会不会是因为对死有了觉悟，所以突然灵光乍现？他好歹也是个艺术家嘛。要不就可能是想在死前画一幅和迄今为止自己的作品全然不同的画。"

伯朗讲了一清说过他在画自己也不明白的东西，还说或许是被上帝要求画的。母亲点了点头回答："或许就是那样的。"

虽然父亲去世了，但手岛家的生活并没有什么变化。因为赚生活费的本来就是祯子，而少了一个人以后，经济上还多少宽裕了点儿。

伯朗并没有感到过窘迫。

在祯子工作的时间，伯朗就被托付给住在附近的阿姨。阿姨名叫顺子，和姐姐祯子不同，是一个全职主妇。虽然她家并不是很大，却是纯日式的独门独户。顺子结婚比祯子早，手岛夫妇之所以会把住处选在妹妹家附近，也是由于祯子直觉地认为“这样一定会比较方便”。她们姐妹关系一直很好，结婚之后两家人的交往也很密切。阿姨家还留着好几张伯朗婴儿时的照片。妹妹、妹夫没有孩子，或许正因为如此，伯朗深受两人的宠爱。

伯朗并不讨厌待在阿姨家，不仅这样，他甚至会因为期待阿姨烤的饼干以及蛋糕而从学校一路跑回去。

顺子的丈夫宪三是大学老师，是个留着长发的小个子。有很长一段时间，伯朗都不知道他是教什么的。到初中以后，他才知道他是数学教授。

虽然宪三很少在家，但偶尔遇到伯朗都会教他许多东西。告诉伯朗“如果一个班里有四十个孩子，那么就算有两个人生日是同一天都很正常”的也是姨夫。伯朗曾经觉得那怎么可能，但调查以后却发现正如他所说。伯朗小学一年级的班级里甚至有三个同学的生日是同一天。

“人的感觉是靠不住的。赌博的事万万不能做。不论怎么赢，往后都必然会输。”

宪三喝着最爱的啤酒告诉过他这样的道理。据说一清在身体还健康的时候，和宪三是关系甚好的酒友。

伯朗会频繁遇到的人，除了阿姨和姨夫以外，就是祯子老家的外婆了。外婆独自生活在西东京一个名叫小泉的镇上，她也很宝贝自己的第一个外孙。伯朗曾用气枪把隔扇和拉门打得全是洞，最后还射击佛龛的摆设，把里面弄得一塌糊涂。即使这样，外婆也没有责备他。她只是说：“不可以对着人射噢。”

由于一清的父亲早逝，伯朗和父亲这边的亲戚可以说是全无交集。祯子对顺子这么说过：“在那边的人看来，如果贸然和单亲家庭扯上关系，然后被求着借钱之类的也很麻烦吧。”

伯朗在失去父亲之后的生活环境大致就是这样。要说的话，就是日子没什么变化地继续着，悲伤在不知不觉间淡去，回忆起父亲的时间也渐渐减少。他甚至觉得，说不定从一开始他就没有太难过。

就在这样的某天，他和平时一样去了阿姨家，却被交代换上了新衣服。白衬衫、灰色短西裤加上藏蓝色外套，这样的打扮正是如今所谓的“应试风格”。

而实际上，那也的确是为面试准备的。

伯朗穿上一身新衣后等着祯子，到了傍晚，她来接他了。看到母亲的打扮，伯朗略微吃惊。平时只穿牛仔裤的母亲穿着裙子，头发梳得很好看，似乎是去了美容院，精心化了妆的脸庞看起来比平时年轻了好几岁。

“今天是在外面吃饭噢。”离开阿姨家后，祯子告诉他。

“拉面？”伯朗问，因为以往在外面吃就等于吃拉面或烤肉。

“不，可以吃到许多更好吃的东西。”然后，母亲继续说道，“还有一个人也要来。虽然是伯朗不认识的人，但不用介意。不过，要好好跟他打招呼噢。”

“是妈妈的朋友？”

“嗯……”祯子含糊其词地说。

“虽然有点儿不一样，但今天你就先这么认为好了。”

然后，她又简单地说了句：“是男的噢。”

听到这句话，伯朗的心情顿时无法平静，那感觉就好像正在玩已经得心应手的游戏时被突然告知规则变更。近似不安以及焦虑的情绪在胸口扩散。从今天开始将会发生一些事，家里的生活也将随之改变——他没来由地有着这样的预感。

他被带去的餐厅有着高高的天花板，地板擦得锃亮锃亮的，铺着白色桌布的餐桌上摆放着插有鲜花的花瓶。每一张餐桌旁都坐着看起来很优雅的大人，他们神情自若，谈笑风生。在伯朗看来，他们赫然就是有钱人。这里就是这样的人才会来的地方。

自然，他也是有生以来第一次来这样的餐厅。工作人员在前面带路，伯朗蹑手蹑脚地跟在母亲身后。

两人被带到了与其他客人隔开的房间，也就是所谓的包厢。

一个男人正在那里等候。那是个身穿深黑色西装、体格魁梧的人。他起身对着伯朗露出温厚的笑容。

“你好！”他对伯朗打招呼道。

“你好！”伯朗虽然做了回应，但视线没有与之相对。

他完全不记得这一晚吃了些什么。据祯子说，那天是法国料理，给伯朗准备的似乎是儿童特别菜单，但伯朗对此毫无印象。他只记得那个男人动不动就会问有关自己的问题，然后祯子一一回答。不，还有一点，祯子那略显紧张却神采飞扬的表情深深地印在了伯朗的脑海里。母亲双眼生辉、唇边荡漾着幸福笑容的模样与平时判若两人。

那男人姓矢神，当时他没有告诉伯朗他的名字。

几天后，伯朗照例在放学后去了阿姨家。正当他大口吃着戚风蛋糕时，顺子问他："上次怎么样？"

他不知道她在问什么，于是就照实说了。

"你和矢神先生吃过饭了吧？开心吗？"

"阿姨，你认识那个人？"

"只见过一次。哎，怎么样？开心吗？"

伯朗摇头："一点儿也不开心，就他们两个大人在说话。"

"哈哈。"顺子笑道，"是吗？那样的话，小伯是要觉得无聊呢。"说着她面露正色，又问："你觉得矢神先生怎么样？"

"什么怎么样？"

"就是感觉好还是不好？"

"这怎么知道啦，才见过一次。"

"是吗？不过，你没有觉得他是坏人吧？他看起来感觉还挺温柔的，不是吗？"

很明显，阿姨在等一个肯定的回答，但伯朗只是坚持说不知道。实际上，他就是不知道。

之后没多久，和矢神先生吃饭的机会再次来了。这次是烤肉，或许正因为如此，伯朗穿的是平时的衣服。祯子也没有特地去美容院做头发，只不过和上一次一样，她穿了裙子，妆容也较平时明艳。

矢神先生的服装和之前相比没什么变化，只是这次他没有戴领带。他脱去外套，卷起衬衫袖子为伯朗和祯子烤肉。

"你喜欢五花肉是吧？多吃点儿。烤过头就不好吃了。看，像这种就已经烤好了。”他说着把烤好的肉放在伯朗的盘子上。

烤肉是伯朗的大爱，他专注在吃上，心想反正又是两个大人自顾自说话。

然而，矢神先生却对他说：“伯朗君似乎是琴风的支持者？”

琴风豪规——大相扑力士。他几乎就靠着在低位发动的近身缠斗直接升到了大关。伯朗会喜欢上他是因为觉得他的爱称“小哈”很有趣，但对他的各方面有所了解，知道他克服了接二连三的重伤，是个不屈的人以后，就更想要为他加油了。

“下次去看相扑吗？在枡席上为琴风加油吧。”

那时他才刚知道“枡席”这个词。据说那是围绕在相扑台周围的观众席，不是椅子，而是铺着坐垫的四方格。当爆出冷门时，飞舞在相扑台上的就是那个枡席。

“买得到票吗？我听说非常热门，很难买到。”祯子问。

“拜托熟人就没问题了，怎么样？要去看吗？”矢神先生再次问伯朗。

伯朗看着祯子，他没看过大相扑。虽然他想去看，但是可以照实回答吗？

“你想去吗？”祯子问他，那语气仿佛在说“你照实回答就好”。

“嗯。”伯朗回答。听到他的回答后，矢神先生说：“好，就这么决定了。我立刻就去安排吧。正好，我想伯朗君应该知道，最近国技馆要翻新了，我想在那之前去一次。别看我这样，我也很喜欢大相扑。”

“你喜欢谁？”伯朗问。这是他第一次向矢神先生提问。

“以前当然是北之湖。不过，现在有些变了，”矢神先生歪着脑袋说，

“他现在不再强得让人惊羡了。现在大概是千代富士吧。他可厉害了，而且会变得更厉害。”

听到矢神先生吹捧千代富士，伯朗的内心觉得没意思。因为琴风对千代富士完全没辙，伯朗从没见过琴风赢千代富士。

尽管这样，伯朗的心门却对矢神先生敞开了一条缝。

第一次观战大相扑，是一场充满兴奋的体验。矢神先生似乎真的很喜欢大相扑，他告诉了伯朗许多东西。尤其是琴风的师父琴樱之所以能晋升横纲，最重要的就是他端着千代富士的师父北富士的下巴把他推出了场。这使得厌恶千代富士的伯朗非常痛快。当然，矢神先生也是为了让他高兴才会讲这个故事。

那之后，伯朗会定期与祯子一起和矢神先生见面。矢神先生——准确地说，是叫矢神康治。伯朗曾无数次听到祯子叫他“康治先生”。

观战大相扑虽然很开心，但如果只是单纯地吃饭，伯朗就会觉得无聊。而那两人似乎也察觉到了这一点，于是带伯朗外出去烟花大会以及看职业棒球的次数渐渐增多。这些体验固然新鲜，但带给伯朗无与伦比的强烈冲击的是东京迪士尼乐园。当时要买到票几乎可以说是不可能的，但矢神先生神奇地拿到了三张门票。

在东京迪士尼乐园的一天宛如梦境。伯朗看到的、听到的、触碰到的一切都是那么华丽美好，洋溢着惊奇与感动，过后好几天都无法好好入睡。之后，每当想到这一天的事，他都会兴奋不已。

他开始觉得，矢神先生是个很厉害的人。

或许是察觉到了儿子心境的变化，一天晚饭后，祯子说：“我有很重要的事要说，你愿意听吗？”

伯朗点着头，心想一定是矢神先生的事，该来的终于还是来了。

“你爸爸已经去世三年了吧。那之后，只有妈妈和伯朗两个人一起生活，有什么觉得难受的事吗？”

伯朗歪着头思考，这么一想，他并不曾觉得难受。

“你的朋友都有爸爸吧？看到别人的爸爸，你会觉得羡慕吗？”

伯朗摇头。他没有说谎，自己并不是没有爸爸，他有过，只不过去世了。他就是这么想的。

“是吗……”祯子垂下了眼，又再次抬起。

“妈妈呢，想让矢神先生当伯朗的爸爸。矢神先生也说如果可以的话，他愿意当。说得再坦白点儿就是，妈妈和矢神先生都想成为对方的家人，但如果伯朗不愿意的话就算了。我们不想勉强你。”

“怎么样？”她问。她的眼神很认真，让伯朗不由得想把身体往后缩。

伯朗默不作声，祯子又呼地笑了。

“突然被问这种事你也很困惑吧。你不用现在就回答的，你可以好好地想一想。”她说着想要结束这个话题。

“我……”伯朗开口了，“我是……可以的。”

“嗯？”祯子微微瞪大了眼。

伯朗看着她的眼睛继续说：“妈妈的意思是想和矢神先生结婚对吧？”

“嗯……虽然是那样……”

“如果是那样，可以噢。妈妈喜欢矢神先生是吧？如果是那样的话，我觉得就结婚吧。”

祯子低下头，抬眼偷看伯朗：“可以吗？”

“嗯，而且我觉得矢神先生是个好人。”

伯朗也知道有许多人劝祯子再婚。亲戚聚会等场合，公然说出口的人也不在少数。他还听到有人大声说过“你不用为那种穷画家守寡”。

这个时候，祯子正三十过半。伯朗也明白，虽然对自己来说她是母亲，但在世人眼里，却是个就算想着结婚也不奇怪的女人。更重要的是，他早就察觉到了频繁与矢神先生见面的用意。

祯子忽然抱紧了伯朗的身子。他从不曾被这样抱过，不由得吓了一跳。

“谢谢。”祯子努力地挤出声音。

“我绝不会让伯朗有不愉快的回忆，会让你幸福的，我保证！”她环抱着儿子身体的双臂搂得更紧了。

即使被拥抱着，伯朗还是没有真实感。妈妈要结婚了，要成为别人的新娘了。原本两个人的生活，将变成三个人的生活。这些在过去都只存在于空想的世界中。

他注意到祯子身上有很好闻的味道，似乎是从她脖子上散发出来的。那不是他熟悉的洗发水以及香皂的味道，他知道那是香水，也明白母亲将不再只属于自己。

之后又过了一阵，伯朗久违地穿上了第一次见矢神先生时穿的衣服。所以他知道他们又要去什么高级地方了。不想去法国料理店，他心想，又无聊，还会肩膀酸。

祯子一大早就显得很古怪，她不但精心化了妆，还无数次在镜子前换衣服。她不时地停下手，轻声嘟哝着什么，看起来像是在揣摩对别人的问候。

忙碌之间，矢神先生来接他们了。伯朗第一次看到他所乘坐的那辆白色豪华轿车，好像是叫梅赛德斯－奔驰。伯朗躺倒在宽敞的后车厢座位上，摇晃着身子。祯子坐在了副驾驶座上。

他不知道车开了多久，回过神来已经进入了住宅区。坡道很多，外观气派的民居鳞次栉比。

其中有一栋建筑特别醒目，那绝不是伯朗所能想到的“家”。所谓的“家”，指的是伯朗他们住着的那种更小巧简洁的房子，所以他觉得这里不是。大门宽得足够让车驶过，周围是高高的墙。车在石子路上绕了一圈，眼前就是宅邸的玄关。玄关前站着一个身穿黑衣的男人。

伯朗在矢神先生的催促下下了车。

“欢迎回来。”黑衣男人对矢神先生低头。

“把车停好。”

“是。”男人接过钥匙，钻进了奔驰车。

这时伯朗才第一次察觉到这里似乎是矢神先生的家。怎么可能？他暗想，住在这种大房子里的人竟要成为自己的家人吗？

被矢神先生领着进了楼。一进门就是几乎可以玩躲避球的宽敞空间，但这里却仅是用来换鞋的地方，完全搞不懂为什么要这么大。

他们最先被带到了一间正中摆着大桌子的房间。桌子的周围是一排黑色皮沙发。房间面朝庭院，打开玻璃门就能走出去。

“伯朗君，”矢神先生叫他，“你能在这里稍微等一会儿吗？”

伯朗犹疑地望向母亲。

“妈妈先去和矢神先生的父母打招呼，你能等一下吗？”

祯子的话像是在安抚他，伯朗沉默地点了点头。

两人离开后，伯朗坐在沙发上环视房间。巨大的桌面是奶油色的大理石，蕾丝桌布上摆着水晶烟缸和烟草盒，墙上挂着的画显然是著名画家所绘，而装饰在架子上的坛子以及茶碗……还是不碰为妙。

他一边寻思着一边凝视墙壁，视角的一端似乎有什么在动。伯朗望向庭院，不由得一惊，只见一个少年正站着。他看起来似乎比伯朗大两三岁，体形纤细，目光敏锐，让人联想到敏捷的野生动物。

少年想要开玻璃门，但因为月牙锁锁着而打不开。注意到这件事后，少年看了看伯朗，又指了指锁，似乎在示意他快开门。

伯朗走近玻璃门，打开月牙锁。于是少年粗暴地打开玻璃门，把鞋一脱就走了进来。他熟门熟路地往一旁的沙发上一坐，不停地上下打量伯朗。

“哈哈！”他似乎在嘲笑他，事实上，他紧接着就冒出了轻蔑的台词，“果然是穷人。”

伯朗恼怒地瞪他，但他丝毫不为所动。

“拼命才整出了一套好衣服吧。穷人就是这么逊。”

伯朗握紧双拳。虽然他没打过人，但他想把这无礼的家伙打趴。

“你坐啊，我怪不习惯的。”

伯朗不想听他的命令，于是继续站着。少年又说：“你不想坐吗？那么就站着。”

照做同样让人窝火，于是伯朗在一旁的沙发上坐下。

“哼哼！”少年发出像是炫耀胜利的声音，说，“你妈妈真是厉害呀。”

伯朗眨巴着眼，不知道他在说什么。

他又继续道："康治先生啦。他们要结婚吧？不是很厉害吗？他可是这么大的房子的继承人噢，不是可以潇洒一辈子了吗？"

"他那么有钱吗？"

伯朗这么一说，对方笑出了声。

"你白痴吗？没钱怎么可能住这么大的房子。不过，把房子建起来的不是康治先生。"

"是谁建的？"

"你早晚会知道的。"少年扬起一边的嘴角。

门开了，探进了矢神先生的脸。他看到少年，露出了一丝惊讶的表情。

"什么呀，你从院子进来的吗？"

"是啊，不可以吗？"

"我可没那么说。你们两个人在聊什么？"矢神先生交替地看着少年和伯朗。

"没什么。"少年说着起身打开了玻璃门。他穿上运动鞋，横穿过庭院，没有再回头看伯朗他们。

"他是谁？"伯朗问矢神先生。

"嗯……亲戚家的孩子。你以后会知道的。"

"嗯……"

"不说这个，你能跟我来一下吗？想让你见个人。"

"建这个房子的人吗？"

矢神先生似乎吃了一惊，他挑了挑眉，缓缓地点了点头："是的。"

“是矢神先生的父亲吗？”

“还有母亲。”

“走吧。”矢神先生说着打开了门。

在一间宽敞得就像是在时代剧里会出现的和式房间里，伯朗和先行就座的祯子一起与矢神先生的双亲见面了。矢神先生的父亲是个留着白胡子的老人，身穿茶色的和服，他的母亲穿着浅紫色的礼服。

老人双臂交叉，把伯朗上下仔细打量了一番后问：“你叫什么名字？”

“手岛伯朗。”

“伯朗君在学校里最喜欢哪门功课？”

伯朗为难地沉默了。

老人微微歪了歪嘴角：“不喜欢学习？”

因为正如他所说，伯朗便轻轻点了点头。老人浅浅一笑。

“很实诚，好。那么，我再问你一件事。如果现在能实现你的一个愿望，你会许什么愿？”老人目光如炬，直射向伯朗。

不仅是他，他的妻子，以及他的儿子，也就是矢神先生，还有祯子的视线也都集中在伯朗身上。不过每个人眼神中所蕴藏的情绪似乎各不相同，尤其是祯子那不安的眼神在伯朗的心里种下了一颗觉悟的种子。

“妈妈她……”他开了口，又继续道，“我希望妈妈不会被大家排斥。”

老人的妻子一脸吃惊。老人也微微睁大了眼，然后看向祯子：“教得很好啊。”

这话听起来一点儿也不像是表扬，但祯子还是低下头道谢：“不敢当。”

“面试”就到这里结束。之后就和来的时候一样，矢神先生把伯朗和祯子送回了家。但是，在那辆白色的奔驰车里，谁都没开口说话。

之后大约过了两个月，祯子和伯朗搬去了矢神先生买的公寓。其实在那之前，矢神先生也没有住在那栋大房子里，而是在公寓里独自生活。但因为那里比较小，所以就新买了一套大的。也因此，伯朗不得不转校。虽然他不想和同学分开，但跨区上学是不合规定的，所以也是无可奈何的事。遗憾的是，他也不能再在放学后去阿姨家了。伯朗三年级了。“你已经可以一个人在家了吧？”在被这么问起时，他只能点头。

他们没有举办婚礼，理由不清楚，大概是因为谁都没有说要办，他们本人也没有想要办吧。

即使这样，在以转校生身份自我介绍时，伯朗还是说了自己姓矢神。但他只感觉自己像在说谎，仿佛那不是自己，而是不知道哪里的其他人。

但在别人眼里，伯朗就只能是矢神伯朗。接电话时，祯子很自然地说：“你好，矢神家。”玄关的名牌上也写着“矢神”，附近的人也都叫祯子为“矢神先生的妻子”。当然，伯朗在学校里也被叫作“矢神君”，而他也必须对此有所回应。

感觉很不可思议，似乎不知不觉间就迷失在了完全不一样的路上。虽然他很想快点儿回到原来的路上，但不知道应该怎么做。

在住进新公寓大约三个月后的一天，伯朗放学回家，看见祯子打扮整齐，似乎刚出门回来。不久前，她辞去了医院的工作。

餐桌上摆着装泡芙的盒子，伯朗盯着盒子看。祯子说：“可以吃噢，不过先去洗手。"

他听话地洗完手,大口吃起了泡芙。祯子在一旁乐呵呵地看着他。

"妈妈不吃吗?"伯朗停下手问。

"妈妈不用。伯朗尽情地吃吧。"

"太棒啦。"他高兴地说,还没有吃完第一个泡芙,空着的手就已经抓起了第二个。

"伯朗,"祯子叫他,"在学校开心吗?"

"还行。"伯朗回答,"总算习惯了。"

"是吗?"祯子的脸上浮现出安心的笑容,然后又正色道,"我有重要的事要说。"那是祯子在控制自己情绪的声音。

伯朗两只手拿着泡芙转头看着母亲的脸,默默地点了点头。

"到明年……"祯子说,"我们就会变成一家四口了,要多关照噢。"

"啊?"他轻呼出声,不明白她的意思。

祯子似乎察觉到了这一点,于是轻轻地摸着自己的腹部继续说道:"家里会多一个人,伯朗将会有弟弟或是妹妹了。"

即使这样,伯朗还是没能立刻理解,他凝视着有些害羞的母亲。

3

看到站在入口处身穿深黑套装的年轻美女,伯朗挺直了背。他伸手去摸放在桌上的红色纸袋。这是他的暗号,而对方的暗号是"黑色礼服"。

但套装美女却望向和伯朗完全不同的方向,露出了笑脸。她飘然地迈出脚步，而等着她的是一个衣着随便的中年男子，色眯眯的样子甚是讨嫌。怎么都不觉得他们是为工作而接头，白天就在酒店的休息室里约会偷情吗？伯朗任凭想象天马行空，很不愉快。

虽然还剩半杯左右的咖啡，但因为女服务员正好经过，伯朗就请她添满。听说这家店的咖啡可以免费续杯，如果是这样，不喝就亏了。

他看了看手表，下午五点刚过，不遵守时间的人真不好……他发着牢骚，置平素自己的行为于不顾。

约他见面的人是明人的妻子，就是白天打电话来的那个女人。虽然听她说自己名叫枫，但他并不知道那是写作“枫”，抑或是平假名或者片假名。

而且……伯朗思绪万千，没想到那家伙竟然结婚了——

弟弟出生时，伯朗已经九岁了。在具体情况还不明朗的时候，顺子和宪三就一起冲到了医院。那一天，伯朗和他们一起等分娩的消息。康治已经一个人先在医院等候。应该说，他就是那家医院的副院长。很久以后，伯朗才知道，他的专长是神经科。

祯子在医院的特别病房里。在那里，伯朗和才出生的弟弟见面了。

皱巴巴的——这是伯朗的第一印象，还有就是皮肤的颜色特别粉红，手脚很细，只有头看起来特别长。这么个家伙会长成一个普通人吗？他感到很神奇，但周围的大人都没有说什么，他又觉得这样应该没什么问题。

祯子笑着流泪的模样深深地刻在伯朗的记忆里。那让他明白，对母亲来说，生下这个婴儿是一件非常开心的事。

“能有个弟弟真好啊！开心吧？”被祯子带头，伯朗被许多人这么问，他也坦然地给出了肯定的回答。事实上，这个新生命的确带来了十分新鲜的空气。矢神家显得很热闹，祯子和康治的脸上洋溢着光彩，一起生活的伯朗也没有理由不高兴。

明人出生以后，他们还不时地举家一起去那栋已经疏远了一阵子的大房子。大房子的主人——那个白发老人叫康之介，虽然他迎接他们的表情和与伯朗初次相见时判若两人，但那慈祥和蔼的眼神只会在看着出生的孙子时才出现，或许他都没有留意到伯朗等人的存在。

“他的眼神很好。”康之介抱着明人欢喜地说，“这双眼里有着坚定的意志。这小家伙会有大出息。”

就在下一刻，从明人的下身传出了稀里哗啦的拉屎声。大家都笑了，但最高兴的是康之介，他满意地眯起了眼：“果然有出息。”

从庆祝明人出生后，但凡有什么喜庆事，大多会在矢神府邸聚餐。餐厅里有能围坐二十多人的大餐桌，而伯朗也会坐在末席和差不多这么多人数的来客一起用餐。端上来的菜肴总是很好吃。回头想来，就好像他们日常饮食都会用到这么豪华的食材。但之后他才知道，这种时候，他们都是从外面请厨师上门。

虽说每次的来客都差不多是同一批人，但伯朗几乎没能搞清楚他们是哪里的谁，和矢神家又是什么关系。但很显然，所有人都在讨好康之介，绝不能扫了他的兴。伯朗清楚地知道，这个白发老爷爷是这栋大房子的“国王”。

在这样的聚餐中，伯朗也会和第一次来矢神府邸时遇到的那名少年打上照面。因为对他的第一印象并不好，所以伯朗避着不去接近他，但偶尔对方会来搭话。那少年名叫勇磨。

庆祝明人诞生的时候，伯朗就坐在勇磨的旁边。吃到一半时，勇磨把头凑向伯朗，低声说："一切都结束了吧？"

伯朗一脸诧然，不知道他在说什么。勇磨歪了歪嘴，又继续说："意思是说你有了这么个弟弟，一切就结束了，你妈妈的任务也差不多完成了，不知道什么时候就会被扫地出门，你做好准备。"

随着那略带沙哑的嗓音冒出来的话语在伯朗的心里留下了涩涩的不适感。

之后他问过祯子那家伙是谁，但得到的回答仅仅是"亲戚家的孩子"，然后祯子又补充道："你不用理会那孩子。"

虽然被这么告知，但伯朗没法不去在意。不过他没有继续追问，反正早晚会知道，而且他也察觉到那是不能问的事。

但勇磨的话却在脑中盘旋不去，伯朗觉得他说的并非全无根据。

只要看康之介的态度，就能清楚地知道矢神家多想要一个继承人。所谓的继承人，就是有血缘关系的男孩子，明人是被寄予厚望的。

而证据就是，当明人还走不稳时，就已经有了家庭教师。虽然伯朗对到底要教这么小一个孩子什么东西感到不可思议，但明人似乎就是有那么多训练要做。而祯子也会勤恳地记录进度并向丈夫、公公一一报告。

还有，家里开始经常播放古典乐。问了才知道这是康治的指示，据说从小就让小孩听到真正的音乐，耳朵自然就会得到锻炼。

伯朗觉得自己要学的话已经太晚了。

到明人三岁时，他又被教授了各种课程，如游泳、钢琴、英语对话——连一天都不能休息。也因此，伯朗几乎没什么机会和明人接触，能安安心心见面的时间只有在吃饭时。伯朗不知道在比自己小九岁的弟弟面前应该有怎样的举止，最终也只是在一旁看着。

不知不觉，伯朗也迎来了必须为将来打算的时期。一天晚上，祯子提出希望他去考私立初中。怎么可能？！他心想，这是他完全没考虑过的事。

“我上本地的公立学校就可以了，朋友们都是。”

听到伯朗的话，祯子微微地垂下了眉。

“虽然是这样，但我希望你去考考看。”

“哪所学校？”

祯子轻声地说出了校名。伯朗差点儿从椅子上跌下来。那是所赫赫有名的中学。

“别说了，显然是不可能的，要考那种地方的人好几年前就在做准备了。”

“但伯朗在学校的成绩并没有那么差吧？你爸爸也说过，没有家庭教师还能考上是很了不起的。”

“那是因为整体水平低，你连这都不明白吗？”

“但不去考一考又怎么知道呢？我觉得你从现在开始也不晚。”

“为什么我非得做这种事？”

祯子沉默了一会儿后开口：“是你爸爸提出来的。他说想让伯朗也能接受良好的教育，想为你做他力所能及的事。你爸爸是把伯朗当成自己儿子的。”

伯朗一时不知该怎么回答母亲的话，他还没有叫过康治爸爸，康治也不曾直呼自己伯朗。

“我……不考。我不要去中考，这种事让明人去。”

祯子垂下眼，微微地叹了口气。“果然是这样。”她轻声说。之后，她没有再提过这件事。

但并不是只有这一次伯朗被迫要对自己的人生做出选择。在如他宣告那样升入当地公立中学的几个月后，他又被迫面临一个更困难的问题，而这一次也是祯子开的口。

是关于收养的问题，意思是他想不想正式成为矢神家的人。

根据祯子的说法，当时伯朗没有入康治家的户籍，严格来说并不是矢神家的人。而他之所以可以用“矢神”这个姓，是因为办理过相关的手续，但将来如果他有意愿，也可以再用回“手岛”这个姓。不过一旦办了收养，那么就再也无法用回“手岛”这个姓了。

“不过呢，这是非常微妙的事。”祯子突然有些含糊其词地说，“如果没有办理收养手续，你爸爸和伯朗就不是正式的父子关系，万一你爸爸有个三长两短，伯朗就会没有继承权。那个，你知道什么是继承吗？”

“当然知道啊，别当我是傻瓜。”

“是噢，都初中生了呢。所以，你爸爸说，如果伯朗愿意的话，就去办手续吧。不过你不用现在立刻就回答，好好想一想。”

“妈妈觉得我应该怎么做？”

“我呢……”祯子深深地吸了口气，凝视着儿子的脸娓娓言道，“我希望万一出什么事的时候，伯朗能和明人一样继承财产。毕竟，你们两个是兄弟。”

“兄弟。”他嘴里咀嚼着这个词，不知怎么觉得这个词有点儿假，于是试探地问，“我和明人是兄弟吗？”

母亲瞪大了眼，然后用力猛点头。

“当然是啊，两个都是我生的。为什么你要这么问？”

伯朗无法直视她悲伤的脸，但是他并不认为自己说了可笑的话。

正沉浸在往日的回忆里，桌子忽然被阴影笼罩，伯朗抬起头，仰望站在眼前的女人，率先浮现在脑中的想法是：好巨大。他觉得自己的视野被她完全占据，根本看不到其他东西。

她轻甩茶色的烫着螺旋卷的头发，对着伯朗侧头问：“大哥？”声音略沙哑，是电话里听到的声音。

伯朗慌忙站起身，结果大腿顺势撞上了桌角：“疼……”

“没事吧？”她从下往上打量他的脸。

“没事。那个，你是枫小姐……是吧？”

“是的。”她说着低下头，“初次问候，大哥！”她又说了一次在电话里说过的台词。

“哪里哪里，请多关照！”伯朗从外套口袋里取出名片，他很少会用到名片。

她接过名片，目不转睛地看着上面的内容。

“怎么了？”伯朗问。

“池田动物医院，也就是说，并不是大哥在经营。”

“我是被雇用的。院长是个酒精中毒的老头儿，所以我自然而然地变成了代理院长——总之先坐下吧。”

“啊，说的是。”

见枫坐下后，伯朗也坐下了。他找到女服务员，举起了手。

“真不好意思，突然把您叫出来。”她再次低下头。

“没什么。”他说着打量起对方，她的衣着与伯朗预想的大为不同。

黑色的皮夹克闪着黝深的光，的确，这也算是“黑色礼服”。她穿的牛仔裤上全是洞，指甲是银色的。

虽然他对她的第一印象是“巨大”，但她并没有特别高挑，也不胖，而脸型之类的也都属于小巧的。硬要说的话，肩膀有一点点宽，不过也算不上魁梧。

女服务员走了过来，枫点了奶茶。

“那么，再一次……”伯朗把手放在双膝上，“恭喜你们结婚！”

“谢谢！这么晚才向大哥报告，我代明人君赔不是。”

伯朗皱起了眉。

“你能不能不要叫我大哥……感觉不怎么舒服。”

“哎呀！”枫眨了眨眼，浓密的睫毛扑闪扑闪，他没法判断那是不是真的睫毛。

“是该叫大哥吧？我听说你们是有血缘关系的。”

“嗯，虽然是这样啦。”

“不过，我也听说你们几乎没有像兄弟一样玩过。”

“与其说是‘几乎没有’，不如说‘完全没有’，特别是最近几年。”

“似乎是这样呢，真是可惜。”

“可惜？”伯朗拧紧了眉头，“为什么？”

“因为明明有兄弟却不来往，很可惜啊。明明可以很开心的。”

“你有兄弟姐妹吗？”

“有哥哥、姐姐，还有妹妹。”

“真多啊。”

“虽然哥哥、姐姐已经结婚了，但现在都有往来所以很开心。他们的小孩也很可爱。”

“那真是太好了。但是，这个世界上有各种各样的形式。”

“我……”枫那双大大的眼睛直视伯朗，“并不觉得同母异父是什么大事噢。”

看到她略显丰满的唇保持在“噢”这个嘴形，伯朗移开了目光。

女服务员走过来在枫面前的桌上放下茶杯和牛奶瓶。伯朗要求咖啡续杯。

“明人现在是做什么的？”伯朗看着枫往红茶里注入牛奶的手问道。

“和 IT 有关的工作。”

“这回答还真轻描淡写。”

枫放下牛奶瓶，又用勺子在茶杯中搅拌后挺直了背。

“主要业务是利用人工智能来处理并管理大数据，而新业务则主要着眼于元数据管理系统，并在构建能有效活用知识见解以及技术的新型网络商务。根据明人君的说法，要不要扩展到元数据的元数据，也就是元元数据是目前争议的分歧点。但不管怎么说，为了给这个做准备，我们上个月都还在美国的西雅图，因为系统的共同开发者在那边。”枫一口气说完后，又问，“有什么疑问吗？”

伯朗才清了清嗓子，女服务员又来到他面前，往他的杯里注满了咖啡。

端起杯子喝了一口，伯朗重新坐正身子后说：“你理解你所说内容的意思吗？”

“一半左右吧。”她干脆地回答。

“厉害。”伯朗由衷地说，“这真厉害。”

“明明是您的弟弟，您却什么都不知道吗？”

“我大概知道他在做电脑方面的工作，他以前就喜欢这些。据说那家伙的父亲本来想要他继承医院，后来为此还相当沮丧。不过我本来就已经离开了那个家，具体情况当然不了解。”

“明人君似乎对医生这个工作毫无兴趣。”

“似乎是那样。虽然他从小就备受期待，还被灌输了各种管理学，但本人没有那个意愿也没有办法。”说到这里，他忽然想起刚才枫的话，“你刚才说你们在西雅图？说上个月还在西雅图？”

“是的。”枫点头，手上拿着杯子。

“什么时候去的？”

“大概在半年前吧。”

“你说你们是在去年年末结婚的吧？那么婚礼是在那边办的？”

“是的，只有我们两个人。”

“就你们俩？”伯朗不由得皱起了眉。

“我们去镇上的教堂请牧师给我们举办了婚礼。很浪漫吧？”她的表情甚是陶醉。

“矢神家竟然会同意。”

“因为……”枫放下杯子，“我们没有说嘛。”

“啊？”伯朗瞪大了眼，“他不只没有告诉我，连矢神家都没有报告？”

“因为明人君说，如果提出要结婚，就会被要求回日本在大家面前举行隆重的仪式，婚宴也要办得很盛大……”

“是的，他毕竟是大名鼎鼎的矢神家的继承人。”

“但他嫌这些东西烦，就决定先瞒一阵，等事后再报告。”

伯朗嘟起下唇，耸了耸肩：“真期待看那群亲戚会怎么说。”

“我不是很清楚啦，矢神家有那么厉害吗？”

“我也不是很了解，但至少过去是很厉害的。据说是大地主，还经营各种业务，虽然现在经营的除了综合医院就只有几家养老院和疗养所了。但就算这样，也挺厉害了吧？”

“嗯……”枫哼了哼，似乎完全没有理解。

“进入正题吧。”伯朗说，“明人失踪了是吧？什么时候的事？”

“四天前，回国后的第二天。”枫的表情忽然显得郑重其事。

伯朗扳着手指，也就是说，他们从回国到今天只过了五天。

“也没什么线索？”

“没有。因为是突然回国，然后明人君就不见了，我不知道要怎么做……”枫摇着头，茶色的螺旋小鬈发随着晃动。

“突然回国是因为工作吗？”

“不，是被叫回来的。”

“被谁？”

“明人君说是姑妈，也就是公公的妹妹。”

“为什么会被叫回来？因为告诉她自己结婚了？”

“不是那样，因为她说已经很危险了。”

“危险？什么事？”

“公公他……”枫大大的眼睛扫向伯朗，“快撑不住了，想要给你爸爸送终就回来——好像是这么说的。所以我们才急着赶了回来。”

4

爱莎的验血报告已经送来了。伯朗一只手挠着头，同时把数据看了一遍，然后低声说：“肌酸值有点儿高。”

“啊，果然是……”植田夫人停下正在轻抚爱猫的手，眉毛悲伤地垂成了“八”字，嘴也拧成了“八”字。一旦做出这种表情，她外表看起来就老了约莫十岁。夫人大概是六十岁，但皱纹一多，就完全变成了老婆婆的脸，扮嫩的妆容全白费了。

“虽然还没到需要担心的程度，但随着年龄的增加，对毒素的分解能力势必会下降。试着给它喂活性炭吧。”

“活性炭？”

“就是炭。把炭粉塞在胶囊里，体内的毒素被它吸收后会随粪便排出。”

伯朗从一旁的柜子里取出实物给夫人看：“就是这个。”

“还要加大服药量吗……”夫人叹息，“而且是那么大的胶囊……我不太擅长喂药。”

已经为爱莎开了包括辅助营养品在内的数种药物。

“不好意思借我一下。”伯朗从夫人的膝上抱起那只白猫，让它坐在诊疗台上。他左手的中指和大拇指一把夹住猫的下巴，用力往上，再用拿着胶囊的右手抚摩猫下巴的下方后，爱莎就张开了嘴。伯朗没有错过这机会，迅速地把胶囊塞到它喉咙深处，又合上它的嘴巴轻轻摸着它的鼻子。只见爱莎微微露出粉红色的舌头，咕嘟一下发出了吞咽声。

“就是这样。”伯朗抱起爱莎放回到植田夫人的膝上。

“像变戏法一样。”

“谁都可以的。为了爱莎公主的长寿，请多多练习。”

夫人的爱猫十四岁了，如果换算成人类，这个年龄无法再被称为公主，但对主人来说，宠物永远是孩子。

“我会努力的。”年老的饲主边说边对爱莎投以满怀爱意的目光。

夫人离开后，伯朗正对着电脑写病历，荫山元实打开前台那边的拉门走了进来。

“有客人在等。”

“我知道。”

“您接下来要出门是吧？后续我会处理好的。”

“谢谢，拜托了！”

但荫山元实没有走，反而把脸凑向伯朗。

“您弟弟的妻子，是个很有魅力的人。”她的语气不带抑扬顿挫，他跟她说过访客的身份。

“是吗？”

“您最好要当心。”

“当心什么？”

荫山元实却没有回答，她若有所指地嘿嘿一笑，快速转身迈开了脚步。

“喂，你什么意思？”

虽然伯朗又问了一次，但她还是不回答。“砰”的一声，拉门被关上了。

“到底是怎么回事？”伯朗百思不得其解地重新面向电脑，但荫山元实那句“很有魅力的人”却留在了他的脑海里。

伯朗从椅子上起身，悄悄地打开通往候诊室的门。

身穿白衬衫、深蓝套装的枫正坐在角落的座位上看杂志。和昨天穿黑色皮夹克时的气质截然不同，从偏短的裙子中露出的双腿绝不算粗，却有着恰到好处的肉感，一旁放着的纸袋大概是慰问品吧。

伯朗关上门，留心着不要发出声响。虽然他回到了电脑前，却没法立刻着手工作，他回忆着昨天和枫的谈话。

根据枫的说法，康治在好几年前就查出了胰腺癌并接受了手术，但之后恢复得并不好，一直都和病魔做斗争。听说明人在去西雅图之前曾一个人去探病，从医院回来后明人对枫说：“看那个情况大概时间不多了，但没办法，这就是命数。”他当时的语气很冷静。

“我也问过他，他爸爸都那个样子了，他还去西雅图不要紧吗？但明人君说就算自己留下也什么都做不了，老爸的寿命也不会延长……”枫在说这些的时候，面带歉意。

这的确像是明人会说的话，伯朗暗想，他从小就是万事合理主义。

但伯朗也没法说什么冠冕堂皇的话。康治得病的事，他从阿姨顺子那里听过，虽然他也想着应该去探望一下，却一直拖着。他是没想过情况会这么严重，但真正的原因是他不想接触那些肯定在旁陪护的矢神家的人。

“那么回国以后有去探望吗？”

枫用摇头回答了伯朗的问题。

“还没。想好要去的那天，明人不见了。”

回国以后，他们似乎就住在明人租的港区公寓里。然后枫在买了给康治的慰问品后回到屋子时，明人却不见了，取而代之的是桌上留着的字条。

“字条？写的什么？”

“就是这个。”枫说着从衣服的口袋里掏出对折的字条。伯朗接过后打开，上面用签字笔写着这样的话：“我有一点儿事要出门，搞不好会有一阵子不回来，但不用担心。如果是那样，虽然很过意不去，但请你一个人去探望老爸。拜托了！明人。”

“就这些？”

“就这些。”

伯朗把字条放到桌上：“那么，你是怎么做的？”

“我立刻打他手机，但打不通，发邮件也不回。第一次发生这种事，我真的很犯愁……”

等了两天，还是没有明人的消息，枫向当地的警察报了警，但或许是因为明人有留字条，所以警察判断不属于刑事案件，据说他只是一个劲儿地问他们夫妻最近感情好不好。

“他像是在怀疑明人是因为我们感情不好而离家出走，太失礼了。怎么可能会有那种事。”枫愤慨地断言道。

“哎呀，要不再稍微等等？如果还没有消息，就再去报警。”

“我当然是这么打算的。”

“你一开始说失踪，我还以为有什么事呢。但现在这个情况并不用太担心不是吗？我也没什么帮得上的。”

“不，大哥的协助是必需的，我希望您务必要帮我。”

“话是这么说，但是我完全没有能找到明人的线索。我说过很多次，我们有一阵没见过了。你比我更了解那个家伙。”

“不是这个，我是希望您能陪我去探病。”

“探病？”

枫从桌上拿起字条：“这里有写吧？如果他没有回来，希望我去探望他爸爸。虽然我很担心明人君，但是该做的事必须做。如果之后被人知道我们明明回国了却没去探病，今后会很难面对矢神家的那些人。”

“啊。”伯朗理解了，“但是，他写的是请你一个人去。”

“在这方面，明人君也是粗线条。请试着站在对方的立场上设想一下，一个从没见过的陌生女人突然拜访说自己是你们家儿子的妻子，谁都会起疑心的吧。”

“这个嘛……大概是这样。”

“是吧？而且大哥您为什么不去探望公公呢？”

“要说为什么……”

“虽然他不是您的亲生父亲，但也照顾了您十年的生活吧？能上大学，能当上兽医，应该都是托了公公的福。有错吗？您不懂‘报恩’这个词吗？”她像机关枪一样滔滔不绝。

伯朗沉默了，枫说的话有道理。然后，她像是要再做最后的努力一般低下那烫着螺旋卷的头：“拜托了。”

“明天下午来动物医院。”伯朗叹着气答应了。

完成了爱莎的病历后，伯朗脱下白大褂换上外套后走出诊疗室。

穿着套装的枫从椅子上站起，伯朗扫了一眼她收得细细的腰身，又望向她的脸："就像是公司面试一样嘛。"

"叮咚——"枫说着竖起食指，"说中了，就是面试套装。虽然已经很久没穿了，还好身材尺寸没变。"

"面试啊……遇见明人之前你是做什么的？"伯朗一边留意着前台方向一边问。那边不应该听不到这里的对话，但荫山元实却一本正经地在处理文书工作。

"空姐，日航的。"

用眼角的余光捕捉到荫山元实的脑袋微微一震，伯朗叫出声："是吗？哎——"

"有那么意外吗？"枫不满地嘟起微显丰盈的唇。

"与其说是意外，不如说是出乎意料吧，完全没有想过。这么说，你和明人是在飞机上遇到的？"

"很遗憾并不是，是在温哥华停留时的一个寿司店里。因为他就在柜台座位的旁边，是他先来搭话的。"

"哦——"伯朗张圆了嘴，"在海外搭讪吗？那家伙也很厉害啊。"

"我觉得他没有那个想法。他一个人，我们是三个。而且他来搭话的内容是关于飞机里计算机服务的事，好像是因为听到我们的对话后发现我们是空姐。"

即使在异国的寿司店里，明人都在思考生意上的事吗？但如果不是这样，或许也很难在三十岁左右的年纪创业成功。伯朗再一次觉得明人和自己不是同类人，而这也是当明人还是小孩时就一直在伯朗心里的自卑情绪。

但就算这样，如果话题只停留在工作，那么明人和枫也就不可能结婚。伯朗正想要问是谁展开攻势的，却把问题硬生生地吞了回去，他想起荫山元实正在听。

“空姐的工作做到什么时候？”他提出别的问题。

“去年三月辞职的。他问我能不能辅佐他的工作，就像秘书那样。”

所以就一起去了西雅图，然后就结婚了吗？伯朗觉得就算是在行动力方面，明人跟自己也不是同类人。

动物医院的旁边有个小小的停车场，伯朗上下班开的日产SUV就停在那里。请枫坐上副驾驶座后，伯朗钻进驾驶座。

往导航仪里输入目的地后，伯朗发动了车。他们要去的是矢神综合医院，康治就在那里的特别病房。

因为想要先了解一下现在的情况，伯朗昨晚久违地给顺子打了电话。听说他要去探病，她发出了惊呼。

“并不是我想要去，其实是有些状况。”

伯朗说了枫的事情，但没有说明人失踪了。他解释说因为工作，明人没能回国，只有新婚妻子先行回国。

“是吗？明人君也有主了啊……”阿姨在电话的那头感慨万千，“我知道了，那么我先和波惠女士说一下。现在实际上是她在打理矢神家。”

“拜托了。”伯朗说着挂了电话。波惠是康治的妹妹。在矢神家吃豪华大餐时，她也同席。不过他们几乎没有说过话。他怎么也想不起来她是没有结婚还是离婚后回的娘家。

伯朗开着车，渐渐地开始不安。虽然他不讨厌被枫依赖，但又觉得即使自己和她一起去也没有意义。对矢神家的人来说，伯朗也是个外人。

“那之后警察联系过你吗？”伯朗面朝前方，一边操作着方向盘一边问。

“什么都没有说，看起来就没有要调查的意思。管交通违章的时候倒是干劲十足，这种时候完全派不上用场。”枫不满地说道。

“如果失踪的是未成年人大概会积极些，毕竟是一个成年男人，而且他还留字条让你不要担心。”

“明人君也真是的，为什么就不写得再详细些呢？如果把事情解释清楚，我也不会这么焦虑不安了。”

“或许是解释不清的事……”伯朗很想这么说，但忍住了。

或许就像枫说的那样，他们的夫妻生活幸福美满，但并不能断言明人就没有不为人知的另一面。

伯朗想起一本古老的推理小说，故事说的就是才结婚的丈夫失踪后，新婚妻子去找寻他的下落。通过相亲而成婚的妻子对婚前的丈夫几乎一无所知，经过多番调查之后，才发现丈夫有一个令人震惊的秘密——他竟然在别的地方与别的女人过着婚姻生活。

就算事情没有这么极端，但如果明人有除了枫以外的女人，伯朗也一点儿都不奇怪。说不定明人隔了这么久回国后想去见那个女人，又或者是想借此机会把事情了结，而这就是所谓的“一点儿事”。明人大概也不认为事情能顺利解决，因为预计会变成持久战，所以他才会加上一句“搞不好会有一阵子不回来”。

但是伯朗并没有把这番猜测说出口。

“大哥……”副驾驶座上的枫开口道，“您似乎有一阵子没见过公公了吧。”

伯朗脑子里计算了一下，回答："大约有十年没见了。"

“就算没有血缘关系，你们也是父子啊。”

“不是父子。你没听明人说过吗？我姓手岛，没有入那个人的籍，到二十岁后没多久，我就选了‘手岛’这个姓，这是我亲生父亲的姓。”

那是在他大二那年，当时在大学读兽医学的伯朗已经离开了家。他一边学习一边拼命打工，尽力不去接受康治在经济上的援助。他没和任何人商量就恢复了“手岛”这个姓，连母亲祯子都是事后才知道的。“我知道了。”母亲没有生气，她冷静地接受了儿子的决定。

“这十年来都没有联系过吗？”

“没有联系过，没那个必要。就像我说过无数次的那样，康治和我之间没有任何关系。”

“康治……但不是还有婆婆在吗？你就没想过你们通过婆婆有了关联吗？”

伯朗没有立刻回答，他调整了一下呼吸，然后说："你没听明人提过妈妈的事吗？"

“听过一点儿……只知道在他很小的时候就去世了。”

“正是。十六年前，妈妈去世了。十年前会和康治见面，也是因为妈妈的法事——七年忌。”

“我听说是意外。”

“是的，意外，警察是当作意外处理的。”伯朗直直地看着前方。

5

比自己小九岁的同母异父的弟弟有着极高的智商——这件事在明人很小的时候就被确认了。首先是记忆力超群，不仅识字快，而且见过一次的事物都能准确并且长期地记住。伯朗经常看到祯子给明人念绘本，只要听过两三次，明人就能把绘本的内容一字不差地背下来，有时候不背，就用平假名和片假名把内容写下来。

明人对数字的敏感度也让人瞠目结舌，还在读幼儿园的时候，加减法自然不用多说，连乘除法的道理他都能用自己的感觉去理解。据说幼儿园里发橘子的时候，他能立刻算出一个人可以分到几个。不只是这样，在橘子还没发给全班之前，他就思考起多出来的橘子要怎么处理，并提出可以榨成橘子汁分给大家，令老师目瞪口呆。

明人的空间认知能力也很优秀，比如说在给圣诞树缠绕彩灯串的时候，他能直觉地算出电线要间隔多少可以让彩灯分布均匀。还有，他可以凭着一张建筑物的照片用黏土做出立体模型。更令人震惊的是，连照片上没有显示的部分，他都能做得差不太多。

这孩子是天才啊……每个人都这么说。没有哪个父母会因为被这么夸而不高兴。康治和祯子似乎也很满足，他们一定觉得让明人从启蒙期就接受精英教育有了成效。

但是康治从不忘记反复念叨“他并不是天才”，说“所谓的天才并不是这样，如果没有可以改变世界的能力，就不要这么叫他。明人最多也就是有天分”。

“不过这样就好。”他又继续说，“天才是不会幸福的。”

不久明人上了小学。或许他确实不是天才，但也绝不是用“有天分”就能一笔带过的平凡人。明人上的是私立大学的附属小学，有钱人家的孩子很多，他们毫无例外地接受了高水平教育，但据说即使在他们中，明人也是出类拔萃的。之所以是“据说”，是因为知道这些并不是伯朗去确认过明人的学习能力，他无非是听了祯子兴奋的报告而已。但很明显，她说的不是假话，也没有夸张。

“班主任说让他将来以诺贝尔奖为目标，说矢神君一定拥有这样的才能。”

祯子在晚餐时说这个的时候，明人还在读小学三年级。“真正的学习今后才开始，还不知道会怎么样呢。”康治虽然这么笑着说，但脸色看起来也甚是欣喜。

伯朗不记得当时自己是怎么回答的了。大概就是沉默吧。但他清楚地记得，近似焦虑的感情如浪潮一般涌向心头。

他不是妒忌比自己小九岁的同母异父的弟弟，占据他脑海的是必须尽早离开这里的念头。不过，他没有受到过什么不好的对待，康治还是称呼他为“伯朗君”，虽然凡事都略显生分客气，但他没有觉得不满。在这一点上，双方都一样。应该说，伯朗十分感谢康治能给自己这个没有血缘关系的拖油瓶和亲生儿子一样的经济支持，但是他也明白那并不是因为爱，而是出于义务。

恰好就在这个时候，伯朗面临着大学考试。和初中一样，伯朗高中上的也是公立学校。虽然他没有和任何人商量过今后的道路，但也没法对父母保密。一天晚上，祯子问他打算做什么。伯朗讲述了自己的想法后，祯子瞪圆了眼。

"兽医？"

"不行吗？"他粗鲁地反问。

"也不是不行……为什么？"

"因为我想当兽医，这么说不能算答案吗？想当钢琴家的人会以音乐大学为目标，就跟这个一样。"

"做动物的医生就好？做人类的医生就不行？就算是兽医系，也不是那么容易就能进的吧？那么就再多努力一把——"

"妈妈。"伯朗打断了祯子的话，"我不想当医生。我也不想在矢神综合医院工作。医院是要由明人继承的吧？这样不是很好吗？"

祯子的眼神有些悲伤，一抹苦笑浮现在她唇边。

"你就这么不想和矢神家有关系？"

"我并不是在赌气，我有我自己想要做的事，仅此而已。"

祯子垂下肩，轻轻叹了口气，低声说："我知道了。"

伯朗顺利考上了位于神奈川的大学。因为距离太远，所以他离开了家，然后在好几处学生专用的公寓里选了一间房——一张床、一张桌子，再铺上一个坐垫，勉强算是个狭小的房间。但对伯朗来说，这却是来之不易的城堡，是可以不用顾虑其他人的地方。躺在这个房间床上的第一个夜晚，他想：从今天开始，我不再是矢神伯朗，我要变回手岛伯朗。

大学生活很愉快，要学的东西很多，每一天都是实验、实习还有交报告，虽然几乎没有玩乐的时间，却很充实。他还接触到了许多动物，不仅是像狗或猫那样的宠物，还照顾过牛以及猪等家畜，连曾经很讨厌的蛇，也因为研究室里养着的那几条而渐渐觉得可爱。

大二的时候，他有了女朋友，是在打工的居酒屋里认识的女大学生，比伯朗小一岁。她是个待人亲切、笑容可爱的女生。在有了第一次性体验之后，周末他们总是会腻在双方的房间里缠绵。暑假时会连续过夜，一星期就用完了一整打的避孕套。

他也想过或许就和这个女孩结婚，但事情并没有那样发展。有一天，她突然说“我厌倦和伯朗做爱了”，然后甩了他。之后他才知道，她还有其他喜欢的男人，自己被劈腿了。

当时他刚把自己的姓换回手岛，担心会不会是因为这么做不好，于是在图书馆读姓名分析的书，研究了笔画，测试结果是大吉。虽然祯子说过给伯朗取名时有一半是自暴自弃，但或许其实有好好研究过笔画。一想到这个，伯朗的胸口不由得一热。

而且就结果来说，这场失恋或许是一件好事。到了大三，被学习占据的时间骤然增加，忙碌的时候，伯朗甚至住在研究室。

到了大四，正是解剖等实践类课程开始的时候，那一通电话打来时已经过了晚上六点，但伯朗还留在实验室里。

“伯朗君，发生了一件很令人难受的事，非常难受的事。”听到康治呜咽声音的瞬间，仿佛有一片黑雾弥漫在伯朗的胸口。

“什么事？”他沙哑地问。

“祯子她……你妈妈她……去世了。”

大脑一片空白，视野在瞬间发黑，听觉似乎也麻痹了，他什么都听不到。然后，第一声飘入耳中的是自己的声音。他几乎没法思考，只是问：“怎么会？”

“是意外。据说是在浴室里撞到了头，然后就昏倒在浴池里……

所以，是溺死。”

“浴室？为什么会这样？为什么你没有注意到？”他握着翻盖手机大声责问康治。

“那个……不是在家里的浴室。”

“不是家里？那是在哪里？”

“是小泉的那座房子里。”

“啊……”他轻呼出声。小泉是祯子老家所在的城镇。

伯朗连夜赶去了矢神家附近的殡仪场。祯子的遗体已经被送去了那里，守夜的准备工作正在进行。

在铺着榻榻米的房间里，伯朗见到一身白衣的母亲。虽然有时候也用面目全非之类的词来形容死者，但祯子的脸和生前一样，她看起来就像在安睡，仿佛下一刻就会睁开眼来。

留在那里的有康治、明人，还有顺子，他们围坐在祯子躺着的被褥旁。

“也不知是吹的什么风，她最近突然关心起小泉这座房子的情况。昨天也是，她说去整理一下东西，然后就出门了。之后又说因为时间晚了就住在那里……但到了今天都没有联系我，我很担心，就请顺子女士去看看情况。结果，在浴室里……”康治痛苦地说明了情况。

“我真是吓了一跳。”顺子深深地吐了口气，左手掩面，“虽然姐姐的东西在房间里，但是我喊她她也不应。然后我就去盥洗室看了看，结果洗衣篮里有衣服，浴室的灯也亮着。我想难不成她在里面……就推开门……没想到浴池里飘着黑乎乎的东西。我吓坏了，仔细一看，发现是头发……"

祯子似乎是趴着沉到水里的。虽然顺子赶紧把她的头拉起来，但脸色已经发灰，没有半点儿血色。

"虽然我觉得大概是没希望了，但还是先打了119。等救护车的时候又联系了康治先生……当时我脑子一片混乱，连话也说不清楚。"

"不，我觉得在那种情况下，你已经算是冷静的了。"康治说。

"当时大概几点？"伯朗问顺子。

"中午吧……应该还没到十二点。"

"那么早？"伯朗的视线转向康治，"为什么你没有早点儿通知我？"

"那是因为……"康治刚要开口，顺子却在一旁插嘴："因为有状况。"

"虽然救护车来了，但救护人员在查看姐姐的身体后表示她已经去世，所以不能送去医院，又说这属于横死，必须报警。事实上在那之后，来了许多警察在家里调查，而姐姐的遗体也被送去了警察署。"

"横死……"

"这么说起来也确实是这样。"康治说，"在医院以外的死亡，只要不是显而易见的病逝，通常都会被视为横死，警察检查遗体和现场也很正常。我到小泉老家的时候，还有警察留着，我也被问了许多，还被赤裸裸地问了不在场证明。虽然他们是公事公办，但我心里很不舒服。"

"我也被问了许多问题，像是有没有人跟姐姐关系恶劣之类的，简直是荒唐。"

"那么，最终怎么说？"

康治耸了耸肩，摇头道："没有怎么说，最终被定性为意外。按照警察的说法，她很有可能是在浴室里滑了一跤，撞到后脑勺失去意识后溺亡。而且顺子女士说玄关上着锁，窗户什么的也都从屋内锁着。房间没有被弄乱，也没有争斗过的迹象，所以不像是行凶。在调查后没发现什么不正常的地方，到了傍晚就把遗体送回来了。因此，跟伯朗君的联络才迟了。我知道你会不满，但还请理解。”

虽然这话并不能令人释然，却也无从反驳。伯朗只能嘀咕了一句：“原来是这样……”

之后，顺子回了自己家。康治也有必须去处理的工作，所以就由伯朗和明人守夜。

伯朗洗了澡去祯子被安置的房间时，明人正坐在枕边，注视着母亲的脸。

“妈妈脸上有什么东西吗？”伯朗问。

“我觉得化妆的手法和平时不一样，妈妈平时不是这么画眉毛的。”

“那么，你帮她重画吧？”

“不要。”明人摇头，“现在这个好，很适合她，看起来也年轻。真想趁她在世的时候告诉她。”他忽然笑着抬头望向伯朗，“好久不见。”

“是啊。”

“大学怎么样？”

“就一点儿一点儿地学。”伯朗一边回答一边在明人身旁盘腿坐下，“你才该说说最近怎么样。初中生活开心吗？”

明人已经是初中生了。

“怎么说呢？”同母异父的弟弟歪着脑袋说，“虽然说不上不开心，但也不像期待的那么刺激。同学的脸几乎没怎么变，从别的地方入学的人也没有很厉害。”

“没有很厉害……是指学习吗？”

“学习也算，体育也算，还有艺术方面的品位。”明人说着转向伯朗，“或许我也像哥一样去公立学校就好了。”

“别说傻话。你肯定会受不了地说‘全是蠢材’。”

“蠢是个性，比平庸好多了。”

听到他老气横秋的语气，伯朗目不转睛地看着明人的脸，有一阵子不见，他的下巴消瘦了，虽然还不至于说是雕塑一般五官分明，但高高的鼻梁、细长的眼睛与眉毛的组合恰到好处，任谁见了都会毫不犹豫地把他归类为美少年吧。

“你有进什么社团吗，运动部之类的？”

“有网球部和计算机科学部。”

“你说啥？网球部我懂，还有一个是什么？”

“计算机……”明人缓缓地说，“……科学。计算机科学部是我成立的，虽然有犹豫过是不是要叫电脑科学部，但觉得应该给那些随便就想加入的人设置高一点儿的门槛，就用了汉字‘计算机’。”

“哦……那么大家聚在一起做什么呢？”

明人缩起下巴，眼珠朝上看着他：“要解释也可以，但你想听吗？”

“别了。”伯朗举起手。

他很早就知道明人对电脑有着强烈的兴趣，也知道当他还是小学生时，就已经能玩电脑，还自学并掌握了高水平的编程技术。

“我觉得要当医生的话，没必要懂电脑。”

明人吃惊地眨了好几下眼：“哥，你真的是这么觉得吗？”

“不是吗？”

“正相反。有了电脑，大部分的医生早晚都会没有立足之地。你想想看医生要做的事，从问诊记录以及各种检查结果来推测病名并开出药方——仅仅是这样。虽然说医生有经验，但要让一个人记住全世界所有的病历，那是不可能的。可如果是电脑，就并非不可能。”

伯朗面对初中一年级学生的意见沉默了，不仅仅是想不出反驳的话，他还觉得明人说的确实是对的。

“兽医也会失业吗？”

“不知道。这要怎么说呢？考虑到费用和效果，在相当一段时间内应该还是由人来看病比较合算。”

“听你这么说，我就安心了。”

“所以呢，”明人一脸认真地继续说，“我不要当医生。”

“哈？那医院怎么办？”

“不知道。那不是我要考虑的。”

“哦。嗯，你做你喜欢的就好，反正和我也没有关系。我本来就不是矢神家的人，妈妈去世以后，就彻底没有关系了。”他望着祯子的脸说。

双方沉默了一会儿。他们感到空气突然变得冰冷，然后想起在遗体的下方铺有干冰。

“钥匙那种东西……”明人嘟哝了一句，“配一把就好了。”

“啊？”伯朗看向同母异父的弟弟，“你在说什么？”

“大门钥匙，小泉那座房子的备用钥匙随便就能配。”

虽然伯朗没能立刻明白他在说什么，但从明人瞪着半空的眼里，伯朗察觉到了他话里的含义。

“你是说这不是意外吗？”

“小泉家的大门上有链条。妈妈是很谨慎的人，我不认为她会锁了门却不挂上链条。”

“你知道你在说什么吗？”

“当然知道。”明人说着放松了表情，又摇了摇头，“就是个小小的疑问。谁都会……就算是妈妈也会大意吧，不巧她就没挂链条，又不巧那个晚上她在浴室滑倒了。我也觉得或许就仅仅是这样。”

“或许就仅仅是这样。”明人凝视着母亲的遗体又重复说道。

6

出发后过了不到一小时，伯朗驾驶的车从主干道路进入了岔路。坡道颇多的住宅区里，不时会看到堪称豪宅的民居。

伯朗一边放慢速度一边仰望着建筑物，不安在他的心头涌起，不知道是不是就是这栋楼。在他的记忆里，它更大，并且闪耀着白光，然后正面大门的上方挂着“矢神综合医院”的招牌。

“好久没来了。”伯朗一边驶向停车场一边说，“上次来这家医院大概还是初中的时候。”

当时是去注射流感疫苗，但那个冬天，伯朗还是得了流感。从那以后，他就不再相信流感疫苗了。

停车场很空。他停了车，走向大门。

穿过自动门，进入大堂。一排一排的钢管椅上，只有三三两两的人坐着。这又和伯朗记忆中的不一样。虽然他也没来过很多次，但印象中这里总是挤满了患者。

“对患者来说，等待时间少算是好事吧。”枫在一旁说。她其实是想说这里很冷清吧。

伯朗环视周围，这里应该有个综合窗口，但找不到。无奈他只能走向前台。那里有个戴着眼镜的中年女人，正一本正经地处理工作。

“不好意思。”伯朗叫她，“请问综合窗口在哪里？”

中年女人抬起脸，镜片闪了一下。

“啊？什么？”她生硬地问。

“我们在找综合窗口……”

“啊！”中年女人无趣地点了点头，“那个啊，已经没了。您是要探望病人吗？”

“是的，矢神康治先生……”

听到伯朗的话，女人的眼镜似乎又闪了一下光。

“哦、哦……”她诡异地应和道。

“请到六楼去问护士值班室。”她说着目光又转向伯朗的身后，似乎正在打量枫。

“谢谢。”伯朗说完离开了。

“感觉真不好。”枫边走边说。

“同感。我们明明是来探望院长的，怎么回事啊？”

然后，在六楼的护士值班室里，他们再一次体验到了这异样的感觉。当被问到康治的房间时，年轻的护士一边回答“矢神先生的房间是六〇五室”，一边用掺杂着好奇与困惑的眼神看着他们。

伯朗莫名其妙地往病房走去，六〇五室在走廊的尽头。

他敲了敲门，立刻就听到“来了”的应答声。虽然声音很低沉，却是一个女人的。

很快，门就从里面被打开，出现了一个娇小的披着紫色开襟毛衣的妇人，头发已然雪白，脸上也刻着与其年龄相符的皱纹，但笔挺的背脊却透着力量。那是康治的妹妹——波惠。

波惠抬头看了看伯朗，挑起一侧的眉毛：“好久不见了。”

“久疏问候。”伯朗低下头。

“上一次见是什么时候？”

“妈妈的七年忌。”

“啊。”波惠面无表情地点了点头，“是了。”

“当时承蒙您关照了。”

“我可什么都没做。”波惠的目光扫向枫，又再次转向伯朗，“昨天顺子女士联络过我，坦白地说，听说你要来探病，我吃了一惊。我以为你已经是跟矢神家断绝关系的人了。你记得你在祯子女士的七年忌时说过什么吗？”

“当然，今天我是代表手岛家来的——我是这么说的。”

“所以哥哥因病倒下的时候也没有联系过你，哥哥也说不用通知你。”

“对于没有联系我这件事，我没有不满。我确实犹豫过是不是该来探病，但是因为她拜托我一起来……”伯朗说着转过身，“我来介绍一下，这是明人的妻子。”

“我叫枫，请多指教。这个，如果不嫌弃的话请大家一起品尝。”枫正正经经地打着招呼，递过拎在手里的纸袋。

波惠盯着枫看，却连客套的笑容都没有，然后轻轻叹了口气：“请进。”她没有伸手去拿纸袋，而是迅速地转过身。

“打扰了。”伯朗说着和枫一起跟在波惠身后。

进屋后先看到的是洗碗池和衣橱。波惠打开里面的拉门，赫然跃入眼帘的是一台很大的液晶电视，病床就在电视机前方，稍微远一点儿的地方摆放着桌椅。

波惠靠近病床，神情冷淡地看着被子上面。

“哥哥。”她小声唤道，然后对着伯朗他们摇头，“还在睡。”

伯朗踌躇着迈出脚步，然后看到了睡在病床上的康治的脸，灰色的皮肤，消瘦得几乎像是个陌生人，但那很有特点的鹰钩鼻的确是属于康治的。

康治的身体上除了打点滴的软管以外，还连着各种东西，显示心跳数的装置就在一旁。

康治神色安详地闭着眼，可以听到他有规律的呼吸声。

“他会醒吗？”伯朗问波惠。

“偶尔会，不过很快就会睡着。能连续醒着的时间，最多也就三十分钟吧。”波惠拉过桌子旁的椅子坐下，“你们也坐吧，哥哥一时半会儿不会醒。”

“是。”枫在伯朗应答之前出声，她拉过椅子坐在了波惠的对面，“这个，放在哪里好呢？”坐下后，她又从拎着的纸袋里取出四方形的包装盒。

“上面写着‘虎屋’呢，莫非是……”

“当然是羊羹。”

枫精神抖擞地回答，相对地，波惠却有些扫兴地板起了脸。

“就算对方是老人，也不能随便判断就爱吃甜的，毕竟还有为了健康而控制糖分摄入的老人。”

“啊，对不起。”枫想把包装盒塞回去。

“没事，放着吧，总有人会吃的。”波惠不客气地说教了一通，又看着枫的脸问，“明人什么时候回国？再怎么说要忙工作，父亲病危都不回来算是怎么回事？”

“啊，对不起，现在正在开拓新业务，所以怎么都没法离开西雅图，所以您就把我当成明人君，有任何事都请吩咐我。”

“哼……”波惠轻蔑地哼了一声。

“明人也真是的，什么联系都没有就突然把媳妇送过来，亏他做得出这种事，看来他是很讨厌我们啊。”

“不是讨厌，说到底就是工作很……”

波惠摆摆手打断了枫的话，又问：“你们什么时候结的婚？”

“去年年末。”

“入籍了没？”

“还没。”

“还没吗？”伯朗坐着问，“第一次听说。”

“因为你没问。”

“但一般说结婚，就等于是入籍了吧。”

“在日本是。但我们是在美国办的婚礼，和入籍无关。”

“话是这么说，但这里是日本。”波惠的语气平和，“如果没有入籍，就会有人不承认你是正式的妻子。”

“明人君说到这里以后就立刻办手续。”

“那样就好了。现在争端就已经够多了，要是独生子再有个没登记的妻子，事情就更麻烦了。”

伯朗不由得对她说了半截的话有了反应：“争端是指……”

波惠眼神锐利地瞪向他：“你不是和矢神家断绝关系了吗？”

“是的。不好意思，是我这个外人多嘴了。”伯朗挠了挠脑袋，把视线转向病床，“不过既然我是来探病的，那么问一下患者的状况还是可以的吧？他现在是什么情况？”

“就像我刚才说的那样，睡睡醒醒的情况，也没有做什么积极治疗，差不多就是静静地等待那一天的到来。主治医生也说他随时都有可能断气。”波惠淡淡地说道。

“照料他的人是……”伯朗用手心对着波惠，话到嘴边却停了。

波惠呵呵苦笑。

“你就从来没叫过我一声‘姑妈’，所以现在都在烦恼不知道该怎么叫我，没错吧？”

正如波惠说的那样，伯朗缩了缩脖子。她满意地点了点头。

“我们都已经是一把年纪的人了，叫我名字也无妨。难道说，你忘了我的名字？”

“怎么会？！”伯朗说着清了清嗓子，感到自己的脸发僵。

“照顾他的人就只有波惠女士一个吗？”伯朗开口问。

“是的。”她神情严肃地点了点头，“哥哥身体好的时候，有的人明明受了他百般照顾，最近却连探病都不来，薄情寡义的东西。”

伯朗不知道该怎么作答，只是附和道：“是这样吗？”

正当三人都陷入沉默时，从病床上传来轻微的衣服摩擦声。波惠伸长脖子看过去，然后起身说："他好像醒了。"

伯朗也起身走近病床。枫也走到一旁。

"哥哥，能听到吗？伯朗先生来探望你了，是伯朗先生噢，知道是谁吗？"波惠提高了说话的音调，凑在康治的耳边呼唤。

康治微微地睁开了眼睑，头略微动了一下。虽然他看起来几乎没有表情，但那双眼确实像是在捕捉伯朗的身影。

然后他的嘴唇动了，虽然没有声音，但从口型可以看出他是在说"伯朗君"。

"久疏问候。"伯朗低下了头。

康治的眼皮痉挛似的抽动着，看到他这个反应，伯朗理解为他很高兴。恐怕他连控制自己面部神经的力气都没了吧，即使这样，他还是在努力想要表达他此刻的心情。

"还有呢，"波惠再次在康治的耳边说话，"伯朗先生把明人的媳妇带来了，据说明人结婚了。"

康治的眼皮再次震了震，随后那双黑色的眼眸像是在找寻什么似的左右晃动。

"就是这边这位女士。"伯朗稍稍离开病床，让枫站上前。

就在下一瞬间，枫像瘫倒似的跪在了病床边。

"公公，"只见她把头凑向康治喊他，"我叫枫。啊，真是太感激了，竟然能见到明人君的父亲。"

听到她唱戏一样的台词，伯朗吓了一跳，同时也对上了波惠的目光。她看起来似乎也很吃惊，但动摇的神色很快就从她的脸上消失了。

“真是太好了，哥哥，这样你就没有遗憾了吧。”她对康治说道。

康治像是说了什么，然后波惠眉间的皱纹突然变得更深了。

“不是啦，你在说什么呀？不是伯朗先生的媳妇，她是明人的媳妇。明人结婚了，伯朗先生没有结婚。明白了吗？”

但是康治的神情没有变化，不知道他是否理解了波惠的话。

“虽然主治医生说他的脑子应该还算是清楚的，但偶尔也会不对劲儿。”波惠低头看着康治，扭着脖子说，“如果说他要犯糊涂，那么还是睡着的好，我也不用被他折腾。”

“但是，我能在公公醒着的时候见到他，真的是太好、太感激了。”枫的语气很兴奋，“我决定了，从明天开始，我要给姑妈打下手。我每天都来！请随便吩咐！”

枫的气势过于骇人，连波惠都显得畏缩:“这倒是帮了我的忙……”

“哇，太好了！公公，事情就是这样，从明天开始请多指教！”

枫说完以后，康治的口型微妙地改变了。

“啊？公公，您在说什么？”虽然枫把耳朵凑到了康治的嘴边，但似乎还是听不清。

“换我来。”波惠插到两人之间，盯着康治的脸看，“什么事，哥哥？你有什么想说的吗？啊？什么？再说一次。”她拼命地把耳朵靠过去，想要听清哥哥的话。

过了一会儿，波惠惊讶地拧着眉，从康治身边离开。

“他似乎有话要对伯朗先生说。”

“啊？对我吗？”

“似乎是这样。虽然不知道他会说什么，总之你就听听吧。”

伯朗困惑地靠近病床。他像枫刚才那样双膝跪地，望向康治的脸，因为想不出说什么，于是只能说："我是伯朗。"

康治缓缓地把脸转向伯朗，然后原本半闭着的眼皮完全睁开了。虽然他还是没什么表情，但从他的脸上却能感受到坚定的意志。

"告诉明人……"康治说，他的声音有力而清晰。

"告诉明人，他不用背负……"

他的语气太过坚定，简直不容人听错。伯朗和波惠面面相觑，她也一脸意外地瞪大了眼。

"这是什么意思？他不用背负什么？"伯朗问。

但是康治没有反应，他缓缓地闭上了眼，然后又响起了规律的鼾声。

"刚才那个是什么？"伯朗问波惠。

"你按照他的字面意思理解不就好了？明人是矢神家的继承人，哥哥去世后就会有各种责任产生。他是不是想说他不用背负那些责任？"

"为什么他要特地对我说？他应该知道我和明人没有来往。"

"不知道。"波惠百思不得其解。

"莫非是因为生病而有些精神错乱了？"

"才没那种事。公公一定是觉得，能助明人君一臂之力的只有大哥了，一定是这样。"

"你不了解我们兄弟间的事，也不了解康治。"

"那么我就去努力了解。我在照顾公公的时候要和他说许多许多话。所以姑妈，还请多多指教。"枫俨然一副打算从明天开始就来照料康治的样子。

"虽然我很理解你的心情，但这事我一个人没法做主。"

“啊？为什么？”

“我刚才应该已经说过了。如果你还没有入籍，那么就会有人不承认你是明人正式的妻子。说是这么说，还是得向大家介绍你。”波惠深思了片刻，像是下定重大决心似的点了点头，然后望向枫，“索性就请你参加家庭会议吧。”

“家庭会议是什么？”

“最近将就矢神家的今后进行商讨，再怎么落魄也是大名鼎鼎的矢神家。一家之主去世后才手忙脚乱的话，实在是太丢人了。”

“太棒了。是要让我去参加那个家庭会议吗？”枫的双手合拢在胸前，眼神发亮。

一般女性在被请去参加亲戚聚会之类的时候都会感到压力，枫的反应似乎明显异于常人。不仅是这样，她还催促着问：“什么时候？我随时都可以。”

“之后我会去问大家意见，等确定时间后再联系你。”

“真棒，好期待！你也很期待吧？”枫征求伯朗的意见。

“和我没关系啦，我是外人。”

“不。”波惠说，“既然明人不在，或许还要请伯朗先生也出席为好。”

“为什么？”

“因为在会谈上，也会讨论到遗产继承问题。”

“那就更与我无关了，我没有继承矢神家财产的立场。”

“的确是这样。但这一次，哥哥的直系亲属明人不在，也就是说，有必要找人做他的代理。没有利害关系的伯朗先生，某种意义上可以说是最合适的人选。我觉得既然枫小姐还不是正式的妻子，这或许是唯一能让大家认可的办法。”

“拜托了，大哥，还请和我一起出席。”

“饶了我吧，显然大家都不想看到我的脸。”

“但是，”波惠意味深长地将目光投向他，“遗产里应该也包含祯子女士的遗物，这样都和你毫无关联吗？”

伯朗沉默了片刻，又继续说：“比如说有什么？”

“不知道，我可不知道，我们也不可能被告知详细内容。”

“你要怎么做？”波惠逼着他下结论。

“大哥……”枫也出声求他。

伯朗叹了口气，从口袋里取出名片递给了波惠：“确定时间后请联系这里。”

7

“明明只是陪你去探病，结果事情就变麻烦了。”开车后没多久，伯朗就开始嘟哝。

“但大哥也会记挂婆婆的遗物会被怎么处理吧？”

“虽然是这样，但仔细想想应该也没留下什么重要的东西。如果有那种东西，妈妈去世的时候就会被提起了。嗯，是了，我去出头总是不好。”伯朗踩下刹车，“我去跟波惠女士说，刚才的事就算了吧。”

他转动方向盘正要掉头，手腕却被枫一把抓住：“请等一下。”她的力气出乎意料地大，伯朗不由得一惊。

“你做什么？”

“如果大哥不陪我一起出席，我会很困扰的。”

“你不要紧的啦，既然是明人的媳妇，大大方方的就好啦。”

“如果一直都找不到明人君呢？这样也无所谓吗？他是唯一和你有血缘关系的家人啊。”枫抓着他手腕的手指更用力了。

伯朗扭头看她的脸，她的眼睛微红。

“什么意思？”

“我……”枫说，“我不认为明人君的失踪和矢神家没有关系。”

“你是说矢神家的人知道明人的下落？”

“是的，不只是这样，”枫那略显褐色的眼眸闪着光，“甚至可能是矢神家的某个人强迫他失踪的……”

“像是被监禁了？”

“如果是那样还好……”

“监禁还算好？也就是说……”

伯朗正要说下去，枫却一笑：“开玩笑啦。讨厌，你的表情不要那么吓人嘛。怎么可能会有那种事？”她放开他的手腕，跟着又啪地在他肩上用力一拍，这一下也相当有力，伯朗肩膀发疼。

伯朗的手从方向盘上松开，去揉被拍的肩膀。不打算掉头了，他察觉到枫的话并不仅仅是开玩笑。

由于字条上的留言，伯朗断定明人的失踪是出于他自己的意思，但事情不一定就是那样。即使一开始是那样，也有可能被其他人强行限制了行动自由。

恐怕枫的脑中一直都有这个念头，所以才想打探矢神家的情况。这是她要出席家庭会议的最大目的。

"大哥，你怎么不说话？"枫问。

"不，没什么。倒是你家，应该说是明人的公寓在港区哪里？我送你。"

"可以吗？运气真好——"

枫报出详细地址，伯朗将其输进导航仪后再次发动了汽车。

明人的公寓在青山通附近，是一栋面朝蜿蜒小道的六层建筑，灯饰华美而不张扬，外观甚是优雅，周围还有许多类似的建筑，某国的大使馆就在那儿附近。

"明人那家伙，就在这种地方一个人生活？什么房型？"

"那个……是叫一居室吧。"

"和我房子一样啊。不过一个人也足够了。"

"那么您要去看看吗？我给您泡咖啡。"

"可以吗？"

"当然，不胜荣幸。不过回国后一次都没打扫过，房间很乱。"

"那我就恭敬不如从命了。"

由于在去西雅图之前就和停车场解约，所以两个人把车停在附近的投币式停车场后一起回到公寓。

伯朗走进建筑物后吃了一惊。自动防盗门的那一头有个柜台，礼宾部的女士向他们打招呼："欢迎回来。"

"这里房租多少钱？"进入电梯后，伯朗问道。

"具体不清楚。"枫按下六楼的按钮，"不过查一下就知道了。"

"就算只有一居室，也不像是十万、二十万日元就够的。"

伯朗想起自己居住的位于丰洲的公寓，虽然不到五十平方米，但租金超过十五万日元。

电梯到了六楼。伯朗跟在枫的身后。墙壁的质感和一道道房门感觉都很厚实，让人感觉就像是走在酒店里。

枫很快就在一扇房门前站住，取出包里的钥匙开了双重锁。在她打开房门的瞬间，灯自动亮了。

“请进。”伯朗在她的催促声中踏进屋内。

首先让他惊诧的是脱鞋处的宽敞，别说自行车了，估计连摩托车都放得下。这么宽敞的空间里，却只是随便摆着几双像是日常穿的运动鞋和沙滩鞋。

进去后往右是房间入口，但正面也有一扇门。

“那个是……”伯朗问。

“啊，那个是嵌入式鞋柜。”枫不以为意地回答。

“嵌入式鞋柜……可以看看吗？”

“请。”

才打开柜门，又有灯自动亮起。赫然跃入眼中的是高尔夫的球包，另一侧竖靠着一块滑雪板。然后伯朗再次往里面打量了一番，不由得哑然。固定在墙上的柜子里整齐地放着一排看起来就很高级的鞋子。他就近拿起一双皮鞋，鞋垫上的品牌名字就连对奢侈品没有兴趣的伯朗都知道。

他把鞋放回去，关上柜门后叹了口气。

“又乱又小是吧？我跟明人说过让他稍微整理一下……”枫有些抱歉地说。

伯朗说不出话来，光是换鞋的地方和鞋柜，就已经比自己学生时代住的房间宽敞。

“来，屋里请！”枫摆上拖鞋。

光是玄关就已经这样，那么接下去如何自然可想而知。但实际上伯朗被带到房里后，发现这里还是远远地超过了想象。客厅的大小不低于四十八平方米，巨大的液晶显示屏前摆着豪华的皮沙发，还配有相当专业的音响设备，占据了一整面墙的架子上塞满了书籍、CD、DVD之类的物品，差不多能坐八人的大理石餐桌在这个房间里竟完全不显得突兀。

“请随意坐。”

虽然枫是这么说的，但房间太过宽敞，伯朗不知道坐哪里好。他犹豫再三，最后在身旁的电动按摩椅上坐下。

“我这就去泡咖啡，然后查一下租金。”

“不，租金就不用查了……”

“不用了吗？立刻就能查到的。”

“不用了，谢谢！”

他觉得还是不要听比较好。

难得坐一次电动按摩椅，伯朗打开了电源，照着语音提示随便按了几个按钮后，机器开始运作，然而按摩腰还有脖子的位置都有微妙的偏差。他疑惑地看向显示屏，却见上面显示“偏好设定　用户1”，看来这是根据明人的身材设置的。

伯朗调整了开关，照自己的体形设置后，便一切都恰到好处了。不过，他也因此发现明人现在比自己还要高那么一点儿。到底是什么时候被他超过的呢？祯子去世时，还是伯朗的个子更高。

他沉浸在按摩椅带来的快感中，再次环视屋内。屋子是真的大，明明是独居，为什么住这么大的房子呢？

他望向陈列在架子上的CD，上面摆着诸如莫扎特、巴赫等人的古典乐。伯朗回忆起从明人出生开始，家里就一直会播放的古典乐。因为康治认为不给他听真正的音乐，耳朵就得不到锻炼。

伯朗觉得这个方法或许是正确的。然后，他也理解了明人之所以会选择这么宽敞的房子，全都是拜那各种各样的管理学所赐，显然明人不会意识到自己做的事有什么特别。如果被问到为什么会选择这么宽敞的房子，他多半也会回答“因为房子不就是这样的吗”。

有香气传来，枫从厨房出来。她双手端着托盘，上面摆着白色的咖啡杯。也不知道她什么时候换的衣服，此时她身穿白色V领长衫和蓝色裤子，头上戴着发带。

枫把托盘放在沙发前的茶几上，看着伯朗说:“要把咖啡端给您吗？”

“不用，我过来。”

伯朗在沙发上坐下后，枫把咖啡杯连杯碟一起端到他面前。这时他从枫的“V”字领口瞥到了她的乳沟。这情况完全出乎伯朗的意料，他心猿意马地挠着头。

“您不用牛奶和砂糖吧？”

“是的，不用。”

伯朗一边挪动咖啡杯，一边看向枫的手。她左手的无名指上戴着戒指。

“你的结婚戒指很独特嘛。”

“这个吗？特别吧。”枫伸出左手，似乎想夸他有眼光，“这是请纽约的宝石店做的。”

缠绕在她无名指上的是一条银色的蛇，蛇的眼睛发红，大概是镶了红宝石吧。

“明人说蛇是吉祥的动物，他戒指上的眼睛是蓝宝石。”

“原来如此。”

也有许多佩戴戒指的女饲主来动物医院，但伯朗从不曾在意过。可是，他却发现自己在看到无名指上的蛇戒指后，会再次提醒自己眼前的女人是别人的妻子，而且是明人的妻子，伯朗不禁感到困惑。

“你知道蛇是怎么交配的吗？”

听到他的问题，枫眨了眨眼睛：“不知道。”

“它们会保持合体的状态交缠好几天，可以说是动物之中性行为最热情的生物。”

“哦……”

“雄蛇的精子在进入雌蛇体内后可以存活好几年。”

“是吗？”枫端详着自己的左手，又望向伯朗。她的眼中闪着妖冶的光，“我更喜欢这个戒指了。”

“这不是很好吗？”

伯朗清了清嗓子，把视线从戒指上移开，端起杯子往嘴边送去。他的视线落在摆在架子上的相框上，其中有好几张是明人和枫的合影，背景是公园、餐厅、神社等。

看到其中一个相框时，伯朗不由得一震。照片里是一栋民居，但对伯朗来说，却不是单纯的民居。他放下咖啡杯，伸手拿起相框。

“果然很怀念吧？”枫问他。

“多少有点儿。”伯朗回答，“不过，还是难受的心情更多点儿。我会忍不住想如果没有这座房子，妈妈就不会那样了。”

照片里是在小泉的老家，祯子意外死于浴室的那座房子。

“那家伙……明人为什么会把这种照片摆出来？我觉得对他来说，那也绝不是什么美好的回忆。”他说着把相框放回柜子，就在那时觉得相框里面似乎有什么东西动了一下。他觉得奇怪，又轻轻地晃了晃，却响起了“咔嗒咔嗒”的声音。

“怎么了？”

“没什么，除了照片，这里面似乎还装了其他东西。”

伯朗翻过相框，打开后盖，然后，有东西啪地落在了脚边。

是钥匙。多半是用玻璃胶固定在了后盖上。

伯朗盯着捡起的钥匙看。

“是那座房子的钥匙吗？”枫问。

“我觉得是。虽然我没有仔细看过，但妈妈以前有过这样的钥匙。”伯朗再次盯着那房子的照片看，“为什么钥匙会在……”

备用钥匙随便就能配——在给祯子守夜时，明人说这话的声音在脑中响起，还在读初一的同母异父的弟弟的声音。

“那房子怎么样了？”

“很早以前就被拆除了。说是这么说，但我在妈妈去世以后就再也没去过那里。以前一直都是妈妈在打理那座房子，之后就由康治接手了。不过那种旧房子也没什么用，最终就被拆除了。我只收到过一张那里变成空地后的照片。”

伯朗不记得自己是怎么处理那张照片的，或许就只是看了一眼后扔掉了吧。

伯朗把钥匙放回去，又把相框摆在架子上。接着他留意到光盘盒，打开的光盘盒就放在架子上，里面空空如也。盒子是通用的，没有封面。

“是 DVD 还是什么呢……”伯朗拿起盒子嘟哝。

“是 CD，明人君在回到这个屋子的那天听过。”枫操作起不知从哪儿拿出来的遥控器。

墙边的音响的电源被打开，播放起了音乐。音箱似乎也是高级货，音质很好。

乐曲不是交响乐团演奏的，多半是电子合成的，是伯朗不熟悉的曲子，甚至可能连听都没听过。

这是首很奇妙的乐曲，仿佛很单调，却又好像蕴藏着微妙的复杂的旋律。伯朗闭上眼仔细倾听，感觉自己的心被牢牢吸引。

“这是用电子乐器演奏的古典乐吗？”伯朗睁开眼问。

“这不是古典乐，是病人写的曲子。”

“病人？”

“确切地说应该算是前病人，公公的病人。明人君是这么说的。”

“康治的患者？我记得那人的专长是神经科吧。”

“写这首曲子的人似乎患有学者综合征。”

“学者综合征？啊……所以才成了康治的病人啊。”

自闭症患者中，有些人虽然在语言以及与人相处方面的能力低下，但在知识领域和艺术领域会展现出过人的才能，这就是学者综合征。这个病症在达斯丁・霍夫曼主演的电影《雨人》轰动一时后逐渐开始被世人知晓。

“公公好像毕生都在研究学者综合征。这位患者在音乐方面发挥了特别的才能，但还有很多人在其他领域大放异彩，特别是绘画。我听说公公收集了这些人的作品，可以说是兴趣与利益兼顾，一举两得。”

“是这样吗？我完全不知道。”

“明人君说，”枫看向伯朗的眼神很认真，“公公和婆婆相识的契机也是因为那个。”

“那个？”伯朗也看着枫，“怎么回事？”

“公公在某个画廊里被一幅画吸引住了。”枫开始讲述，“看到那幅画，公公凭直觉感到画那幅画的画家或许有学者综合征，要不就是状态与之接近的人，然后就询问了画商，并调查了那个画家的事，再然后就想去见画家本人。”

“但是画家本人已经去世了。”

枫点点头：“正是这样，不过他见到了画家的遗孀。这就是两人的相遇。”

“我第一次听说这件事。”

“这样啊，明人君也是长大后才从公公那里听来的。”

祯子和康治的相遇——回头想想，他从没想过这个。虽然他对这件事感到吃惊，但不曾思考过。

“但是在我的记忆里，爸爸很普通啊。就算说他患有学者综合征，我也完全没有这个感觉。”

“据说他是没法明确判断的病例，大概就是有倾向的意思吧。也许对公公而言，将其作为研究对象的获益可能很小，但是他却有了巨大的收获，因为遇上了之后成为他妻子的女人。”

"因为前夫而认识的吗？" 伯朗交叉双臂，"作为那个前夫的儿子，我感到心情很复杂。"

"但是，如果没有那场相遇，明人君就不会出生。" 枫挑衅地看着伯朗说，"对我来说，这一点比较重要。"

伯朗被她的眼神压倒，低声道："就算是这么回事吧。"

8

把显影后的 X 光片贴在投影机上后，伯朗点了点头。和他预想的一样。

他快速地转动转椅朝向饲主。今天第五位饲主是一个二十多岁的女人，染着一头棕发。她画着妖艳的妆容，一双眼睛被画得特别大，身上的皮夹克看起来很高级，胸前闪光的钻石是真货吧，手上卡地亚的戒指也不像是赝品，从迷你短裙下露出了一双腿，脚尖上涂着五颜六色的指甲油。

她小心地抱着一只侏狨，这是世界上最小的猴子。

当猴子被抱来医院时，伯朗小心地不敢贸然靠近。这固然是为了防止被咬或被抓，但最主要的原因是他不知道它得了什么病。猴子和人类的 DNA 很接近，即使像侏狨这样的小动物，也同样是货真价实的灵长类。人类的感冒虽然不会传染给猫或狗，却会传染给猴子，而反过来，情况一样。所以伯朗没有立刻出手，而是开口问："它哪里不好？生病了，还是受伤了？"

女人回答："我觉得它的动作有点儿怪。" 详细询问后，他了然了。这只侏狨看起来不像是得了传染病，于是伯朗叫荫山元实给它拍X光片——那大约是三十分钟前的事。

“你能看一下这里吗？这里有个小小的骨裂吧。”伯朗指着X光片的一部分说，大概是在侏狨的下肢处，“它的大腿骨骨裂了，所以动作才显得不自然。”

女饲主吃惊地出声道：“什么时候就……是从什么地方摔下来了吗？”

“所谓的猴子也会掉下树吗？虽然可能是那样，但根本问题不在这里。”伯朗用手指对着整张X光片画了个圈，“骨密度很低，它在营养方面有问题。你给它吃的什么？”

“要说吃什么……各种都有啊，水果啦，饼干啦。”

“猴饲料呢？”

“啊，那个啊。”女子皱眉，“这小家伙不吃那个，大概是觉得不好吃。”

“莫非你是把自己吃剩的东西给它吃？”

“不可以吗？”女子理直气壮地问。

伯朗用指尖挠了挠眉梢。

“因为人类的食物很好吃，所以吃惯了的猴子就不吃猴饲料了。但是考虑到营养的均衡，给它吃的食物应该以猴饲料为主。虽然一下子改掉有点儿困难，但你可以试着增加牛奶和果汁，又或者把猴饲料混在人吃的东西里，就算费各种心思也得让它吃。等它肯吃这些以后，再渐渐增加猴饲料的量。”

“一定要做吗？”

“不做的话，这家伙的身体会撑不住的，会反复发生更严重的骨折。”伯朗指着在女人手中缩成一团的猴子，“我会给它开钙片和维生素D，你一天给它吃一次。还有，你家有装紫外线灯吗？”

“那是什么？”

果然是不知道吗……伯朗感到无力。

“要养猴子，紫外线灯是必不可少的。总之，尽量把笼子放在照得到太阳的地方，然后，尽快去买紫外线灯。你男朋友会买给你的吧？”

“我去跟他商量。”

“就这么去做吧。那么，请保重。”

目送女子抱着侏狨起身走向房门，伯朗把椅子转向书桌开始开处方。病患里又多了猴子呢……他咂了咂嘴。院长池田以前是动物园的兽医，所以把治疗所有动物作为本院的卖点，但伯朗很想发牢骚，希望院长也为干活的自己设身处地地想一想。

“很可爱吧。”

身后出其不意地有声音响起，伯朗差点儿从椅子上跳起来。

转过头却看到枫的脸，她今天穿的是勾勒出身材的灰色针织连衣裙，以及褐色外套，手里拿着包包和一个纸袋。

“你什么时候进来的？”伯朗问她，忍着不去看她的大腿以及汹涌的胸前。

“就刚才，在那个可爱的客人出门时。”

“不是客人，是患者。别看看着可爱，猴子可是很凶的。”

“不是猴子，是那个主人啦，又年轻又可爱吧。”

“是啊。”伯朗点头，“猴子的饲主一般都是年轻漂亮的女人，而且很有钱。”

“哎，为什么？”枫睁大了眼。

“因为有金主。”伯朗压低声音，“她大概是银座那一带的女公关吧。因为一个人住很寂寞，就缠着男朋友买了猴子。猴子很贵，而且珍稀的猴子很难买到。那只猴子大概是走私进来的，因为不是从正规的宠物商店买的，所以才会连养猴子必须得有紫外线灯这么基本的事都不知道。”

“走私猴子……一般人能行吗？”

“不能，所以她的金主恐怕是这个。”伯朗用手指对自己的脸颊划了一下。

枫缩了缩肩膀。

“看来兽医也是身经百战啊。”

“要看是什么兽医。”

“哗啦”一声门开了，荫山元实从前台现身。她看看伯朗，又看看枫，冷淡地问：“你们在谈事吗？”

“已经谈好了，去候诊室等吧。”伯朗说。枫点了点头离开。

伯朗拿起给侏狨开的处方递给荫山元实。

荫山元实瞥了一眼处方，撇了撇嘴角：“今天也要约会吗？”

“约会？我只是带她去亲戚家。”

荫山元实没再提问，慢条斯理地低声说：“胸很大呢。”

伯朗一个激灵，刚才目送枫出门时，他是有那么一瞬看着她的胸……被看到了吗？

“什么胸？你在说猴子吗？”

伯朗装傻，但荫山元实却像看透一切似的瞄了他一眼，一言不发地消失在了前台。

“和动物一起生活很好耶，感觉很治愈。我回西雅图以后也养个动物吧，你有什么推荐的吗？”列车发动后没多久，坐在身边的枫就开口说道。

“不知道，狗或者猫不好吗？”

“那不是太普通了吗？迷你猪如何？我当空姐时的朋友有养，很可爱的，又聪明又爱干净，据说还很容易调教。”

“你那个朋友的房子有多大？”

“很普通的一居室吧。”

“你最后一次看到那只迷你猪是什么时候？”

“嗯……大概是两年前。”

“那时迷你猪有多大？”

“差不多这么大。”枫用双手比画出约莫是小型犬的大小。

“最近，你有听那个朋友提过迷你猪吗？”

“啊，说起来没有呢。不知怎么样了？”

“扔掉了吧。”伯朗当即回答。

“啊？怎么会？为什么？”枫提高了声音，周围乘客的视线聚向他们。她缩了缩脖子，小声地继续说：“明明那么可爱。”

“迷你猪在一年里会长到八十千克，有的还会超过一百千克。”

“咦？是那样吗？完全不迷你啊。”

“普通的猪有几百千克，比较起来算是迷你了，但也不是能养在一居室里的动物。而且它食量很大，所以饲料费用也很惊人。你朋友应该会在饲养半年后开始后悔。祈祷她没有随便放弃饲养，而是好好地处置掉……”

“处置掉……”

“也许会变成猪肉，被人开开心心地吃掉吧。”

枫一脸失望地垂下肩：“太打击人了……”

“所谓的饲养动物就是这么回事，不深思熟虑是不行的。”

“那么，我再考虑一下别的动物。养什么好呢……”

枫望着前方，眼神认真。伯朗看着她的侧脸，觉得她竟然是认真地在考虑养动物。她说回西雅图以后——这当然是和明人一起的意思。她相信明人会平安回来，不，或许是她想要这么相信。

伯朗的心情是喜忧参半。

一边是明人卷入了什么案件之类的不祥想象，一边是到头还是因为异性关系而纠缠不清的扫兴结局，两种推测在脑中交替出现。但不论哪一种都毫无根据，再想也无济于事。不管怎么样，自己都无能为力——最终，他停下思考。这样的纠葛在心中不断重复。

“说起来，”伯朗看着枫放在一旁的纸袋，“那个是见面礼吗？”

“是的。我听大哥的意见，买了乌鱼子。”

“收到那个，他们一定很高兴。”

此时他们正赶往顺子家，因为枫说想去见他们。当被询问见面礼送什么好时，伯朗告诉她，阿姨、姨夫都喜欢喝酒，晚餐时可能会请他们喝上几杯，所以他今天没有开车，而是改乘电车。

从东京都中心乘电车颠簸了几十分钟后到达了目的车站，之后再乘出租车就很方便。

祯子再婚之前一直都居住在这个小镇。伯朗从出租车的窗口往外看，几乎感觉不到有什么可怀念的。三十多年过去了，什么都变了吧。过去没有的巨大购物中心正突兀地强调着自己的存在。在它的震慑下，小小的商店街悄然躲在一边。

“大哥也很久没有见过阿姨他们了吧？”枫兴致勃勃地看着马路，突然扭头问伯朗。

“大概有三年了吧。”伯朗搜索着记忆回答，“姨夫辞去大学工作的时候办了慰问会，当时我也露了个脸，不过那次没有去家里。最后一次去他们家是在我大学刚毕业时，是十三四年前。”

当时是去告知他们自己顺利毕业了。在那以后，虽然会打电话，但他们却很少见面。

“明人君呢？”

“那家伙也没怎么和他们见面吧。我从没听阿姨提过明人，最多就说一句完全不知道明人君在做什么。”

“是吗？但必须重视和亲戚之间的往来，所以今后我会定期联络他们。”

“真是佩服。要说的话，像我就很不擅长和亲戚来往。不过阿姨、姨夫是例外，我从小就受他们的照顾。”

“那样可不好噢。虽然有句话叫远亲不如近邻，但外人毕竟是外人，没法信的。”

枫的语气特别强硬，伯朗不由得回看她的脸。

“说起来我还完全没问过你的事，只听你说过你有姐姐、哥哥和妹妹，父母呢？”

“健在。”

“家在哪里？”

“在葛饰经营一间烤串店。”

“你结婚的事，他们知道吗？”

“打国际电话告诉他们了。”

“竟然没被骂吗？”

“啊，我爸妈对这种事看得很开。”枫若无其事地说，“他们自己也差不多算是私奔。”

“你回国后去见过他们吗？”

枫沉默地摇了摇头。

“为什么？”伯朗问。

“因为我说我还没回国。我写邮件告诉妹妹本来预定要回国的，但有了变化。回娘家的时候，我要和明人一起回去。”

听到枫的话，伯朗的内心深处缓缓地漾出一股暖意。明人没事，他一定会回来的——正是这个信念才让她乐观开朗。

“这个……的确是这样比较好。”伯朗的视线转向车外。

在前方看到了一家小邮局。他让出租车停在邮局前。

下车后，他们走入一旁的单行道。这条在小学低年级时来往了无数次的道路，在长大以后看来却是条非常狭窄的小路，两侧都是民居。

伯朗在一间有着小街门的日式民居前停下脚步，门牌上写着“兼岩”。他按下年代已久的门铃按钮。

玄关的门开了，披着白色开襟毛衣的顺子满脸笑容地出现："欢迎光临！很远吧？"她雀跃着跑到面前。

"久疏问候。"伯朗低下头。

伯朗和枫被带进起居室。在熟悉的沙发上和兼岩夫妻面对面坐下后，立刻就用啤酒干起了杯。顺子本要去泡茶，但宪三在听到枫带来的见面礼是乌鱼子以后，就提出直接喝酒吧。他的意见是反正要喝酒，早喝早开心。虽然已经年过七十，但他强调合理的思考方式还是没变。

"不过说起来还真是令人吃惊啊，明人君竟然结婚了，而且还是和这么好的姑娘。"顺子眯着眼，欣喜地看着枫。

"真不好意思。"枫表示歉意。

"为什么要道歉？不是很棒吗？在国外，而且是只有两个人的婚礼。哎，伯朗君也是这么想的吧？"

"啊……是的。"

"就合理性来说也是很好的选择。"宪三抚着他那据说是模仿夏目漱石的花白胡子说，"举办盛大的结婚仪式以及酒宴的益处几乎等于零，不仅浪费，而且会带来诸如请谁或是不请谁、座位顺序、寒暄顺序等许多恼人的人际关系问题。"

"就是那样没错。如果是在日本办婚礼，出面的肯定都是矢神家的亲戚，像我们这种大概都不会被邀请。"

"啊，那我大概也是同样的待遇。"

听到伯朗的话，枫放下杯子："怎么可能？如果在这里举办婚礼，不管是谁说了什么，都不可能不请大哥的，阿姨也是。"

“那是因为呀，枫小姐，你不了解矢神家，所以才会这么说。”顺子的语气像是在教导她，“那群人既骄傲又封闭，总觉得自己最了不起。”

“顺子，你别说这些会吓到枫小姐的事……”

“但那是真的嘛。枫小姐今后也得和那边的亲戚来往，还是提前知道比较好吧？是吧？”顺子征求枫的同意。

“是的，我会当作参考的。谢谢！”枫拿起啤酒瓶往宪三的杯中斟酒，“姨夫以前似乎经常教明人君数学吧？我听他这么说的。”

“有吗？的确，是我最早发现他在数学方面的才能。”宪三喝了口啤酒，任由白色的泡沫沾在自己的胡子上，“因为他在小学低年级的时候就已经理解了方程式的概念，但是我不记得教过他。”

“但他说他是在姨夫家学的数学……”

宪三和顺子对看了一眼，抿嘴笑了。

“那也不是谎话。不过，我没有教他。他呀，是在我的房间里一个人自学的。房间里有许多和数学相关的资料以及书，起初他是出于好奇才读，渐渐就有了兴趣。他到这里来就是为了那个。”

“是那样吗？”

“明明才是个小学生。嗯，这就是天才吧。虽然康治先生不喜欢别人这么说他的儿子。”

伯朗也记得康治经常会说“明人并不是天才”，他还说天才是不会幸福的。

忽然，他回忆起昨天和枫的对话。

“我稍微换个话题。阿姨，你们知道康治以前研究过学者综合征吗？”

“康治……”顺子苦笑道，“这个叫法你就不能换一换吗？”

“事到如今还要他换什么叫法啦……你知道吗？”宪三也问。

“说到学者综合征，就是‘雨人’了吧。虽然患有智能障碍，却在别的领域有天分。康治先生研究过那个吗……不，我可不知道。”

“我也不知道，是那样吗？”

“似乎是的，据说还是以此为契机认识了妈妈。”

伯朗把昨天从枫那里听来的康治和祯子的相遇做了简单的说明。

“第一次听说。”顺子说，“我记得姐姐当时说是通过共同的朋友认识的，不过我没有详细问过她是什么朋友。说不定那不是真的，毕竟很难告诉别人说是因为亡夫的画而相识的。”

“据说是因为康治看了父亲的画以后，觉得他有学者综合征的倾向。对此你们有什么印象吗？”

夫妻再次对视后，宪三摇头道：“没有……”

“我和一清先生认识很久，但他精神方面没有什么异常。不论是谁，看到他的画都会那么认为的吧。”

枫困惑地歪着脑袋。

“不清楚，明人君似乎也不了解，但单凭画廊里看到的画就……”

“那就很奇怪了。因为在一清先生去世前很久，画廊就不放他的画了，就算看到过画，我觉得那也是在其他地方。”

听了顺子的话，伯朗点头同意。祯子说过父亲的画卖不出去。

“到底他的作品是怎么样的呢？”枫问。

“你要看看吗？”顺子问。

“可以吗？”枫的眼睛发光。

“当然可以啊。伯朗君也没问题吧？”

“我无所谓。应该说，我也有很久没看过了。”

“那么，到这边来。”顺子起身。

她打开起居室里通往日式房间的隔扇。伯朗睁大了眼，因为在那个约十六平方米的房间里，有一整排一清的画，有的画被镶上了画框，有的直接是一块画布。

“我想伯朗君大概会想看看，所以一早就准备好了。”

“是吗……”伯朗踏进日式房间，环视房间里的画。

他也不记得最后一次看这些画是什么时候了。虽然一清去世后画一直被保管在家里，但祯子再婚时，就全送去了她的老家。祯子去世的时候，康治问过伯朗要怎么处理这些画，伯朗和顺子商量了以后，决定寄放在兼岩家。

他的手伸向最靠近自己的画框，这幅画画的是图案颇为复杂的蕾丝网纱，上面随意摆放着旧硬币、表还有钢笔。这是少数留存在记忆里的画之一。

“哇，好厉害。”枫不知什么时候站到了伯朗背后，“这些真的都是画吗？怎么看都像是照片。”

“虽然确实画得很好，但可惜的是，写实画能画到这种程度的画家大概有五万人。”伯朗叹了口气，放下画框，“看着这些画，我不认为他有学者综合征的倾向。”

他又把其他画看了一遍。虽然也有几幅他没有印象的画，但内容都很相似。

“阿姨，你们看到过爸爸最后画的那幅画吗？”

“最后？不知道……”顺子回头看丈夫。

“是什么样的画？”宪三问。

“那个……虽然很难描述，但和这里的画完全不同，是更抽象、像是几何图形的画。如果是那幅画的作者被说成是学者综合征，那么或许我还会相信。”

“一清先生画过那样的画？不，我没见过。”

“我也不知道，也没听姐姐说过。”

“听妈妈说，爸爸开始画那幅画时病情已经发展得很严重了。不过，那幅画没有完成。”

“是吗？那说不定是姐姐处理掉了吧。”

伯朗点着头，心里却起了疑惑。丈夫直到最后时刻都在努力的作品，就算没有完成，应该也会小心保管吧。

“那么，画的话题就到此为止，差不多该切换到日本酒了吧，难得枫小姐带来了好东西。”宪三说道，似乎想要调节气氛。

伯朗看向枫，她手里正拿着另一幅画。他望着她的侧脸问：“有喜欢的吗？”

她把手里的画转向他，上面画着一顶被压扁的棒球帽——巨人队的帽子。虽然伯朗对这顶帽子没有印象，但帽檐上却用万能笔写着一个小小的“HAKURO”。

“对大哥来说，父亲始终只有一个是吗？”

伯朗思考了一会儿，点头。

“我有一个就够了，但妈妈大概需要新的丈夫。”

枫微微耸肩，默默地放下了画。

顺子把一早就准备好的菜肴摆到餐桌上，宪三拿出了珍藏的产于滩五乡的清酒，斟入江户切子的玻璃酒杯后送到嘴里，芳醇的香味顿时从喉咙扩散到鼻腔。虽然伯朗想着冷酒容易喝过头，必须得有分寸，但还是连着喝了三杯。

“话说回来，让媳妇先回国自己却抽不出身，明人君还真是忙啊！”顺子说，她的眼圈周围已经有点儿泛红。

“因为刚开始新业务，所以各种麻烦事很多。”枫抱歉地垂下眼。

“现在正是事业第一吧，人是会有这样的时期的。麻烦的是，往往就是在这种时候，父母会病倒，小孩会患病。不过，只有克服了这些，才能独当一面。告诉明人，不要太介意。”宪三已经有点儿口齿不清了，“但真是可惜，好久没见明人君了，真想和他喝一杯。”

“姨夫如今在从事什么工作？”

“那个啊，其实和以前没什么变化。大学自然是不去了，但数学这玩意儿，是可以一个人研究的学问，我一直没停止过研究。”

“哦？什么样的研究？”

“黎曼猜想……你们没听过吧。”

“黎曼？和上班没有关系吧？”

听到枫一本正经的回答，伯朗含在嘴里的酒差点儿喷出来。

宪三一边把酒杯送到嘴边，一边苦笑：“这可是数学界最大的猜想。我活着的时候自然不用说了，就算到了下辈子都不知道能否解决。不过正因为这样，才值得研究。”

“研究就是生活的全部吧。那么，您不出门吗？”

"是啊，我经常被这个人教训说运动不足，让我出门散个步之类的。"宪三说着望向顺子。

"您几乎都待在家里吗？"

"是的。"

"这个月七日明人好像给这里打过电话。"枫说，"但那个时候似乎没有人在。"

"七日？"宪三一脸困惑地扭过身子，看向墙上挂着的日历，"七日的什么时候？他打过电话来家里吗？"

"大概是下午，说是打了这里的固定电话。他说想在我来这里之前先打个招呼。"

宪三看向顺子："七日吗……什么情况？"

"那天我出门了，朋友约我去看和服的展示会。"

"啊，是那一天吗？那么我没出门，一直都在家。真的是在七日打电话来的吗？"

"明人君是这么说的，之后我再跟他确认一下看看。因为有时差，说不定是他弄错了。"枫回答后，微微一笑。

"你跟他说让他随时再打来，我想听听他的声音。"

听了顺子的话，枫很有精神地回答了一句"是"。

听着他们之间的对话，伯朗感觉胸口有点儿闷。他端起玻璃酒杯，顺势用余光扫了一眼枫。她似乎察觉到了，那双褐色的眼眸也望向他。

伯朗避开她的视线，拿起了筷子。盘子里盛着切得薄薄的乌鱼子和萝卜。他用筷子夹起两块，送进嘴里。

晚上九点刚过的时候，伯朗他们从兼岩家离开。

“真开心啊，还要再来噢。”

顺子一直把他们送到门外。

“承蒙款待。”伯朗感谢道。

“枫小姐也不要客气。还有矢神家的家庭会议，要加油噢，要落落大方地出席。”

“是，我会努力的。”枫的双手紧紧交握在胸前。

他们坐上叫好的出租车，往车站方向去。

“真是好人呢。他们说的很多事都值得参考。大哥，谢谢您带我来。”车上，枫低下烫着螺旋小卷的头。

“你开心就好。”

“非常开心，菜也好吃。”

“是吧。”

“大哥在中途突然不说话了，是发生什么了吗？”

伯朗心想：这女人看起来迟钝，其实有着敏锐的观察力，果然不能小看她。

“没什么，就是喝多了有点儿累。”

这是假话。其实他有事想要问她，但有司机在，这个时候他只能沉默。

到了车站以后，他们坐上了驶往东京都中心的电车。车里人不多，但他们却没能并排而坐。伯朗双臂交叉假装睡觉，却不时偷瞄枫的动静。坐在对面长椅最边上的枫则和大多数乘客一样，不时地把玩着手机。

结果，两个人直到下了电车后才说上话。一走出检票口，伯朗就对枫说："我有话要问你。那是怎么回事？你说明人给阿姨家打过电话？"

"那有什么问题吗？"枫歪着脑袋问。

"别装傻！这个月七日，那不是明人失踪的日子吗？他会在那天打电话给阿姨家吗？就算打了，为什么你会知道？"

枫翻着眼珠锐利地瞪向伯朗。察觉到她从不曾露出过的冷冽眼神，伯朗打了个寒战。

她无言地转向一边，伯朗双手抓住她的肩："看着我。"

枫再次挑衅地看向他，然后用左手抓住伯朗的右手腕："请放手。"她低沉的声音仿佛来自丹田。那一瞬间，缠在她无名指上的蛇的眼中似乎闪过一道红光。

伯朗把手从她肩上松开。

"为什么要说那种谎话？为什么要说明人打过电话？"

枫没有回答，她从容地直视着伯朗的眼睛，仿佛在试探他的忍耐度。

"虽然这谈不上是我的推理，不过我能说一下我的想象吗？"

枫微微点了点头，仿佛在说"请"。

"那是在确认他们的不在场证明，你想要确认姨夫还有阿姨在七日的行动，是吧？你是觉得他们和明人的失踪有关吗？"

枫挑了挑眉，撇嘴道："你觉得没有关系的根据是什么？因为他们是好人？"

"你说这话是当真的吗？"

"当然，我丈夫可是失踪了。"她脸上浮起微笑，眼神却变得锐利，而且那眼中布满了血丝。

伯朗叹了口气："矢神家的家庭会议上你也打算这么干？"

"如果有必要的话。"

"我知道了。那么答应我一件事，虽然我不知道你要用什么手段，但你要在事前告诉我，绝不要乱来。听到了吗？"伯朗用手指着枫的脸。

"我知道了。"她轻轻点头。

伯朗放下手，环视周围："我送你，叫辆出租车吧。"

"不，没事的，我一个人能回去。"枫举起手拦下一辆空车，"那么大哥，我等您联系。"她礼貌地低下头，道一声"晚安"后钻进了车内。

伯朗目送着出租车离开，后座上那满是螺旋小卷的脑袋不曾回头。

9

据说那对年轻情侣带来的花栗鼠有六岁了。伯朗问诊时，它的鼻子似乎无法呼吸，一直都张着嘴。女人说它这两天一直都没怎么吃过饲料，感觉有点儿瘦了。

注意到它情况不对大约是在两周前，据说是发呆不动的时间增多了。伯朗虽然在心里想如果那个时候就带来的话，或许还有点儿办法，却没有说出口。

花栗鼠在氧气机里动了起来，虽然谈不上精神，但至少在走来走去。那对情侣一脸复杂地看着它。

虽然不知道原因，但伯朗估计它得了肺炎，然后肺炎又引发的各种并发症影响到了消化器官和循环器官。治疗必须用到氧气机，也就是说，必须让它住院，挂水、打针、观察。即使这样还是不知道能不能治好。照伯朗的看法，大概是没希望了。

如果对方提出“即使治不好也请治疗它”，那他也有打算接收下来。不过伯朗告知他们：“治疗费不便宜，一两万日元是不够的，最少也要五万日元。”

两个人看起来都还二十五岁不到，不知是结婚还是同居。但从他们的打扮来看就能知道，两个人在金钱方面都不宽裕，会选择花栗鼠这种饲养起来麻烦的宠物，大概也是因为价格便宜吧。

听了伯朗的话，男的瞪了他一眼。他一定觉得自己是无情的兽医吧。伯朗坦然地回看他，自己又不是做慈善事业的——

看了一眼墙上的钟，很快就要下午一点了。那对情侣说下午一点给答案。

前台的拉门“哗啦”一声被拉开了。

“您的手机响了。”荫山元实递过手机。

伯朗接过手机以后，对情侣说了声“失陪一下”后走出诊疗室。他一边走过无人的候诊室一边接通电话：“你好，我是伯朗。”在对方应声的时候，他已经走到了外面的人行道。

“我是波惠。”对方的声音冷淡，毫不亲切。

“前两天多谢您了。”

“关于家庭会议，明天怎么样？”

“明天？还真是很急呢。”

“因为哥哥是那种状况，所以我想能早一天是一天。而且在我说了枫小姐的事以后，大家都很感兴趣。如果明天不方便的话，那么我再想几个其他的日子。”

“不，我没关系，我想枫小姐应该也没问题。去矢神府邸就可以了，是吗？”

“是的，能请你们在正午到达吗？”

“知道了。”

“那么，恭候光临。”

“请多指教……”伯朗话说到一半，电话已经被挂了。

伯朗单手拿着手机正要回医院，自动门开了。那只花栗鼠的主人们走了出来。女人一脸悲伤，小心翼翼地抱着小笼子。看到伯朗后，她点头致意，男人则一脸愤然，看都不看伯朗一眼。

进入诊疗室，一个身穿灰色毛衣的消瘦老人正对着电脑的屏幕看。

“您走来走去不要紧吗？”伯朗对着老人的背影问。

“今天感觉特别好，膝盖和腰都不疼。”老人把椅子转向伯朗，笑着说，“就是手有点儿麻。”

他是这家动物医院的院长——池田幸义，很快就要八十岁了，独自居住在紧挨着医院的主屋里，平时很少出现在伯朗他们的面前。听说是由住在附近的侄女照顾他的衣食起居，但具体情况不是很清楚。

伯朗打开前台的拉门。

“花栗鼠的那对主人，似乎放弃治疗了。”他对荫山元实说。

“是的，看来是听了院长的建议。”

伯朗的视线转向池田：“您提了什么建议？”

池田耸肩：“我没说什么。”

“作为将来的参考，我想听一听。”

“也没到那个地步啦。我只不过说，和猫、狗这些靠当宠物来生存的动物不一样，对花栗鼠来说，被人饲养，不如在山野里自由奔放来得幸福，是你们从一开始就剥夺了这只花栗鼠的幸福生活，花栗鼠不抗压，生病的原因也有压力吧。”

“原来如此。”

伯朗觉得这番言论虽然正确，但对那对情侣来说或许相当刺耳。

“对了，”池田又说，“听说你弟弟的妻子出现了？”

伯朗回头看向前台，大概是荫山元实说的吧。她假装没听到，继续忙着工作。

“那又怎么样？”

“没什么……不过——”池田用手指蹭了蹭鼻子下方，“你不是和家里断绝关系了吗？”

“有些状况。”

“哦？你说的那个状况还是不听为妙吧。”

“那并不值得您听。”

“是吗？那么这个话题就到这里吧。相反，这么说也有点儿怪啦，我想聊一聊之前那个话题，你考虑过了吗？”

“虽然考虑过……”

“还没有拿定主意吗？”

“是的。”伯朗点头，“毕竟责任重大。”

池田噗地从鼻子里喷了口气。

“无非换个姓，我不觉得是什么大事。”

“在这三十多年里，我都没有父亲，而且十六年前，母亲也去世了。到这个年纪再有个新的父亲，我自己都不知道该怎么去接受这种事。”

“我说过无数次了，你不用担心需要照顾我，我早晚会进养老院，已经为此准备好了资金。我也交代过春代，尽量不要给你添麻烦，再说我也活不了太久。”

春代是他侄女的名字。

“我不是担心这个。”

“那么，你有什么想不开的呢？果然还是姓吗？你是在犹豫没法舍弃‘手岛’这个姓氏吗？”

“不知道，或许是那样，毕竟那是我特地改回来的姓。”

“那么，就称你为手岛如何？或者就把医院的名字改成手岛动物医院也——”

伯朗伸手打断了池田的话。

“这里是池田动物医院，没道理改成毫无关系的名字。”

池田耷拉着眉毛苦笑。

“你还真是顽固啊，虽然你从前就这样。我知道了，那么我再等一阵子吧。不过，我身体已经这样，没多少时间了，你尽早给我答复吧。”

“我会努力的。”

“要往前看啊。”

老兽医“嘿哟”一声从椅子上站起。他不时用诊疗台支撑着身体，又用手扶着墙慢慢地朝里面的房门走去。在他身影消失在房门那一头的同时，伯朗呼地深深叹了口气。

他再次环视诊疗室，一台可以被称为古董的X光机，一张据说是特别定制的诊疗台，一部需要点儿窍门才能稳定使用的心电图记录仪等——每一件都是这个医院必不可少的东西，同时也承载着伯朗的难忘回忆。

和池田是在祯子去世后的第二年遇上的，也就是十五年前，地点是居酒屋。当时伯朗在那家店里打工。一天，看起来六十多岁的一男一女来光顾。

事情发生在伯朗把他们点的某道菜端到两人桌上正欲离开的时候。“喂！”男顾客叫住了他。

“这个和点的菜不一样。”男人指着盘子，“我们点的是柳叶鱼。”

“老公……”同一张桌的女人皱眉道，“别这样。”

这一瞬间，伯朗已经察觉到他想要投诉的意图。虽然如今已经是广为人知的事了，但在当时没有顾客会指出这个问题。

盛在盘子上的毫无疑问是柳叶鱼，但是，伯朗也明白那只是它的一个叫法而已。

男人张口道：“这不是柳叶鱼——”

“这是桦太柳叶鱼。”伯朗抢先回答，“别名毛鳞鱼，属于胡瓜鱼目胡瓜鱼科。因为桦太柳叶鱼的名字太长，所以在本店被简称为柳叶鱼。顺带，本店的鲷鱼是罗非鱼，甜虾是阿根廷红虾，葱鲔用的是曼波鱼拌色拉油。”他流利地说完，又补充道，“有何指教？”

男人哼了一声，抬头看着伯朗：“明知是假的还卖，也就是明知故犯。”

“关于这一点，这位客人您也是一样。真正的柳叶鱼不可能卖这个价，您肯定知道是毛鳞鱼，但还是下了单。如果您是想看店员为难的表情，很抱歉我无法回应您的期待。”

男人一脸哑然，和坐在他对面看起来像是他妻子的女人对视。女人责备地说：“看，还是有人懂的。”

但男人无法释然，他问：“是店里教过如何回应这种投诉吗？”

“怎么可能？”伯朗回答，“如果是其他店员，一定会大吃一惊吧。他们都相信这是真正的柳叶鱼。”

“你怎么知道这是假的？”

“大学老师在课上讲过。”

“大学？你什么专业？水产学？”

“兽医学。”

男人张着嘴说不出话来，而他对面的女人则欣喜地睁大了眼：“哎哟！”

这就是伯朗和池田夫妇的相遇。知道池田是兽医后，伯朗也是无比惊讶。

从这天开始，池田夫妇就经常来店里光顾。一天，池田问伯朗毕业后有没有确定在哪里就职。

“虽然去过几家动物医院实习，但还没决定去哪里。”伯朗老实地回答。池田就说：“那么就辞掉居酒屋的兼职，现在来我们医院吧。”他想聘用伯朗为助手。

“大学的学习固然重要，但更要紧的是累积经验。兽医和给人看病的医生不一样，必须给各种动物看病，就算不是亲自治疗，光在一边看都能积累知识。”

“而且……”池田继续说，“兽医要面对的不仅是动物，还有它们的饲主。就某种意义来说，这个更重要也更麻烦。世界上有各种各样的饲主：有穷人，也有富人；有对宠物倾注关爱的饲主，也有只是因为无奈而饲养的人。要怎么和这些千差万别的饲主打交道呢？这个在大学里是学不到的，短时期的实习也无法掌握。”

池田的热情劝导是有理由的。这个时候，池田动物医院的助手是由他的妻子贵子担任。但是贵子的心脏有老毛病，无法承受长时间的工作。池田自身也已六十五岁，已经渐渐撑不住过度操劳了。

动物医院的助手一般被称为动物护理师，虽然也有人持有执照，但那不是公认的执照，而是社会团体授予的。也就是说，这个职位并不需要什么执照，谁都可以从事。事实上，贵子也是在和池田结婚后才边看边学，渐渐能帮上手后才当了助手。

池田虽然在寻找新的助手，但以他现在的年纪，他觉得不可能再聘请一窍不通的外行，所以兽医学学生伯朗就是最佳人选了。他希望伯朗能帮忙做到找到下一个助手为止。

听他说着，伯朗开始觉得这件事并不算差。虽然他白天有课没法来，但如果是从傍晚开始的话还是有办法的，而且这和实习不一样，当助手有工资拿。

以最晚做到毕业为条件，伯朗开始了工作。在那之前，他只在一家大型动物医院实习过，新的工作充满了新鲜与惊奇，最不一样的是和饲主们的距离很近，几乎都是熟人或是有着长久交情的人。有时候，池田甚至会和这些人去外面吃饭喝酒。

伯朗的工作很忙，不仅要打扫和照看动物，还经常会亲自参与问诊。当有动物住院时，他会住在医院里。

转眼一年过去了，伯朗顺利地从大学毕业。池田给他介绍了工作，是一家和池田动物医院有着合作关系的医院——遇上池田一个人无法应付的手术时，就会转到这家医院来。

伯朗大约在那家医院工作了五年后，贵子去世了，死因是急性心功能不全。池田十分失落，之后就迅速地衰老，事实上，连身体也变得很容易生病。就在这个时候，池田问伯朗能不能来他的医院帮忙。

“我都这个岁数了，觉得关门也没什么，但饲主们恳求我不要关门。虽然我也改变了想法，想做到做不下去为止，但只有我一个人的话，体力上吃不消。这样一来，能拜托的就只有你了。”

“你觉得怎么样？”他问。

伯朗很烦恼。他在现在的职场已经非常得心应手，也满足于执勤医生的生活，虽然要负一定的责任，但也可以说不需要负很多的责任，收入也不错，如果去帮池田动物医院，无疑会辛苦很多倍。

但最终伯朗还是选择了那条困难的路。池田对自己有恩，他能成为一个独当一面的兽医，是因为在池田动物医院积累的经验。

回到池田动物医院后，有件事令伯朗很吃惊。他当助手时就已经熟悉的饲主们如今依然会上门光顾，也有人养的宠物已经和当年的不一样，但即使这样他们也没有更换动物医院。池田说饲主们恳求他不要关门的事并非假话。

就在两年前，池田因为脑梗死倒下，病因是他在年轻时酗酒过度。虽然性命保住了，却留下了后遗症，他无法再继续问诊了。

这个时候，伯朗的头衔从副院长变成了代理院长，然后伯朗又借此机会寻找新的助手。因为此前在这里工作的女人不但是个对动物护理一窍不通的外行，而且是名主妇，出勤时间很受限制。

荫山元实就是在看到征人广告后来的。伯朗只看了一眼就决定聘用，理由当然是因为她是美女。伯朗觉得就算她也是个外行，但只要教会她怎么工作总能行的。

出乎意料的是，她竟是个专业的动物护理师，而且还有会计从业资格证。问了才知道，她之前在一家颇为有名的动物医院工作。当被问到为什么会辞职时，她面无表情地回答："因为被性骚扰了，所以我决定下一份工作要找一个在这方面不用担心的地方。调查后发现这家动物医院的院长已经快八十岁了，我觉得如果是这样应该没问题。"

"那么有代理院长在是失算吗？"他问。

"虽然出乎意料，但是不是失算目前还没法说。"她坦然地回答。

之后两年过去了，既然荫山元实没有提出辞职，那么她应该没有觉得这是失算吧。虽然池田的身体状况不是很好，但医院的经营状况却不是很差。

然而在前几天，池田突然提出了一个出乎意料的提议。他问伯朗要不要当自己的养子。

"你也明白，我已经没多少日子了，所以我开始为没法带去那个世界的各种事情操心。因为我没有孩子，如果照现在这样的情况，我的财产会由几个亲戚继承，但我完全想不出应该把什么东西交给谁，真是一筹莫展。我侄女春代也说，如果我不趁活着的时候把事情交代清楚，他们会很困扰。的确，我也不希望亲戚们有争吵。我最放不下的就是医院了。以前我想过等我退休后就关门，但现在有你在，为了那么多的常客，我希望能留下医院。"

按照池田的说法，他想趁现在把医院移交到伯朗的名下，为此，最方便的方法就是领养。

这个提议对伯朗来说并不差。他也不觉得自己今后有希望独立开医院。他和池田交往甚久，对他的人际关系大致有所了解，所以就算当了他的养子，应该也不会被卷入什么麻烦事。

但是——

你是在犹豫没法舍弃“手岛”这个姓氏吗？——池田的话言犹在耳。确实也有这个原因，但问题并不仅仅在于姓氏，他觉得还有别的原因让他无法踏出这一步。

他忽然想起了一件事，于是操作起手中的手机。他连上了一个用来判断姓名吉凶的网站，正当他输入“池田伯朗”打算鉴定的时候，突然感到背后有动静。他回头一看，荫山元实的脸就在他眼前。他不由得吓得退了一步。

“你在做什么？”

“没什么。”伯朗把手机翻了个面，“倒是你，在干吗？”

“我想问能不能提前走。”

“提前？啊……”他看了看墙上的钟。今天是周六，门诊时间已经结束了，“我知道了，辛苦了——”当他看到荫山元实的下半身时，声音戛然而止，不知什么时候，她已经换好了衣服，“真少见。”

“什么事？”

“这不是裙子嘛，而且——”他忍着已经到了嘴边的“很短”两个字。

荫山元实的眼里露出险恶的光芒：“有时候，我也是会穿短裙的。”

“嗯，说的也是，不好意思说了怪话。”

她上班时一般都是穿牛仔裤，因为这样就可以披上白大褂直接开始工作。如果穿了裙子，还得去换成裤子。

“辛苦了。”伯朗说。

“你也辛苦了。”荫山元实低着头向西门走去。不过，她在走出诊疗室前忽然回头，“我觉得两个都很好，不管是池田动物医院，还是手岛动物医院。”

她似乎听到了自己和池田之间的对话。伯朗摇了摇头：“不会改名字的。”

荫山元实轻轻点头：“告辞了。”说着消失在门的那头。

伯朗叹了口气，拿起手机，重新鉴定了“池田伯朗”这个名字。

结果是凶。

10

在明人的公寓前停车后，伯朗开始操作导航仪，马上要到中午十一点了，输入了矢神家的地址后，导航仪上显示出了预计到达时间——中午十一点五十三分，非常好。

他听到有人在咚咚地敲着车窗，望向副驾驶座那一边，看到枫正从外面朝里张望。伯朗打开车门的锁。

“早上好！”枫钻了进来。

“早……”看到她的服装，伯朗不住地眨眼。

“怎么了？”

“没，你衣服的颜色完全出乎意料，所以有点儿吃惊……”

“你不喜欢红色吗？”

“也没有啦……”

身穿白衬衫红套装的枫微微一笑。

“能让心情变得明朗不是很好吗？那么出发吧。”

她的语气很明快，丝毫感觉不出前几天的险恶气息。伯朗困惑地绑上安全带。

“真期待！除了波惠姑妈以外，还会有些什么人呢？”

“不知道。我本来就不怎么了解矢神家的事，去了就知道了吧。”

“是啊。哇，感觉有点儿七上八下的。”枫的声音听起来似乎真的很兴奋，但考虑到她的心境，似乎又不可能会这样。

伯朗的情绪也很复杂。他本来以为这辈子都不会再和矢神家的人扯上关系，而那边的人显然也不会想见到他这个没有血缘关系的拖油瓶。

但他终究放不下明人的事，虽然没有往来，但弟弟始终是弟弟。听到弟弟失踪，他没法坐视不管。

不，伯朗一边开车一边扪心自问，自己真的是在担心明人吗？他觉得如果是以往的自己，就算感到放不下有所惦念，也会干脆地认定自己爱莫能助，然后仅作壁上观。那么，他为什么会做这些呢？他为什么正在赶往自己根本就不想与之见面的矢神家的人所在的地方呢？

有那么一瞬间，伯朗的余光瞥向身旁的座位，在捕捉到那双从红色短裙下伸出的腿后，又迅速把目光看向前方。

理由很清楚了，因为受坐在副驾驶座上的女人所托。但是，他也有过拒绝这个选项。为什么他没有这么做呢？因为她是弟弟的妻子吗？那如果她是个完全无关的女人，自己会怎么做？如果她不是枫，自己会怎么做？

伯朗轻轻摇了摇头，觉得还是不要继续往下想为妙。

“怎么了？”枫敏锐地问。

“不……我在想警察那边怎么样了。你有告诉过他们明人还没有回来吗？”

“我没说过吗？警察什么都不肯做，他们认定明人君是出于自己的意志失踪的。”

“你没说过矢神家的事吗？跟他们说你觉得明人的失踪和他们有关。”

“大哥，请不要乱说，我怎么可能说出那种话。”

“为什么？”

“如果我这么说了，警察们就会去调查盘问矢神家的人，那么这个时候，要是警察先生说了我的名字怎么办？然后说矢神明人的妻子觉得矢神家的亲戚很古怪吗？如果真的跟亲戚有关那还算好，但如果不是的话，事情会怎样？我想今后我会永远被矢神家的所有人排斥。”

“警察会说你的名字吗？不透露情报来源不是警察的规矩吗？”

“但并不保证他们一定会守这个规矩吧，所以矢神家的事只能我们自己去查，而且警察大概不会有所行动。”

“你……”伯朗清了清嗓子继续说，“为什么你会觉得明人的失踪和矢神家有关？”

枫沉默了一会儿，似乎在犹豫，然后说：“有一次，我听明人君说过……”说着她又停了一下，“他说他不相信那个家里的人。”

“为什么？”

“他没有详细说，总之他说不能给那些人可乘之机。”

“什么意思？”

伯朗歪了一下头。

“所以呢……”枫忽然发出娇滴滴的声音，然后在他的左肩砰地拍了一下，“为了查明这一点，我这不正要和大哥您一起潜入敌军阵地吗？”

伯朗呼了一口气，嘟哝道：“原来是这样啊！有几点我们先说好了，首先是要隐瞒明人失踪的事。”

“当然。”

“但是，关于今天的家庭会议，如果你和我完全没有跟明人说过也很不正常，毕竟能打国际电话，还能发邮件。”

“那就说打过电话，也写过邮件，可以吗？”

“那么你和明人说了些什么？”

“就遗产继承的相关事宜确认了明人君的意向，可以吗？”

“那么如果他们叫你说一说他的意向之类的呢？你会怎么回答？是打算瞎编吗？”

“没必要，我知道明人君的想法。”

“意思是你听他说过。”伯朗瞥了枫一眼。

“虽然没有说得很明确，但我知道，因为我们一直都在一起。”

“自信满满啊。要是错了怎么办？”

“怎么可能会有那种事？”枫斩钉截铁地说，“要不，我先跟大哥您说一遍？”

“不，不用，这事跟我没关系。”

虽然路上有点儿堵车，但到达矢神府邸前时，时针还没有指向十二点。伯朗下车去摁门柱上的对讲机按钮。

“来了。”一个女人的声音传出来，是波惠。

“我是伯朗，我们现在就在大门前。”

“知道了。”

回到车上，枫正满脸好奇地打量着矢神府邸。

“就跟公园一样开阔呢。里面的建筑物是宅院？简直就是城堡啊！”

“我小时候觉得比现在还大，而且很壮丽。”

围绕在宅院外的高高围墙上有着无数的裂隙。

伯朗开车通过打开的大门，以前它们是关着的，只有在有车出入的时候，才会用电动开关打开，现在可能年久失修，已经坏了。

访客用的停车区域里已经停着两辆车，都是高级的进口轿车，但不像是新款。

走到玄关处，身穿和服的波惠正站在那里。看到伯朗二人，她点头致意：“你们来啦。”

“您好，前几天多谢了。”枫明快地打起了招呼。

“蒙您亲自迎接不胜荣幸。”伯朗对波惠说，“我还以为会是以前管家的那个人。”

“那位已经在大约二十年前离开了，因为岁数已经很大了。”

“没有雇顶替的人吗？”

波惠微微耸肩，回答：“没那个必要吧。”

穿过往两边打开的大门，先到达玄关大堂，头顶的天花板上挂着枝形吊灯。不过这里也不如伯朗记忆中的宽敞了。

波惠走过走廊，伯朗和枫一起跟在她的身后。不久，波惠在一扇大门前站住，打开门，对伯朗他们催促道："请进！"

是餐厅！伯朗立刻想起来了，曾经以康之介为中心频繁地聚餐的地方。

"打扰了。"伯朗跨进室内。

房间中央的细长餐桌和排列在餐桌两边的椅子与伯朗记忆中的一样。今天，餐桌的对面已经有人坐着，三男三女，一共六人。他们一整排地坐着，宛如面试官一般。虽然他们都相应地老去了，但还是有着熟悉的面容。

伯朗有些意外。因为说是家庭会议，他原本以为一定会有很多人。

"就算叫一堆看热闹的来，无非是徒增混乱，没法统一意见，所以还是请少数代表来比较好。"波惠说道，她似乎看透了伯朗心中所想，然后又转向那六个人，"各位，我来给大家介绍。首先是伯朗先生，你们还记得吧？"

"久疏问候。"伯朗低下头。

六个人既不点头也不摇头，只是不作声，仿佛在说你是谁都无所谓。

"然后，这位是明人的妻子——枫小姐。"

在波惠的介绍下，枫往前迈了一步。

"我叫枫，请多指教。"她深深地鞠了一躬。

六个人的反应各不相同，三个女人像是在评估似的打量着枫，脸上却没什么表情。与之相比，男人们的表情虽然程度不一，但显然都对这位新亲戚抱有浓厚的兴趣。毫无疑问，最大的理由是她的美貌。

"那么，我来介绍一下家里的亲戚。"波惠从怀中取出两张纸，"我觉得只说一次，你们大概记不住，所以在纸上写了名字并备注了他们和哥哥的关系，也给伯朗先生一张。你已经忘记了吧？”

与其说是忘记，不如说他从来就没有清楚过。不过伯朗没有多嘴，只是接过字条。

“从右开始。这是我妹妹的丈夫支仓隆司先生，我的妹妹祥子，然后是他们的女儿百合华小姐。不过，妹妹的母亲是爸爸的第二位妻子，所以对我和哥哥来说，祥子是同父异母的妹妹。”

伯朗看向字条，只见上面写着“妹夫 支仓隆司”“二妹 支仓祥子”“侄女 支仓百合华”。

支仓隆司是个又瘦又白，看起来颇为纤弱的男子。相较于丈夫，祥子显得有些丰满，脸也是圆圆的，但略微上挑的眼睛很细，给人以不怎么温厚的印象。两个人看起来已经六十岁左右。虽然伯朗对这两个人有印象，但不记得和他们说过话。

百合华有一张和母亲并不相似的瓜子脸，眼睛大大的，鼻子挺挺的，眉毛的形状也很好看，毫无疑问可以归类为美女。伯朗若无其事地瞄了她的胸部一眼，但推测不出被包裹在米色连衣裙下的身材。

他对百合华没有印象，就算见过，当时她也还是个小孩子吧。

支仓代表三人对枫说道：“请多指教。”另外两人只是点头致意。

“这是我的弟弟牧雄，他和祥子是同一个母亲生的。”

牧雄应该已经五十岁过半，颧骨突出，下巴还是和以前一样凸着，鼓起的眼睛似乎正在凝视什么，但不像是在看枫。伯朗心想或许他没有察觉正介绍到自己吧。他小时候就觉得这个人阴森森的。

听了波惠的说明，伯朗追溯起遥远的记忆。以前在这个家里聚餐的时候，康之介的妻子对康治以及波惠的言行态度和对祥子、牧雄的有着微妙的差异，或许是对上一位妻子的孩子比较客气吧。

“然后，”波惠顿了顿又继续说，“这两个人是爸爸的养女和养子——佐代小姐和勇磨先生。”

伯朗看向字条，上面写着“养女 矢神佐代”“养子 矢神勇磨”。

佐代的年龄不详，一头短发染成了优雅的茶色，很衬她小巧的脸蛋，皮肤看起来很年轻，身材也没走样，精致的眼妆十分性感。虽然看起来和伯朗年纪差不多，但从全身所散发的风韵来看，她应该年纪更大一些。伯朗和这个女人是第一次见面。

然后——

伯朗的视线转向最后一个人——矢神勇磨。这是在伯朗记忆中留下最深印象的人。

当然，他已经完全长成了一个成年男子。他的年纪比伯朗略大，四十岁左右，鼻梁高耸，有着雕塑般立体的五官，此刻正盯着枫看。

然后他的目光转向伯朗，略有深意地露出一丝笑容后，再一次把视线对准枫。

真是令人讨厌的眼神。从他乍看似乎淡泊的假面之下，仿佛能听到他正在舔舌头的声音。

“那么，”波惠说，“伯朗先生和枫小姐都请坐。我现在去准备午餐。”她说完离开了房间。

“失礼了。”枫走近餐桌。从右数起的第三个和第四个座位上铺着坐垫，看来各自的座位都是被指定好的。

枫坐在从右数起的第四个座位上，伯朗正要拉旁边的椅子。

“那里不是你的座位。”一个冷淡的声音响起，是勇磨，“那是波惠女士的。”

伯朗看向他，勇磨沉默地指着自己右斜方，也就是最左面的座位。的确，那里也铺着坐垫。

伯朗叹了口气，往那个座位移动。

“你一脸想问为什么自己的座位被安排得那么远的表情。”勇磨似乎觉得很有意思。

“如果我问你理由，你会告诉我吗？”

“当然。很简单的理由，因为你是外人。你自己也不想一边被迫听着和自己全无关系的事一边用餐吧？希望你能感受到我们的体贴。”

“那真是多谢了。”伯朗瞪着他，但勇磨的视线已经回到了枫的身上。

“不过呢，”支仓祥子开口道，“明人先生也真是见外，别说不请我们参加婚礼了，连结婚的事都不告诉我们一声。”

“没有及时告知，我们深表歉意。”枫道歉道。

“明人先生精神好吗？”

“是的，每天都在忙这个忙那个。这次没法回国，真的非常遗憾。”

“精神好就好。哎，我想听听你们是怎么开始的。你们是在哪里认识的？”

“妈妈。”百合华皱眉道，“那种事不用问也没什么吧。”

“为什么？我想知道嘛。——是吧？你也想知道吧？”祥子扭过身子看着丈夫隆司。

“嗯……或许是吧。”隆司的回应模棱两可。

“算了啦，不要问了。倒是阿姨好慢啊。”百合华说，“她正在做什么？”

"正在指挥女仆们吧。"勇磨的嘴角略微抽搐，"现在和以前不一样，都是临时雇来的厨子和女仆，所以需要费些工夫吧。不要这么虚荣，叫些外卖便当不就好了。"

"你去提建议不就好了。"祥子说，"顺带再说一句，便当的钱自己出。"

"那样一来，波惠女士就没有立足之地了吧。管理这个家的可是她啊。"

"是让她管理吧？"一旁的佐代把脸转向勇磨。

"这话说出来就——"他没有继续说出"完了"那两个字，而是对着伯朗和枫露出嚣张的笑容。

这个时候，只有矢神牧雄默不作声。他盯着餐桌上的一点看，脸颊上的肉不时地搐动着，阴森森的——就和伯朗小时候看到的一样。

没多久，门被打开，波惠回来了。她没有关上门，因为两个女仆正要上菜。

首先端上的是以龙虾和蔬菜为食材的前菜，看起来他们准备了正宗的法国大餐。虽然还开了香槟，但伯朗等会儿得开车，于是谢绝了。

波惠一边用餐一边开始盘问枫的家庭情况。枫的答案就和告诉伯朗的一样，说了自己老家是在葛饰开烤串店的，自己是家里四兄妹中的老三等。

勇磨一直盯着她的前空姐身份不放。他问枫："你主要是飞哪条航线的？"

"时期不同，航线也不一样。"枫回答，"有时候亚洲多些，也有时候欧洲多些。"

“美国呢？洛杉矶呢？”

“洛杉矶的话，三年前经常去。”

“那么，”勇磨打了个响指，“说不定我正好乘过你当班的飞机呢。那段时间，我正好经常去洛杉矶出差。”

“你主要去洛杉矶哪里？”

“工作的话主要还是下城区、市民中心之类的。洛杉矶虽然高层建筑很少，但感觉那一带很有大都市的气氛。”

“啊，是呢。”

“不工作的时候就会去像第三街、步行街之类的地方，我经常去那里逛。”

“啊，圣莫尼卡。”枫的脸上散发出光彩，“那条街很时尚，我也非常喜欢，还有奥维拉街之类的地方。”

“我也去过很多次。那里还有特别好吃的墨西哥餐厅。不过空姐的话，多数还是会在罗迪欧大道这种地方买东西吧？”

“我经常去那里，不过，就只是看看，感受一下上流社会的气氛。”

“真好啊，我说什么你都能接下去。虽然迄今为止我身边没有能跟我把这种话题聊得热火朝天的人，但今后似乎会很愉快。”勇磨满足地对着枫举起香槟杯。

“哎哟，如果你想聊海外的话题，我随时都能奉陪噢。前不久，我还去了迪拜呢。”祥子对抗似的说。

“是吗？那么说定了。”勇磨一听而过，突然撇了撇嘴角。

用餐在沉默中持续了一阵，只听得到刀叉碰到餐具时的声响。

打破沉默的还是枫。“各位，”她把所有人看了一圈，“平时都是做什么的呢？像是工作之类的，我可以问问吗？”

“没什么不行的，是吧？”波惠征求对面六个人的同意后又转向枫，“就从我开始吧。正如你所知道的那样，我没有工作，收入只有微不足道的年金，每天的生活就是管理这个家以及照顾哥哥。”

“很辛苦吧。前几天，我也说过，今后也请让我帮忙。”枫放下叉子，挺直了背说。

“谢谢，靠你了。”

“接下去是我吗？”支仓隆司说着清了清嗓子，“我经营一家公司，主要是护理方面的业务，具体来说，就是收费养老院，首都圈有四家，然后在关西和东海各有两家。”

“是吗？在超老龄化社会的日本，您经营的可是必不可少的业务呢。您平时忙吗？”

听到枫的话，支仓隆司挺了挺胸：“托你的福，需求还是很高的。”

“不过我也听说过市场供大于求。”说话的是佐代，“因为参与的企业很多，所以在费用和服务内容方面的竞争越来越激烈。”

“是吧？”佐代征求身边勇磨的同意，勇磨点了点头。

“的确，虽然日本正迎来超老龄化，但因为还有人口比例的问题，所以老人自身的数量并不会继续增加，而且收费养老院事业的商业模式主要是以在经济方面很宽裕的老人为对象。我觉得一旦业内开始争夺这类老人，那么这个业务自身也到了极限。”

“所以我们也有在研究各种战术。”支仓隆司一脸不悦地看着勇磨他们，“通过医疗机关的介绍来提高入住人数，让护士常驻在养老院里推广低价的房间等。不用担心的。”

“听您这么说，我就放心了。”勇磨的语气很冷漠。

“可别忘了，接手日渐萧条的‘矢神园’并扩大到现在规模的是我们家的人，房产业本来就是我们家的专长。”祥子一脸愤然。

听到这个名字，伯朗感到很怀念。所谓的“矢神园”，是康之介以前经营的疗养所，因为主要客户是老人，所以也算是养老院。

“说得好像是被逼的一样。”波惠的语气中带着讽刺，“爸爸去世的时候,你们可是口口声声说‘只要给我“矢神园”,别的就什么都不要了’。”

“那是因为觉得如果我们接手,事情就能圆满收场啦。除了我们家，还有人能重振‘矢神园’吗？佐代女士、勇磨先生，你们能行吗？”

“妈妈！”百合华在一边说，“这事就别说了吧？太丢人了！”

“但是……”祥子说了一句后，又好像嘟哝了几句别的，但伯朗没听清。

“百合华小姐，你是做什么工作的呢？”枫语气明快地问。

正在吃鱼料理的百合华停下手上的动作，注视着斜对面的枫。

“设计方面的工作。”

枫用力吸了口气：“好厉害！竟然是时尚设计师！”

百合华皱起了眉，缓缓地摇了摇头：“是书籍设计师。”

“咦？”

“书，就是做书的封面以及书皮装帧的工作。真不好意思，我不是时尚设计师。”

“啊……啊——”枫嘴巴半张地点着头，“书籍的设计啊！我懂了。是的，我知道了，很棒的工作呢！哎，是真的噢！”

百合华的脸上似乎写着“你真的懂了吗”。

“她在业界的评价很高，前年还得了奖。”祥子趾高气扬地说。

不知道什么时候，原本坐在百合华身边的矢神牧雄不见了踪影，似乎是去了洗手间。枫满脸笑容地转向佐代：“佐代女士是做什么工作的呢？”

佐代用餐巾揌了揌嘴角，对着枫露出微笑：“托你的福，我在银座开店。”

“银座？什么样的店？”

祥子噗地笑出了声。

“枫小姐，如果是女装店，我就会说是女装店；如果是餐厅，我就会说是餐厅。既然我只说是开店，我想你应该也能理解是什么方面的吧？”

枫困惑地“咦”了一声，但佐代却没有表现出丝毫不悦，回答道：“是夜总会，姑且算是老板娘。”

“啊……是那样嘛。那个……那种店，像我这样的人也能去吗？”

“当然可以，非常欢迎噢。请随时来，等会儿我给你名片。”

“好的，谢谢！”

看着枫对她道谢，伯朗不由得担心她是不是真的打算去。

勇磨慢条斯理地端起高脚杯，待白葡萄酒流过喉咙才张口道：“是不是我也要对自己的工作做一下说明？”

“啊，拜托了。”枫把身体转向他。

“我经营连锁的居酒屋以及酒吧。公司的名字叫‘偶像之眸’，你大概没有听说过吧。”

“就像是‘卡拉OK’那种？”

听到枫的问题，勇磨装模作样地点了点头："那个也算。"

"这样啊，好厉害！你算是青年实业家吧？"

"勇磨从学生时代开始就很有商业天分，最早成立公司是在几年级来着？"佐代问。

"三年级的时候，在涩谷开的咖啡吧是一号店。"

"是用爸爸的遗产开的吧。"波惠从旁插嘴道。

"不可以吗？"勇磨坦然地说，"我觉得怎么利用遗产应该是各人的自由。"

"我没说不可以。我认可你的本事，觉得你很厉害，只是希望你不要忘记这是托了爸爸的福。"

"我可没有忘。"勇磨说着把白葡萄酒一饮而尽。

在一片尴尬的气氛中，矢神牧雄回来了。他蹒跚地晃荡着身体走到自己的座位。在伯朗看来，矢神牧雄对其他人的话似乎完全没有兴趣。

"牧雄叔叔，我可以这么叫您吗？"枫问他。

但她的话似乎根本没有传到牧雄耳中，牧雄的一双金鱼眼紧盯着肉料理，伸手拿起刀叉。

"请问……"枫再次叫他。

"牧雄先生。"波惠语气强硬地叫道。这时，牧雄似乎才注意到她们，缓缓地看向波惠，他的动作就好像慢镜头。

"枫小姐似乎有事想问牧雄先生。"

牧雄还是拿着刀叉不放，但是把脸转向了枫。

"叔叔，您现在在做什么？"

牧雄盯着枫的脸看了好几秒，仿佛在咀嚼她话里的意思，然后开口道："我刚去了厕所，现在打算继续用餐。"

"不，并不是这个。我是在问您工作的事，您的职业是什么？"

"职业……"牧雄小声嘀咕了一句，那模样就好像在复述第一次听到的单词一样。

然后他静静地放下刀叉，注视着枫，回答道："我的职场在泰鹏大学医学部神经生理学科。"

枫挑起了眉："您是医生吗？"

牧雄摇头。

"我是学者，不治疗。"

"啊？您研究什么？"

牧雄的眼中闪过异样的光芒："你想听吗？"

"是的，请务必说说看。"

这一瞬间，周围人的表情发生了微妙的变化。勇磨等人无力地歪着嘴角，显然是在责备枫多事。

"我在挑战人类……"牧雄张口道，"最后的未开拓地。"

"未开拓地？"

"不是宇宙，也不是深海，而是这里。"牧雄指着自己的太阳穴，"是大脑。我这辈子都在钻研大脑的各种构造。事实上，人类对大脑几乎一无所知。精神机能的自我控制理解是如何进行的、与预测和意志判断相关的脑内计算机能的构造、稀疏建模的深化和高次元数据驱动的创建、负责行动的脑神经回路的功能切换机构、脑内身体表现的变容机构的理解和控制……全都没有弄明白。"

牧雄一改之前的沉默，开始侃侃而谈，有点儿像诵经，又有点儿像念咒。从其他人的反应来看，连伯朗都明白了他大概在讲述和自己研究有关的事时，就会进入这样的状态。

“牧雄先生，牧雄先生，牧——雄——先生——”波惠罕见地大声叫他，还伸过拿着叉子的手咚咚地敲着牧雄面前的盘子。

然后牧雄总算住了口，一脸吃惊地看着波惠。

“剩下的部分等以后有机会再说如何？今天还有重要的事情要讨论。还有，你的菜还剩着噢。”

牧雄瞪着波惠的脸，又把视线转向枫，最后落在盘子上。

“就这样吧。”他拿起刀叉，默默地吃起了肉。

气氛变得缓和了。伯朗也松了口气，如果要继续听刚才那个讲课，他可受不了。

但是有件事却让他无法释怀。如果他是泰鹏大学医学部的，那就跟康治一样。而根据枫的说法，康治似乎毕生都在研究学者综合征。如果牧雄研究的是大脑构造，那岂不是有所关联吗？

本来嘛，就算假设他们有什么关联，也不能说明什么。这本来就和自己无关，他也不觉得这和明人的失踪有关。然而康治和祯子的相遇牵扯到康治的研究这件事，一直都在伯朗的心中纠缠不去，所以他没法不多想。

而且说到泰鹏大学医学部——

小时候，祯子带他去过一次。伯朗无法忘记当时在那里看到的东西，因为当时的情景改变了他的人生。

“所以，”波惠对着枫的方向说，“就算是矢神的亲戚里，也有各种各样的人。而今后你就不得不和这些人打交道，没问题吗？”

“是的，当然。各位，我还不成熟，以后请大家多多关照。”枫特地站起身，弯腰四十五度鞠了一个躬。

“我才想要说请多关照。”勇磨眼神锐利地看着波惠，“你打算怎么谈论财产继承的问题？我觉得最关键的明人不在是没法谈的。”

“没关系，我知道明人的想法。”枫说。

勇磨的眼中闪过有所图谋的光：“哦？怎么说？”

“那个之后再说。”枫微微一笑。

“正如各位知道的那样，今天是要讨论财产继承的问题。而这里说的继承，并不只是哥哥的财产。不，这个之后再谈也无所谓。首先必须明确的是，在父亲去世时就暧昧不明的那部分，其中也包括了哥哥的妻子祯子女士的物品。为了征求对这部分的意见，今天我还请来了伯朗先生。”听了波惠的话，众人的视线一起看向伯朗。

“太好了。”他说，“看起来你们还记得我坐在这里。”

“吃得很轻松吧？”勇磨扬起了唇角。

“托您的福。”伯朗回答。

11

因为波惠表示在讨论之前还要准备一些事，所以大家在饭后就暂时解散。

“讨论就从三点开始吧，地点是会客室。在那之前，各位可以随意走动。会客室里准备了饮料，也可以先行在那里等着。”波惠说完走出房间。

“哇，那么我去哪里看看好呢？这么大的房子，感觉会迷路。”枫双拳并拢在胸前，开心地说道。

“如果可以的话，就由我来带你参观这座府邸吧！”勇磨当即就说，“毕竟，我在这房子里住到高中毕业，连哪里有老鼠洞都知道。”

“可以吗？那就拜托你了。”

“乐意之至，我也想听听你当空姐时的事。”勇磨从椅子上站起身。

其他人也都在枫和勇磨之后离开了房间。伯朗想不出有什么地方可去，只能无奈地留在原位，百合华也同样留在原位，两人的目光对上了。伯朗点了点头致意，百合华露出一丝迷惘的神色后问：“我能到你那边吗？”

“请！请！”

百合华起身走到伯朗对面的座位上坐下。

“你还记得我吗？”他试探着问。

她略微缩了缩脖子。

“很不好意思……我们没有一起玩过吧？”

“大概没有过，不用道歉的啦。实际上，我也不记得你。我本来就和这边的亲戚不太熟。”

“真是辛苦呢，明明不熟还要来应付这种事。”

“嗯，算是吧。我打算见到明人以后对他抱怨。”

“你和明君有用电话或是别的什么说过这件事吗？”

“明君？”伯朗皱起了眉，看着百合华，“你是说明人？”

“当然是他。”

“稍微说过一点儿，因为今天要来嘛，他叫我多关照他的妻子。”

"妻子啊……"百合华歪着嘴角说。

"还说了其他什么吗？像是生活状况什么的，他有说什么吗？"

伯朗面不改色地摇头。

"那家伙似乎很忙，没法说很久，而且我觉得你应该也知道，我和他虽然是兄弟，但几乎没什么往来。说真的，我对他如今过怎样的生活没兴趣。"

"是吗……"百合华的表情显然很失望。

"你和明人的关系似乎很好？"

不然也不会叫他明君。

"非常好，毕竟他是我为数不多的表哥之一。以前那些无趣的大人聚会时，我们一直一起玩。"

"哦？原来是这样。"

初中以后，伯朗就不参加矢神家的聚会了。至今，他也不知道那里有些什么人，又发生过什么事。

眼前的这个女人对明人来说是表妹，但对自己来说是什么呢？他思考了一下，觉得她只是一个陌生人。

"踏上社会后，我们疏远过一段时间，但因为工作再联系后，又开始一起玩了。我们还约上各自的朋友一起去滑雪旅行什么的。"

"工作关系？你有说你是书籍设计师吧，和明人那边是什么关系？"

"几年前，明人出过一本经营学的书，当时他委托我负责书的设计。那本书卖得相当好呢，你不知道吗？"

"没听说过。在 IT 事业上取得成功不算，连业余写的书都很畅销吗？不过我不妒忌。"

“在明君去西雅图前不久，我们还见过噢。我们两个人吃了饭，算是饯别会。”

伯朗正要喝水，不由得停下来。

“两个人？就像是约会嘛。”

“是的，我认为那是约会，虽然他什么都没做。”

伯朗睁大了眼，百合华的语气听起来不像是在开玩笑。她的意思是如果明人想要做什么，她也不会拒绝。

“你……那个……该怎么说……对明人他……那个……”

“我想过如果能和他发展到超过表兄妹的关系就好了，我是想要发展的。”百合华的眼睛凝视着伯朗，坦白地说道。

伯朗呼地吐了口气：“你真是既坦率又大胆。”

“不可以吗？”

“不，我觉得非常可以。但是呢，明人不可能这么对你。那个时候，那家伙已经和枫小姐在一起了。”

“就是那么回事吧，但是明君完全没有说过他有女朋友。”

“因为不好意思吧。”

“他去了西雅图之后，我们也不时地用邮件联络。他邮件里写过等他回国再一起吃饭，却没告诉过我他结婚了。”

“他连他爸爸都没告诉，也不会特地告诉你一个人吧？”

“这次从波惠阿姨那里听说明君结婚了，我吃了一惊，立刻就给他发邮件了，问他是不是真的，但是他没有回复。我被无视了。”

那是自然，伯朗心想，他连枫的邮件都没有回。

“因为觉得尴尬吧。”伯朗姑且这么打圆场。

“你知道他的电话号码吗？可以告诉我吗？”

“他没告诉你吗？”

“虽然他告诉过我一个号码，但怎么打都打不通。”

“号码应该没变，不过可能因为有事所以没法接。”伯朗佯装平静地回答。

百合华不是很能理解地摇了摇头，又叹了口气。

“他是在哪里认识那个女人的啊，你听说过吗？”

伯朗苦笑道：“你不是不想听他们是怎么开始的吗？”

“我不想听她本人炫耀，反正一定会说得很夸张。”

“我听到的内容也谈不上炫耀，好像说在温哥华的寿司店里正好坐在隔壁。”

伯朗把从枫那里听来的事大致说了以后，百合华一脸无趣地“哼”了一声：“那种女人哪里好……”

身材好……伯朗忍着没说，只是回答：“我也不清楚。”

“真是可疑，明君明明不是会对那种轻薄女人着迷的人。”百合华无法释然地歪着脑袋说。

“你连他的喜好都知道吗？”

“还算了解吧。”百合华颇有自信地说。

“和我们一起喝酒的朋友里有个女生喜欢他，很主动积极地追他，给他发内容暧昧的邮件，又企图制造两个人单独见面的机会。她还当过杂志模特，所以身材超好，长得也漂亮。虽然我一直都很不安，但看到明君始终不接受也就松了口气。之后，我问过明君那个时候的事，他说他对不自重的女生没兴趣。”

真是浪费……伯朗吞下已经到嘴边的话："他的理想真是远大。"

"不然的话，应该会没完没了吧，一直都有奇怪的女人接近他。"百合华苦涩地说着。

伯朗看着她的嘴巴说："那家伙那么受欢迎吗？"

"很受欢迎。毕竟外表好，脑子聪明，说话也风趣，最重要的是收入高，是任何女人都想要结婚的对象吧。"

"嗯，大概是吧……"

虽然他刚才还说过不妒忌，但那是假话。为什么好事全让那家伙遇上了？伯朗的胸口燃起了熊熊的妒火。

"你去过他在青山的公寓吗？"

"前几天去过了。"伯朗回答，"很惊人。"

"我也去过一次。那楼就像宾馆一样，房间大得不像话，我也很吃惊。听说那里的租金要一百二十万日元。"

从百合华嘴里轻描淡写说出来的数字令伯朗眩晕。"一百二十……"这是他不想听，也听不得的数字。

"那个女人一定也是为了钱。刚才看起来一本正经的，但心里一定在吐舌头，肯定一心想着要夸自己：怎么样，我干得漂亮吧？"百合华渐渐开始口不择言。

"这样武断可不好噢。"

"不，一定是这样的。"百合华目光凶险，"胸大、自诩是美女的人一般都这样。我可不知道她以前是不是空姐，反正不论是工作日还是休息日，她肯定都在虎视眈眈地想找有钱人下手。"

看来百合华对自己的胸部大小没有自信。

“不过借用你刚才的话来说，那就表示枫小姐并没有不自重。明人不会被那种女人吸引，是吧？”

“虽然是那样……”

百合华咬着下唇，似乎找不到反驳的话。她避开伯朗的视线，又说：“还有，啊……”

因为她正朝着窗口，伯朗也看了过去，只见一男一女正漫步在庭院里，是身穿红色西服套装的枫以及身披黑色外套的勇磨。勇磨指着种在庭院里的树木说着什么，或许他的话里还夹杂着笑话，只见枫点着头，笑容灿烂。

“他们看起来很愉快啊。”

“他是在说小时候爬树的事吧。”百合华语气冷淡地说，“虽然爸爸发现后骂了他一顿，但同时也鼓励他说，如果喜欢高处，就更要好好学习，成为人上人。从此，他就给自己的人生定下了目标等之类的。”

伯朗吃惊地看着她的侧脸：“你知道得真多。”

“因为听过无数次了，那个人在追求女人的时候总会说这个。总之，他从以前开始就对女人出手很快。”

“哦？”伯朗点了点头，不住地眨眼，“你也被他追求过吗？”

百合华微微耸肩：“嗯……这就不知道了。”

“也对，他是养子，所以你们没有血缘关系。”

她标致的脸转向伯朗：“我和他有血缘关系的噢。”

“咦？但是……”

“勇磨先生确实是外公的儿子，不过，和我妈妈不是一个母亲生的。”

“是吗？那么，是康之介的第三任妻子？不对啊，那样的话就是亲儿子，而不是养子了。”

见伯朗一脸疑惑，百合华愉快地笑了。

“勇磨先生出生的时候，外婆就已经是外公的妻子了。也就是说，勇磨先生是外公和外遇对象，也就是情妇生的孩子。”

“是吗？那就是庶出的孩子。”

但他一点儿也不意外康之介在外面有情妇。

“因为是男孩子，所以外公很高兴。虽然到上幼儿园为止都是交给情妇抚养，但因为实在想让他在自己身边长大，所以到上小学的时候，就让他住进了这个家。虽然我也奇怪外婆竟然能同意，但也说明外公就是这么一个独裁者吧。”

“勇磨的情况我知道了。那么，他身边的女人呢？是叫佐代吧。他也是康之介在外面的孩子吗？”

伯朗问了以后，百合华扬起一边的唇角，诡异地呵呵一笑。

“看了勇磨先生和那个人之后，你就没有察觉到什么吗？”

伯朗不明其意地歪着脑袋，于是百合华说：“你不觉得那两个人长得很像吗？比如眼睛那里。”

伯朗以为是在说姐弟的意思，但立刻就觉得不可能，两人的年纪相差太大了。

“啊……”他倏地想到，“该不会……”

“就是那个……”百合华继续说，“外公的情妇——生下勇磨的那个人。”

伯朗瘫靠在椅背上：“这是什么家啊？”

“当然，收养手续是在外婆去世后才完成的。即便是独裁者也不至于在妻子在世的时候把情妇收为养女。”

“目的是继承财产吗？也就是说，他想把财产留给情妇以及他们的孩子。”

“虽然我觉得是那样啦，但这么一来有件事又很奇怪。”

“什么事？”

“那个嘛，”百合华刚要说，却又摇了摇头，“我想你很快就能明白。”

伯朗被卖了个关子，心情烦闷地再次看向庭院，却见依旧并肩聊天的枫和勇磨又迈出了步子。这个时候，勇磨的手绕向了枫的背后。

那个家伙——伯朗在心中咒骂。

背后的门“吱”的一声打开了。伯朗回头，波惠正站在门口处。

“讨论的准备工作已经做好了。虽然离三点还有些时间，不过我觉得要不就现在开始吧，可以吗？”

“我不介意。”伯朗说着站起身，又再次瞪向庭院里的那两个人。

12

和用餐时相同的人员聚集在了这个对伯朗来说有着特别回忆的房间里。大理石的桌旁围着一排黑色的皮沙发。

第一次来这栋大屋的时候，首先就是被带进这个房间。祯子去问候康治双亲的时候，他一个人等在这里，但实际上因为勇磨从庭院里进来，所以他也不是一个人。

伯朗抚摩沙发的表面，那之后过了三十年，原本上好的皮层已经相当旧了。

边桌上备有饮料，还有红酒和威士忌，看起来似乎是自助，于是伯朗往玻璃杯里倒了乌龙茶。

座位的顺序和刚才不同，很分散。枫和勇磨隔着桌角坐在一起。伯朗在他们对角方向的座位上坐下。

“那么，我们就从过去讲起吧。”波惠打开手中的文件夹，“父亲康之介在距今二十年前去世，由顾问律师保管的遗嘱内容在头七的晚上被公开。在座的各位大部分都有出席，我想你们应该还记得当时的事。”

已经有二十年了吗……伯朗回忆往事。在接到康之介去世的消息时，伯朗已经开始独自生活。他借口大学学业繁忙，连守夜和葬礼都没有去参加，头七当然也没去，所以他完全不知道遗嘱是什么，也没听祯子说过。

“就算想忘也忘不了啊。”祥子说，但不知道她这番话是对谁说的。

“遗嘱的内容是，”波惠无视同父异母的妹妹，继续道，“康之介的个人资产全部由矢神明人继承。”

伯朗险些把刚喝进嘴里的乌龙茶喷出来。

他看了看枫，她似乎很冷静。

“这件事，”她开口，“我已经听明人说过了。”

一旁的勇磨笑得贼兮兮的：“不愧是大名鼎鼎的矢神家的继承人，是想给他留下足够的财产吧。”

“但实际上，明人君什么都没有接手，是吧？”

“是的，因为各种状况。这件事你也听明人说过了吗？”波惠问。

“一定程度上。”

"是吗？那么，我就姑且再说一下吧。首先，有人对遗嘱提出了异议。提出异议的正是我的哥哥康治。他要说的有两点：一是父亲的孩子应该有平等的继承权，二是把全部财产交给还是小学生的明人是不合常理的。第一个问题有办法解决。遗产继承的时候有遗留部分，不论遗嘱的内容如何，法定继承人可以继承的最低份额是规定好的。父亲没有配偶，所以法定继承人只有子女。这种情况下，遗留部分是全部财产的一半。他的子女，算上亲生的和收养的一共是六人，所以他们各自可以继承的遗留部分占全部财产的十二分之一。"

"我听到这件事的时候，觉得分得还真细。"祥子说，"但如果分母足够大，那也会是很可观的金额吧。"

"分母是指……"枫侧头不解道。

"当然是指爸爸个人资产的总额。"勇磨的嘴角露出颇有意味的笑，他看着波惠，仿佛在催促她说下去。

"如各位所知，父亲是医疗法人'康亲会'的理事长。'康亲会'共经营有矢神综合医院、护理老人的保健机构'矢神园'等六项事业。但请专门人士精确核查后，发现每一家都陷入了严重的经营不良，有必要早日解散或整改。最终，除了接受了银行贷款的矢神综合医院和由隆司先生接手的'矢神园'以外，剩余四处都关闭了。在这个过程中，父亲的资产大幅缩水，过去将近百亿日元的资产只剩下十分之一。这事各位想必也都知道。而且其中有将近一半是包括了这个府邸在内的不动产。于是哥哥提出了一个建议，以将来由明人继承为条件，把房子继续放在父亲名下，先把现金分给子女们。"

"但我被要求放弃了。"祥子不满地说。

“也没什么吧，是我们自己说要接手‘矢神园’的。”一旁的隆司责备地说。

“如果是那样，那么还有一个人也该放弃吧？在爸爸生前就接受了不少资助的人竟然可以若无其事地来分遗产，什么事嘛？”

“我想你说的是我吧。”一直保持沉默的佐代插嘴道，“说到接受过资助，各位应该都一样吧？把你们养大，还给你们出了学费，花费也都差不多……不，各位得到的一定比我的要多得多吧？”她说话时没有看祥子，然后又往高脚杯中斟了白葡萄酒。

“把学费和在银座开店的钱混为一谈也很让人困扰啊。”

“哎呀，哪边不都是钱吗？有什么不一样？”

“你这个人……”

“好啦好啦。”隆司拍着妻子的肩，“点到为止吧，不然谈不下去了。”

“这都是在商量后才定下的事。”波惠说，“如今再喋喋不休可说不过去。”

被丈夫和姐姐责备后，祥子不甘愿地不作声了。

“因为祥子的放弃，各自能分到的就变成了现金资产的五分之一。至于具体金额，就不用在这里说了。”

“金额差不多就是在涩谷开了一间稍稍豪华点儿的咖啡吧后就没有了的样子。”勇磨对枫说。

“因为这些，所以明人目前什么都没有继承，不过这栋房子的继承权是明人的。当时大家签过同意书，应该是哥哥保管着。哥哥说等明人到了一定年纪后，他会负责把事情详细地说给他听。关于上述内容，枫小姐有什么疑问吗？”

波惠发问后，枫回答说：“没有。”

“我从明人君那里听到的差不多也是这样，他说在高中的时候已经听公公说过了。”

“也就是说，”勇磨看向枫，转动着倒有威士忌的古典杯，“你们随时可以搬到这个房子里来。卖掉也行。不过那个时候，就得请住在这里的人搬出去了。”杯中的冰块发出叮叮咚咚的声音。

“不用担心我，我随时都能搬走。”波惠淡然地说道，环视众人，“那目前为止，有什么疑问吗？”

因为所有人都保持沉默，波惠又说：“那么我继续往下说。”

“这件事大家也都知道，哥哥已经时日无多，在他去世之后，遗产当然会由明人继承，但在那之前，必须整理好父亲的遗产，也就是父亲去世时没能分配的那些东西。如果有人表示自己在父亲去世时已经分到过现金了，剩下的就全交给明人的话，自然就没有问题，但我想一定也有人不这么想，所以，今天我列好了清单，财产目录里没有这栋房子，以及已经继承的现金。”

波惠从文件夹里取出一沓 A4 纸大小的文件分给了大家，连没有关系的伯朗也有。

看到内容，伯朗不由得叹了口气，不愧是曾经盛极一时的矢神家的主人。挂轴、壶、画……上面记载了一大列这类物品，甚至还有金佛像。每样东西后面还写有估值，有好几个都是上百万日元的。

“有这么多呢，我完全不知道。”祥子皱着眉说，“爸爸什么时候收集了那么多……虽然我听说他买过一些价格虚高的古董还有美术品，但没想到竟然有这么多。”

“大概是在二十世纪八十年代后期吧，”隆司说，“所谓的泡沫经济时期。当时多了许多以投资目的收藏古董以及海外名画的人，还有公司用几十亿日元的价格拍下了凡·高的画。我想爸爸大概也差不多是这样出手买了这些东西吧。”

“如你所言，在调查了当时的记录后，似乎确实有好几名投资负责人。当时这些人接二连三地出手,放到现在一定亏得很惨。”波惠说。

“当时我身边就有许多人遭受了同样的失败。不过，这些东西在哪里？”

“全都收在父亲书房旁边的书库里。那个房间因为要保管贵重的古书，一整年都保持着一定的温度和湿度，所以也很适合保管画以及挂轴。当然,每年我也会把它们从箱子里拿出来几次,让它们通通风。”

“姐姐你早就知道这些东西的存在了吧。”祥子狠狠地说。

“因为爸爸委托我保管。当时，他叫我不可随便说出去。”

“至少在爸爸去世的时候告诉我们也好啊。”

“康治哥哥让我先对大家保密。光是父亲的遗嘱已经让继承变得很复杂，他大概是不想让事情变得更麻烦吧。我也是同样的想法。”

“事情确实变得复杂了。”勇磨把文件扔在桌上，“我大致算了算就已经有一亿日元以上。这个要怎么分配，会很麻烦哪。如果全部卖掉，照遗嘱说的那样，明人拿一半，剩下的我们平分倒很容易。”

“这不可能吧。”佐代嘀咕道，“或许也有人想当成收藏品保管，更重要的是征询明人的意见。”

“我想问一下，”祥子举手，“我们家参与这个讨论有意义吗？如果接手了‘矢神园’就必须放弃剩下的所有财产，那么我们在这里本身就毫无意义。”

“关于这一点也得问问明人的意见。”波惠说，“不过就我个人意见来说，二十年前，事情是以你们接管‘矢神园’，其他人收现金来公平收场的。也就是说，现在大家再次站在了同一起跑线上。我认为让你们加入讨论是有必要的。”

祥子满意地用力点了点头：“听你这么说，我就放心了。”

“这么一来，事情就不一样了。”隆司嘟哝着摸起下巴，“我想要看看那些宝贝……当然我是没有继承权的。”

“因为你很了解那些玩意儿呢。”

“也谈不上很了解，不过有一阵比较热衷，已经是很久以前的事了。”

“那么，”波惠说，“大家现在就去看看吧？”

“这个好，我也有兴趣。枫小姐怎么说？”

听到勇磨的话，枫也欢呼出声：“我也很想去，我想知道爷爷有什么样的趣味。”

“我不看也罢，我没兴趣。”百合华站起身，“财产随便怎么分，反正我也没有继承权。”

“那么……”佐代欲言又止。很显然，她是想问百合华为什么要来。

“我不过是想见见明君的妻子。”

百合华挑衅地看向枫，但穿着红西服的枫却微笑着低头道：“能见到你我很荣幸。”

“我也不用了。”牧雄板着脸说，“我对那些古董还有美术品没兴趣。我放弃我的那份，你们随便处置就好。”

“你也只是想来见见枫小姐吗？”勇磨问。

牧雄气势汹汹地瞪大眼睛：“我来是想确认一下大哥的遗物。”

“遗物？”波惠挑眉道，“真不吉利，康治哥哥还活着呢！”

“刚才你不是说他时日无多了吗？”

“虽然是这样，但遗物这个说法……”

牧雄烦躁地猛摇头：“随便什么说法都好。我是想要知道大哥去世后，他的东西会被怎么处理才来的。我还没那么闲跑来看早就死了的爸爸因为个人癖好收集的东西。”

“你白痴吗？哥哥去世后，他的遗产当然都是由明人继承啊。”祥子目瞪口呆地说道。

然后牧雄焦躁地挠起了头：“我不是说遗产，我说的是所有物！就算是大哥所有，也不一定就是大哥的东西。”

“是的，这也是很重要的问题。”波惠说，“所以需要牧雄先生一起来。我这么说，是因为哥哥的公寓已经清空了，所有的东西都被送到这个房子里来了。虽然我不知道你想看哥哥的哪样东西，但除了日常用品和衣物，几乎所有的东西都和爸爸的遗物一起放在书库里。”

牧雄瞪着的眼里浮起了血丝：“资料和文件也在吗？”

“是的。”

“那么——”牧雄气势十足地从椅子上站起来，“那么就让我去看一看吧！”

波惠的目光转向伯朗。

“因此，请伯朗先生也务必一起。被送来的东西里，也包括祯子女士的物品。”

“看来我也必须去看一看了。”伯朗说着把乌龙茶一饮而尽。

所有人走出会客室，沿着走廊移动。枫比其他人稍微走得慢了几步，伯朗走到她身旁。

“奇妙的展开呢。”他在她耳边说。

“是吗？我倒是乐在其中。”

“没想到你对康之介爷爷的遗产继承问题知道得那么多。”

“都是听明人君说的。”

“真是吃惊，竟然是全部财产。”

“但是明人君还什么都没有拿到，一切都要看今后。”

“或许这就是明人不信任矢神家的人的原因吧，也就是遗产纠纷。”

但枫没有回答。她似乎在表示同意，又仿佛在说，事情并没有那么简单。

13

书库在府邸的二楼。波惠打开门："请进。"

其他人跟在其后，伯朗也走了进去。

环视室内，伯朗不由得倒抽了口气。约四十八平方米的房间里，有一整排直通天花板的架子。架子的大小、深度各不相同，有的架子是用来放书的，有的架子上放着大概是用于保存美术品的箱子。

“这个，可以给我看看吗？”隆司似乎一眼就发现了什么，手指向架子。那里放着一个大约四十厘米高的桐木箱子。

“请等一下。”

波惠打开一旁的抽屉取出白手套。

“请小心轻放。”她说着把手套递给隆司。

“那是自然。”隆司说着接过手套。

把箱子放在房间正中的长桌上以后，隆司慎重地打开了箱子，然后“哦”地惊呼出声，取出了里面的东西。

那是一个配色十分华丽的罐子，表面上排列着仿似龟壳一般的六角形，每一个六角形里都绘有鹤、龟或花。

“这是古伊万里。”隆司像是在自言自语，“这玩意儿可是宝贝。”

“是吗？”祥子在一旁问。

“你仔细看，这六角形的框都是立体的吧？要做成这样可难了，因为有很高概率会在烧制的时候裂开。初步估计价值二百万日元，不，或许三百万日元。”

“三百万？！”祥子看着柜子，“类似的桐木箱子还有好几个。”

“刚才的清单里，光是古伊万里就有五六个了。如果都是这个水准的话，光那些就不下一千万日元。”

“哦？”祥子的脸上顿时熠熠生辉。

“这个盒子是什么？”勇磨说着指向另一个架子，他的手上已经戴好了手套。

他打开架子上的扁平匣子，点了点头：“原来如此。”

“那是什么？”隆司一边把罐子放回箱子一边问。

勇磨连匣子一起举高，给众人看里面的东西。匣子里面放着一排表，有十几块。虽然也有手表，但多数是怀表。

“哦！”隆司叫出声，“这不是古董表吗？好厉害的收藏。特别是右边这块怀表，好像是 18K 金的。”

“这是他去欧洲旅行时自己买的。”佐代解释道，“记得好像是二百万日元左右。”

她口中的“他”应该是指康之介。

“爸爸去欧洲旅行的时候，正是妈妈因病倒下的时候。”祥子瞪着佐代说，“我还以为是去工作。哦，原来你也一起去了啊。”

佐代没有回答，只是淡淡一笑。她内心大概在想事到如今还有什么好说的。

“哐当”一声响起。牧雄正在看一幅画框里的画，一旁堆着好几个纸箱。

“哈哈，画吗？是谁的画？”隆司走近。

“这和你没关系。”牧雄说，眼睛只是盯着画看，“不是爸爸的东西，是哥哥的。”

“正是。”波惠说，“就是我刚才说的，从哥哥房间里搬来的东西。”

“是吗？不知道大哥还收集画。”

“很遗憾，这幅画没有你所期待的价值。你别管我了。”

牧雄冷淡地说道。隆司耸了耸肩，回到众人聚集的地方。

“爸爸收集的画收藏在别的地方，我带你们去。”波惠说着便移动起来。

众人都跟在她身后，伯朗却走向牧雄。他从牧雄的身后看向那幅画，不由得吃了一惊。那上面画着无数交错的复杂曲线，精致得就像是用电脑画的，但毫无疑问，那是手绘的作品。

“那是什么？”伯朗问。

“也和你没关系。”牧雄回答得一点儿也不客气。

“莫非这是学者综合征患者画的？”

牧雄放下画框转过身：“你怎么会知道？”

“果然是这样吗？”

“你怎么会知道？”牧雄重复相同的问题。

“我从明人那里听说过，说康治在研究学者综合征，还收集患者们的作品。”

牧雄警惕地看着他：“除此之外，你还听到了什么？”

“据说康治似乎还认为我的亲生父亲也患有学者综合征。关于这一点，你知道些什么吗？”

牧雄看着伯朗，像是在观察什么。

“我没听说过你爸爸的事。”

“真的吗？”

“真的。倒是你，还从明人那里听到了些什么？”

伯朗摇头道：“关于康治的研究，就只听过这些。”

“是吗？”牧雄轻轻点头。

“你为什么会对康治的东西感兴趣？”

“你没必要知道这个。”牧雄打开一旁的纸箱开始检查里面的东西。

“那可不行。刚才波惠女士也说了，康治的东西里也包含我母亲的物品，我有权在你之前查吧？”

“这么说的话，我应该更优先吧。”有声音自他们身后响起，不用回头就知道是枫。

她走到伯朗的身边，身上甜甜的香水味直扑他的鼻孔。

“外行鉴定团那边怎么样了？”

“发现了几幅浮世绘，正在争论是不是真品。”

“如果是真品价值多少？”

“隆司姑父说总额大概会有一千万日元。”

“古伊万里的罐子一千万，浮世绘一千万，而且这些还不是用来装饰，全藏着……没法理解有钱人的癖好。”

“比起这些，我们还是回到刚才的话题吧。”枫交替地看着伯朗和牧雄，“公公的继承人只有明人君一个，而我是他的妻子兼代理人。第一个确认公公物品的应该是我才对。”

“的确是这个道理。”

听了伯朗的话，枫微笑道：“谢谢！”

牧雄瞪着他们：“你们识字吗？”

“哈？”

“看这个。”牧雄指着纸箱侧面，上面写着“资料·文件类”，“这个箱子里装的全都是和大哥研究有关的东西。你妈妈的东西没有混进去，这些不是明人要继承的东西。”

“是吗？但不看一看怎么知道呢？”伯朗说。

“就是嘛。不管怎么说，只有叔叔一个人看是违反规则的。”

牧雄一脸不悦地挠着头，然后双臂交叉：“我有这个权利。”

“为什么？”伯朗和枫异口同声道。

“因为我以前是大哥的合作研究者，就是关于你们刚才说的学者综合征的研究。年轻时，我帮过他很多。因此，这里的研究资料有一部分是属于我的。”

听了牧雄的话，两个人都沉默了。如果这话是真的，他们没法反驳。

自己的话似乎起了作用，牧雄扬起嘴角，哼哼地笑了。

“如果你们理解了，希望你们不要妨碍我。其他和大哥研究无关的纸箱，你们随便开、随便调查都行。”牧雄说完再次转向纸箱。

伯朗看着这个怪学者的侧脸问：“你也帮忙做动物实验了吗？”

牧雄停下手，目光锐利地扫向伯朗：“你说什么？”

“动物实验。如果你有帮康治做研究，不可能不知道这个。”

“动物实验的事也是你从明人那里听来的吗？”

伯朗摇头。

“我觉得那家伙不知道，我也没跟其他人说过。毕竟，那是非常糟糕的回忆。”

牧雄的眼中满是戒备：“你看到了吗？”

“亲眼看到的。当时我还是小学生，明人还没有出生。那么，请回答我的问题，你有帮忙做动物实验吗？”

牧雄大大的眼珠不安地转动，这个人的表情第一次开始动摇。

“为了科学的发展，”他缓缓地开口，“就必须有所牺牲，有时候，那可能就是动物的生命。反正也是要在保健所里被处置的生命，还是用来帮助人类更有意义。”他压抑着感情，语气没有起伏。

“这种台词有百分之九十九是人类自说自话的借口。”伯朗挥手，“打扰到你了，请继续。”

牧雄的表情似乎有话想说，却又转向纸箱，嘴里嘟嘟哝哝地从里面拿出文件和资料。

“你在说什么？”枫在伯朗的耳边问，“什么动物实验？”

“以后跟你说。”伯朗回答。

他的目光再次落在画框里的画上，感觉自己的心正被吸引。伯朗觉得它很像一清最后画的那幅画。不，画本身虽然完全不一样，但直击心灵的感觉却是相通的。

他忽然想到一件事，于是从口袋里取出手机，调到拍摄模式后对着画拍了一张照片。牧雄不愉快地瞪了他一眼，但什么都没有说。

“伯朗先生。”有人在背后叫他，是波惠，“找到祯子女士的物品了吗？”

“我正想等一下就去看看，但是不知道在哪里。”

于是，波惠走向纸箱堆起的小山，指着其中一个道：“是这个。”

那个纸箱比其他的要小些，写有“祯子女士”的纸没有贴在侧面，而是在正上方。

伯朗试着抱起，沉甸甸的，很重。他把它搬到稍微远一点儿的地方，打开盖子。

放在最上面的是一个四方形的扁平盒子。伯朗打开一看，惊呆了，里面收着戒指还有项链。

“看起来这是婆婆的首饰盒呢。”枫从一旁看过来。

祯子绝不是打扮花哨的类型，即使出门也不怎么佩戴首饰。首饰盒里放着的多数是珍珠项链、珊瑚戒指这类相对素朴的饰品。

有一枚简约款的金戒指。伯朗觉得眼熟，看了一眼戒指内圈，如他所想的那样，内圈里刻有日期。

“结婚戒指？”枫问道。

伯朗点了点头：“第二次的。”

接着他拿起两枚银色戒指，虽然款式相同，但大小略有区别。两枚的内圈刻有相同的日期，那是远早于伯朗出生的日期。

“这个是……”

“第一次的结婚戒指。大的是我爸爸的，小的是妈妈的。”他吐了口气，把戒指放回盒子，“没想到她还留着这种东西。”

伯朗并不记得一清执画笔的手上是否戴有戒指，他觉得他平时似乎是不戴的。即使这样，祯子还是把这枚戒指当成亡夫的一部分小心地保管着。

祯子是从什么时候摘下这枚银戒指的呢？与康治相遇之时已经摘下了吗？伯朗想不起来母亲无名指上的戒指是从何时由银色变成了金色。

看到这枚金戒指和两枚银戒指摆放在一起，伯朗有一种奇妙的感慨。把金戒指放进首饰盒里的人是康治吧。把它和妻子过去的结婚戒指摆放在一起时，萦绕在他心中的思绪想必十分复杂。

把首饰盒放到一边，伯朗查看纸箱里面的东西，然后拿起一本旧相册，他对这褐色的封面略有印象。

打开后却被吓了一跳，上面有一个赤身裸体的婴儿，正是伯朗。

“所谓的家庭相册，”枫在一边低声说，“一般都是从刚出生的婴儿开始的，我们家的也是，第一页贴的是哥哥的照片。而这本相册一样是一个没穿衣服的婴儿，所以，手岛家也是从大哥出生后开始的。”

“矢神家也是。”在一旁看着他们的波惠说，“第一本相册里全是哥哥的照片，要到第二本相册才有我的照片。”

“那没有小孩的家庭呢？”伯朗问，“他们也有相册。”

“那就不是家庭相册，而是夫妻相册了。”枫回答，“那相册一定会从结婚前的照片开始贴吧。那同样也是很美好的。”

伯朗觉得这个回答并不算坏，于是点着头把目光移回相册。

翻开后，回忆逐一苏醒，骑三轮车的伯朗、拿着手套笑的伯朗、在游乐园骑旋转木马的伯朗……

有许多张一家三口的照片。照片里的父亲很精神，表情也很丰富，祯子很年轻，笑容里洋溢着幸福。

伯朗切实地感受到自己是被爱着的。如果一直都是手岛家的一员，那会多么幸福啊！但如今，这个家庭已经不存在了。

相册的时间在中间断了。一清不再登场，伯朗也从幼儿成长为儿童。一清病倒后，就没什么机会与余力拍家庭合影了吧。

最后一张照片是伯朗在藏前国技馆比着胜利的手势，那是康治第一次带他去看大相扑比赛的时候拍的。伯朗叹了口气，合起相册。

纸箱里还有几本相册，但都是伯朗没见过的，他随意地抽出一本封面是蓝色的。

打开后，跃入眼帘的是色泽鲜艳的红色苹果——大小形状不一的苹果、被切开的苹果、被削了皮的苹果……

仔细一看，发现贴在相册上的虽然是照片，但拍的不是真的苹果，而是手绘的画，一旁有“题 苹果 40 号”的字样。

再翻过一页，贴的依旧是拍的画的照片，画的是古董挂钟，钟的玻璃表盘上映出了樱花树。

看来这本相册是一清的作品集，是把他画的画拍成照片以作留念吧。

看到一幅眼熟的画，伯朗不由得叫出了声。有着巨人队标志的皱巴巴的棒球帽，帽檐上是“HAKURO”的文字，标题是“儿子”。

“这是在顺子阿姨家看到的画吧。”枫也注意到了。

“嗯。”伯朗点了点头，继续翻页。

照片数量超过了一百张，这说明一清画过很多作品，但留在顺子家里的画却没有那么多。在看相册的过程中，谜底被揭晓。有好几幅照片旁边除了标题以外，还写着编号和价格，以及看起来像是画商的名字。

“大哥，这写的是……”

“说明卖掉了吧。”伯朗说，又摇头道，“虽然妈妈说过他是个不畅销的画家，似乎也不是完全卖不掉。”

这么一想也是自然。虽然在伯朗的记忆里，支撑手岛家生计的是祯子，但在和祯子结婚之前，一清是靠自己生活的。

伯朗发觉自己对手岛家的事、父母的事完全不了解。

相册翻到了最后一页，然后他的眉头拧了起来。最后一页上什么都没有，但有照片被撕下的痕迹。

是那幅画——伯朗确信，就是一清在临死前都在画，但最终却没有完成的那幅画。实物也没找到，连照片都不见了吗？

怎么回事？伯朗思索着，这只能认为是有人故意藏起来的。

但还是看到了一样东西，那就是画的标题，上面写着“题 宽恕之网”。

伯朗不懂“宽恕”这个词语的意思，于是用手机查了一下。宽恕，就是用宽大的心去原谅。

“伯朗先生，”波惠叫他，“照你这个速度，似乎还要花很多时间。”

“真不好意思，我尽快。”

波惠却摇了摇头。

"你时隔那么久才见到母亲的遗物，需要时间来沉浸在回忆里也是自然的。我已经确认过了，那个纸箱里的东西和矢神家没有关系，你可以带回去。至于怎么处理，就请和明人一起决定。"

"我明白了。"

伯朗把首饰盒和相册放回纸箱后，感觉有人靠近，抬起脸，对上了佐代的目光。

"你最好小心点儿。"她看着波惠悄声道。

"什么？"

"难保那个箱子里是不是放了祯子女士的所有遗物。"

"你是说其他地方还有妈妈的遗物吗？"

"或许还有。"佐代的唇形几乎没有变化，继续说道，"像是什么有价值的东西。"

伯朗刚想问那会是什么东西时，波惠拍了拍手。

"那么各位，请集合。我想差不多要定下今后的事了。"

支仓夫妻和勇磨也回来了，他们看起来像是就康之介的美术收藏进行了一番唇枪舌剑的辩论。

"关于鉴定要怎么做？"波惠问他们。

"我和勇磨先生商定好各自带鉴定师来。"隆司说。

"不是我不相信隆司先生，也就是以防万一。"勇磨说着和佐代对视了一眼。

"那么，美术品的估值就这么决定吧。怎么处理父亲包括刚才那些物品在内的遗产，虽然还有必要好好考量，但此刻最重要的还是遗嘱里所指名的全部财产的继承人明人的意思。枫小姐，能请你说一下吗？"

听到波惠的发问，枫往前踏出一步："是的，当然。明人君的意向如下。我很乐意继承去世的祖父的意志。意即，我继承矢神府邸以及附带的所有。同时，我要求仔细核查二十年前支付给法定继承人的遗留部分，确认是否有不当行为。在判断有不当行为之时，我要求当即归还。——以上。"

14

"编的？那都是假的？"伯朗一边操作着方向盘，一边扭头看着副驾驶座上的枫，"你不是说你知道明人的意思吗？"

"嗯——"枫答了一声，"讲真的，我感觉明人君还在犹豫是不是要继承爷爷的遗产。他说过类似不想背负责任的话，但另外，他也说过为了不让矢神家没落，他是不是必须得去背负些什么，所以我觉得他会那么宣告的可能性并不是零。"

"那么仔细核查二十年前继承的事呢？"

"那是我原创的。很震撼吧？"

"什么震撼？你看到那群亲戚的表情了吧？简直是狰狞。"

"这正是我要的反应。他们提出要听明人君说是吧？唯一没有说的只有牧雄叔叔。祥子姑妈说的是'现在就给我打国际电话'，可真是气势汹汹呢。"

"被说有不当行为之类的，确实会怒火冲天啊。不过，我觉得你之后的应对很漂亮。"

听了祥子的话，枫说了句"我知道了"，然后就从包里取出手机坦然地开始拨打电话。当然，电话是打不通的。她告诉各位以后，就挂断了电话。

“那么今后怎么办？电话总是不通，邮件也不回，总是这样可行不通噢。”

“是啊。所以，我打算解释说我有和明人君沟通。如果那群人里面有人知道明人君失踪了，那么那个人就会知道我在说谎。这么一来，他就一定会有所行动。”

“比如说……”

“那个嘛……”枫说着吐了口气，“想不出来。”

“喂，你的作战计划就是走到哪儿算哪儿吗？”

“就某种程度来说也是无可奈何，引蛇须先打草。”

“希望别在你找到蛇以前，我们就无路可走了。不说这个了——”伯朗清了清嗓子后问，“你和勇磨看起来聊得很开心啊，你们聊什么那么热闹？”

“大哥对他是直呼其名呢。”

“不行吗？那种事随便啦，快回答我的问题。”

“聊了各种事。勇磨先生告诉了我许多矢神家的事，尤其详细地说了他的父亲康之介。说他虚有其表，实际上是身无一物的国王，是任凭自己的资产被一众家臣坐吃山空也毫无知觉的糊涂虫。第一任妻子也好，第二任妻子也罢，都是以矢神家财产为目的而接近他的心机女，康之介出轨找情人对她们来说根本就不痛不痒。”

“但那家伙就是那糊涂虫和情妇生的小孩，这事你听他说了吗？”

“听他说了，他还说他的母亲就是佐代女士。”

“哼，自己先坦白了吗？”

他是觉得就算隐瞒也早晚会露馅，不如抢先坦白反而来得痛快吧。

“但即使是糊涂虫老爸，有时候也会说出有道理的话，而那也造就了如今的他。”

“哦？什么话？”

“小时候，勇磨好像经常去爬种在庭院里的柞树。一次，康之介发现后骂了他——”

“说如果喜欢高处，就更要好好学习，成为人上人，是吧？”

“为什么你会知道？”

“据说这是那家伙在追求女人时的固定桥段。”伯朗察觉到自己歪着嘴，“你最好当心。”

“当心什么？”

“我说的话——”

你在听吗？伯朗刚要说，来电铃声响了。枫说了声“不好意思”后接起手机。

“是，你好……啊！”她的音调突然提高了，“没事，我现在在车里。今天辛苦你了……不，我才是厚着脸皮呢，真不好意思。啊？是吗？你又来了，你真是太会说话了。”

听到枫故作娇态的语气，伯朗没法冷静地专注于驾驶，根本就不用去想对方是谁，正所谓说曹操，曹操到。

“嗯……是的，明人君还有一阵子没法回国，给各位带来麻烦真的很抱歉……我吗？是，是的。我一个人住在明人君的公寓里……啊？可以吗？但你也很忙吧……说的也是。就算是青年实业家也需要松口气……我可以……是吗？我知道了……那么，我等你联络。好的，再见！”

“是那家伙吗？”枫打完电话后，伯朗问她，“是勇磨吗？”

“是的。”枫回答，“他说：‘今天能见到你真是太好了，没想到你是那么出色的女人，真是吃了一惊。’”

听到这肉麻的台词，伯朗努力忍住想要一踩油门的冲动。

“不止那些吧？感觉他好像在约你去什么地方。”

“如你所言，他约我去吃饭。他说如果我因为明人不在而寂寞，不如一起吃个晚餐吧。”

“什么晚餐？！装腔作势。不过就刚才的谈话听起来，你似乎打算去。”

“当然，说不定他就是上钩的猎物。”

“猎物？”

“有可能其实他知道明人君失踪了，却还若无其事地来探查我的真实来意。我不可能不去赴约。”

“也可能只是单纯的色心。”伯朗尖着嗓子说，“我刚才也说过了吧，他满脑子想着追求你。”

“即使是这样，去见他也很有意义。如果能笼络到他，那么查明矢神家内情的机会就增加了。”枫说，“虽然这个内情不一定和明人君的失踪有关。”

“笼络是什么意思？你想做什么？”

“那就要具体情况具体分析了，不到那个时候，我也不知道。”

听着枫漫不经心的口吻，伯朗越发焦躁。

“你是明人君的妻子吧？却说要和一个男人单独相处还要笼络他什么的，我可听不下去。”

“正因为我是明人君的妻子，才做好了所有准备。”枫的声音听起来比刚才打电话时低了八度，“什么事我都会去做。”

虽然看不到她的脸，但那声音直接沉到了伯朗的胃袋。他想不出怎么回应，只能哼了一声。他觉得自己的反应同样漫不经心。

很快就到了明人的公寓附近，枫问他要不要上去坐坐。

“婆婆的东西里有相册，我在想那里面会不会有明人的照片。”

的确是那样。不如说，其他相册会不会贴满了明人的照片。

“那么，我就去坐一会儿吧。除了相册以外，说不定还有其他应该给你过目的东西。”伯朗说道，心中却为自己所说的托词而后悔。

伯朗在公寓前放下枫和纸箱，然后把车停在投币式停车场后走了回来。

到房间以后，枫已经换了衣服，上身是宽松的灰色卫衣，下身是黑色长裤。

进入客厅后，伯朗恍惚地晃着脑袋，上次来的时候明明已经看得很仔细，但还是觉得这里很宽敞。百合华说这里的租金要一百二十万日元，多半是真的。

伯朗膝盖撑地把纸箱放在沙发旁。

“我去泡杯咖啡怎样？”枫问他。

“不用，我已经喝了很多。”

“那要不啤酒……啊，不行吧，你要开车。”

伯朗停下正在开箱子的手：“不，就喝啤酒吧。”

“不要紧吗？”

“老实说，我积了不少压力，正想发泄一下。我明天再来取车吧。”

“知道了。”枫有些开心地消失在厨房，大概她也想喝。

伯朗从纸箱里取出刚才没翻过的相册，翻到第一页后又是一惊。他原本预计那一定会是一张明人的单人照，但照片里却有四个人。地点是产房，在床上直起上半身的祯子正在笑，她的怀中有个刚出生的婴儿，而在病床旁伸长了脖子的是九岁的伯朗，康治站在另一边。

是那个时候啊，伯朗回忆起来。在听说生了的消息以后，顺子和宪三也都赶来了医院。康治当然也在场。

“哇，好棒的照片。”伯朗头上传来声音。

枫手里端着餐盘站着：“那个是明人君吧，好可爱！”

“借用你的话来说，对妈妈来说，这就是新家庭的开始吧。”

“是的吧，不是很幸福吗？”枫拉开罐装啤酒往两个玻璃酒杯里倒，餐盘上还有个放着果仁的小碟子。

“但这里面，如果还有人在对以往的家庭念念不忘怎么办？”伯朗指着幼小的自己的脸。

“那不是也很好吗？我不认为必须忘记以前的事。应该说，这样有什么问题吗？”枫把一个玻璃酒杯摆到伯朗的面前，又端起自己的酒杯，似乎想要干杯。

伯朗轻轻摇头，伸手拿起酒杯。因为枫把手伸向自己，于是两只酒杯在空中砰地碰了一下。

“可以给我看看吗？”枫喝了一口啤酒问，她的唇边沾上了些许白色泡沫。

“请。”伯朗把相册推向她。

枫单手拿着玻璃酒杯，用另一只手翻页。每看到一张新照片，她就会发出诸如“可爱”“原来是这样的啊”之类的感叹。伯朗从一旁看过去，果然都是明人一个人的照片。但也正因为如此，伯朗也切实感受到祯子把连伯朗在内的四人合照放在第一张的意图。她是很想要建立一个新的家庭吧。为此，就必须让伯朗接受新的爸爸。

对此，伯朗也是知道的。他知道只要自己开口叫康治爸爸，一切都会很顺利。

枫翻看相册的手停下了，已经到了最后一页。那张照片是明人的入学典礼，身穿校服的明人在学校门前站立着。

枫把相册对着伯朗，问：“为什么？”

“什么？”

“几乎没有拍到大哥，尤其是家庭合影。除了一开始那张，就没有一张照片是你和家人一起拍的。”

“是的吧。”伯朗点了点头，喝起啤酒。

“为什么？因为对以前的家庭念念不忘，就不愿意和新的家人一起拍照吗？”

伯朗无力地笑了，摇摇头道：“并不是这样，他们不算家人。”

“我不懂，你和婆婆还有明人君不是有血缘关系的吗？或者说，你还是没有把公公当成自己的父亲？”

“嗯，差不多就是那样。”

枫放下啤酒，双手轻轻摊开：“你这是对原来的爸爸尽孝？”

“不是。”

“那么你为什么要这么顽固地拒绝公公呢？”

枫望着伯朗的目光满是真挚，仿佛不问清缘由决不罢休。

伯朗叹了口气：“好像还是回答刚才那个问题更好。”

枫皱眉：“刚才的问题是指什么？”

“动物实验的事。”伯朗说着喝了口啤酒，然后放下酒杯。

那时祯子和康治刚结婚几个月，伯朗记得大概是星期六。放学回家后，祯子问他要不要一起出门，说是爸爸要工作预计不回家过夜，所以去给他送换洗衣物。

那时，伯朗并不知道康治具体是做什么工作的。因为他说自己是医生，所以伯朗只是把他想象成自己偶尔会去的医院里那些身披白大褂的人。但有时候，康治会连着好几天不回家，所以伯朗觉得很奇怪。

虽然伯朗不止一次一个人留在家里，他可以不去，但这次伯朗却选择了去，理由想不起来了，说不定是因为觉得已经住在了一起，早晚都要叫康治爸爸，所以想尽量多了解一下这个人吧，又或者是因为他觉得说去的话，祯子会高兴。

不管怎样，这个选择让伯朗后悔不已。

乘上出租车，赶往康治要加班的工作地点。祯子告诉司机的目的地，是一个名叫泰鹏大学的地方。当时的伯朗还不知道那两个汉字怎么写，只是奇怪为什么不是矢神综合医院。

“爸爸呀，”祯子在伯朗的耳边说，像是在回答他的疑问，“一个月里会有几天在这边工作。”

工作的地方有两个吗——才小学三年级的伯朗对这件事的概念很

模糊。

出租车很快到了那里。正门上写着“泰鹏大学”。要能学会写那么难的汉字，似乎还要很久。

伯朗跟在祯子的身后穿过正门。她的脚步毫不犹豫，是来过无数次了吧？

他们走进一栋灰色的建筑以后，感觉空气清冽。在类似挂号窗口的地方，祯子办了手续后拿到两枚徽章。她递给伯朗一枚，让他别在胸前。徽章上写着“访客证”。

别上徽章等在那里没多久，出现了一个戴着眼镜、身穿白大褂的年轻人。虽然伯朗没有见过，但他和祯子似乎很熟，两人简短地交谈了几句。

“伯朗，走咯。”

祯子一喊，伯朗从坐着的长椅上起身。

穿过走廊，走上台阶，他们被带到了一间屋子里。屋子里有几张桌子，地上堆着杂物，还有一套简陋的会客家具。“请在这里等着。”年轻人对两人说完就离开了房间。

“爸爸现在好像在做实验，再过一会儿就要结束了，在那之前就等着吧。”

“实验？什么实验？”

在动画还有漫画里经常能听到“实验”这个词。科学家会制作非常厉害的兵器，又或者是发明神奇的药。

“不知道。”祯子歪着脑袋说，“妈妈不是很清楚。”

然后，她又说要去洗手间就走出了房间。

房间里只剩伯朗，他打量起四周。书架上密密麻麻地塞着看起来就很难懂的书，而且其中有好多都不是日语的。

咦？电视机吸引了他的注意，确切地说，是连接着电视的器材。他知道它的名字叫录像机。

当时，录像机正以爆炸之势在一般家庭中普及。伯朗有的同学家里也买了。但是只是偶尔才看看新闻的康治对此并不关心，也没有提出要买。如果伯朗说想要，康治自然会买，但他有顾虑说不出口。

他战战兢兢地接通电视机的电源，但画面还是一团黑，于是他又随便按下录像机的开关。

然后画面发生了变化，有影像开始播放。看到那画面，伯朗困惑了。他本以为那会是电视节目的录像，但看来不是，这是别人拿着摄影机拍摄下来的影像。

乍一看，他并不理解那上面显示的是什么。虽然画面上不时会出现人的手，但伯朗不懂那是在做什么。周围似乎还有好几个人，听得到声音。他也无法理解他们说的话。

但是，还是能听到一些字眼。

“这个已经不行了。死了吧？新的呢？”

“准备好了。”

“那就用那个做吧，把这个扔掉。”

“是。”

其中那个听起来像是上司的人的声音很耳熟，是康治。

背后传来开门的声音，伯朗连忙关上电视机。

祯子一脸诧异地望向儿子：“你在做什么？不能随便乱碰噢。”

“我知道。”伯朗回答。祯子没有再说什么，她似乎以为他不过是在看电视。

坐在简易沙发上，伯朗的脑中不断地重复刚才看到的影像。令人吃惊的是，他连细节都记得清清楚楚，在不断重复中，影像渐渐清晰。同时，他也逐渐理解在那个画面里发生了什么。

不，其实并不是那样。

在看到画面的瞬间，伯朗就已经知道他们在做什么了，但是他拒绝去理解。不可能是那样，我刚才看到的不可能是那种东西。他企图说服自己。

察觉到儿子的异样，祯子担心地问：“你怎么了？”他却回答：“没什么。”

又过了没多久，康治出现了。和刚才的年轻人一样，他也穿着白大褂。

在交谈间，祯子把装有干净衣物的纸袋交给康治，而康治也相应地把放在桌旁的大塑料袋递给了她，似乎是要洗的脏衣服。

康治的脸色忽然变得有些难看，他的眼睛盯着录像机看，然后切断了录像机的电源。

“你碰过了吗？”他问祯子。

“我什么都没……”祯子说着瞥了伯朗一眼。

伯朗垂下头，感觉康治正凝视着自己。

但最终，康治什么都没问自己，他只是向祯子道谢：“多谢你特地赶来，真是帮大忙了！”

然后三人离开了房间。康治似乎打算送他们到一楼入口，但伯朗想要小便，就一个人去了洗手间。在洗手间完事后，两个学生模样的年轻人走了进来。

“接下来干什么？去喝茶吗？”

“不，接下来轮到猫了。”

“啊，是吗？现在有几只？”

“五只，差不多要再去准备了。”

伯朗一边洗手一边听着他们的对话，然后抬起头看着他们的脸。仔细一看才发现，有一个是刚才给他们带路的戴眼镜的年轻人。

对方也注意到伯朗，笑着打招呼：“呀，你好呀！”

“猫。”伯朗说，“有猫吗？”

年轻人在镜片那头的眼睛眨巴了一下：“有噢，怎么了？”

“是生病的猫？”

“不，不是，就只是普通的猫。”

“你们为什么要养猫？”

“你问我为什么……”年轻人的表情很困惑，和另外一人面面相觑。

“给他看看可以吧？”另一个年轻人一脸邪笑，“给他看，然后告诉他。”

戴眼镜的年轻人重新把脸转向伯朗：“你想看吗？”

“嗯。”伯朗点头。

“那么，跟我来。”戴眼镜的年轻人迈出脚步。

伯朗被带去了走廊的深处。在门开之前，他就已经闻到一股异味。年轻人打开门走了进去，伯朗跟在他的身后。

那里有一个很大的笼子，里面有五只猫，颜色大小各不相同，共同点都是土猫，以及都瘦得皮包骨头。它们的毛色也很差。五只猫缩成一团，闭着眼，完全不动。但从它们背部轻微的上下起伏可以知道，它们是活着的。

戴眼镜的年轻人打开笼子的门，取出设置在角落里放有猫砂的容器。看起来那是猫的厕所了。就像是接收到信号一般，五只猫一齐睁开了眼，整齐地望向伯朗。

死气沉沉的眼睛，而且有十只。

那一瞬间，一股恶寒突然袭向伯朗。同时，胃里似乎有什么热热的东西往上涌，他无法忍受地抱着肚子蹲下身。等回过神来，他已经吐了。

戴眼镜的年轻人吃了一惊，当他把康治和祯子带过来时，伯朗的呕吐感还是没有减退，黄色的胃液耷拉在他的嘴边。

“录像里拍到的是猫，”伯朗盯着半空看，“是头盖骨被打开，露出大脑的猫。实验者的手正拿着什么器具去碰那大脑。现在想想，大概是电极吧，用电流刺激大脑以查看身体各器官的反应——我听说以前经常会做这种实验。我想在那个笼子里的五只猫也是相同的命运。”

“这么残忍的事……”枫的脸有点儿发白。

“关于这件事，我没有问过康治，他也什么都没告诉我，妈妈也是。我们之间好像什么都没发生过。但那个时候，我就想，我大概不可能叫这个人爸爸了。”伯朗的手伸向玻璃酒杯，耸了耸肩，“虽然只是猫，但或许是精神受到了创伤，我无法忘记那个场景。”

“所以才当了兽医？”

“谁知道呢。”伯朗侧过头。

“我自己也不是很清楚，或许就是那样。但是，触碰到动物能让我安心，特别是猫。我的心情会很平静。相反，如果有一阵没有接触，我就会做梦。梦境就和那录影带的影像一样，又或者是被放在实验台上的猫空虚的眼神。据说这个时候，我会在梦里大喊大叫。我以前交往的女朋友告诉我的。”

伯朗喝了口啤酒，没有放下酒杯。他垂着脑袋，这些平时封印着的记忆，说出口时才发现，一点儿都不曾淡去。

拿着酒杯的手忽然碰触到一个柔软的东西。他抬起头，见枫的手正覆在自己的手上。

“真可怜。”她眼睛湿湿地说。

“如果那时的大哥……八岁的少年伯朗现在在这里，我就能用这双手抱紧他了……”

现在的我就不行吗？——虽然他想这么问，却忍住了，只是说：“谢谢你！”

15

打开首饰盒的瞬间，顺子睁大了眼，脸上焕发出光彩。

“哇，这个，我记得！”阿姨最先拿起的是红珊瑚戒指，“这个叫血珊瑚，好像很难采到。这个本来是领针，是一清先生从相熟的画商那里买来的，但一清先生不打领带，所以就改造成戒指了。姐姐很宝贝它的。”

“咦，是这样吗？”伯朗把江户切子的玻璃酒杯送到嘴边，辛辣的冷酒流入喉间，很舒服。

“这条珍珠项链也令人怀念。姐姐说不管红事还是白事都能戴，很好用。这是你外婆的遗物。”

“是吗？”伯朗用筷子夹起油炸丁香鱼。只要在兼岩家吃晚饭，餐桌上摆的一定是下酒菜。他多余地担心如果是不会喝酒的客人要怎么办这个问题。

“啊，这个胸针我也记得。虽然现在大家都不会再佩戴这个了，但我们年轻时很流行的。”顺子拿着蝴蝶形状的胸针微笑。

“我印象里妈妈几乎不太佩戴首饰。”

“那是因为在伯朗君面前，她是妈妈呀。就算是姐姐，也会有许多其他不一样的面孔。对我来说，她是姐姐；对她老公来说，她是妻子。根据时间和场合不同，还会是女人。”

伯朗点点头：“原来是这样。”

“不过作为儿子来说，或许不是很愿意想象母亲会露出很女人的一面。”

“倒也不是。我记得她第一次向我介绍康治的时候，我隐约想过其实妈妈也是一个女人。”

“是吗？你这孩子真不可爱呢。”顺子苦笑着把胸针放回盒子。

把这个带来真是太好了，伯朗想，如果不是这样的机会，他们也不会再次追忆祯子吧。

“如果妈妈去世的时候，能再仔细地整理好遗物就好了。那样的话，现在也不会这么忙乱。”

“这也没办法。毕竟姐姐是矢神家的人，伯朗君又和矢神家保持着距离。”

“不过，”宪三往伯朗的酒杯里注入冷酒，“竟然被卷入矢神先生家里的遗产争斗，伯朗君也很够呛呢。”

“我还好,反正和我没有直接关系。我倒是担心枫,明人他又不在。”

“明人君还是没办法来这边？”

“正是，大概还要有一阵子没法回来。”

“真是辛苦。”顺子把首饰盒转向伯朗，“谢谢你让我看到这么令人怀念的东西。”

“如果阿姨有什么喜欢的，可以收下它吗？不论哪个都可以，要不就全部拿走。”

听了伯朗的话，顺子笑了。

“全部拿走是不行的。如果我拿着姐姐姐夫的结婚戒指，会很奇怪吧？但既然你都这么说了，我就挑一个收下。明人君和枫小姐都同意吧？”

“当然。”

“那么……”顺子的目光再次落在首饰盒上，她犹豫地歪着脑袋，最终把手伸向珍珠项链。

“还是选这个吧，而且这是母亲的遗物。一举两得。”

“其他的不要了吗？珊瑚戒指之类的。”

“刚才我也说了吧，这个原本是一清先生的领针，所以由伯朗君收着就好。又或者是送给枫小姐，她一定很适合的。她给人感觉很气派呢。”顺子说完，立刻就把项链戴到了自己脖子上，“怎么样？”她问宪三。

“很好呀。”宪三回答，但根本没有好好看。

“枫小姐是个很出色的女人，开朗、健康，还有礼貌。明人君真是找了个好姑娘。伯朗君也是这么想的吧？”

“嗯……算是吧。”伯朗把冷酒灌入喉中。不知为什么，枫被夸奖，他会很开心，他对此感到困惑。

“姐姐的东西里，还有其他东西吗？”顺子一边摘项链一边问。

“有三本相册、书本、眼镜、手表……差不多就这些吧。”

祯子死于十六年前，康治也不可能把太多的遗物都保管在手边，伯朗可以理解康治的情况。

“相册？什么样的？”

“一本是从我出生到小学时的，还有一本是从明人出生到上初中的，然后剩下那本是去世的父亲的相册集。”

“只有这些？没有娘家的相册吗？”

“娘家的？”

“小泉那里的房子啦，你外婆的。”

“啊……”伯朗说着摇了摇头，“没，我没看到过那样的东西。”

“姐姐去世后，我和康治先生去过一次小泉那里的房子。因为必须在拆除之前把东西收拾干净。我就把放在那里的我自己的东西带回来，之后的事就全部交给康治先生了。姐姐的东西应该还有很多，而且应该有娘家的相册，那些都在哪里呢……”

“不知道，总之不在我从矢神家搬回来的纸箱里。”

“康治先生处理掉了吧。”宪三意兴阑珊地从旁插嘴道。

"连妻子娘家的相册都处理？"顺子瞪大眼，"都不知会伯朗君一声？不可能。"

"就算你这么说……"宪三撇了撇嘴，挠了挠太阳穴。

"的确很奇怪。"伯朗双臂交叉着说，"不单是相册，妈妈的遗物里，几乎没有小泉那边的东西，这很可疑。"

"去问问本人怎么样？"宪三提议，"去问康治先生。他还有意识，也能对话吧？"

"我觉得很难，没办法对话。而且，这事也不值得特地去问。"

顺子垂下肩，叹了口气。

"不过仔细想想，我也不觉得矢神家的人会妥善保管去世媳妇在娘家的东西。虽然康治先生不会这么做，但或许是被其他人扔掉了。要是我在那房子被拆之前把相册带回来就好了。"

"那是你最后一次去小泉那里吗？"

"最后一次。之后就收到了房子被拆除的通知，还送来了变成空地后的照片。"

"啊，我这里也收到过那张照片。"

顺子似乎忽然想起了什么，侧着头："那座房子是在姐姐名下的。之后那里怎么样了呢？也没听说过那块地被卖掉吧。"

"我也没听说过。"

"也就是说……"顺子一脸担忧，"伯朗君，不能被这么个首饰盒打发了噢，必须查清楚那块地怎么样了。要知道，要知道伯朗君是有继承权的。"

"这么一说还真是，我想都没想过这个。"

“可别傻乎乎的，说不定一不留神，那块地就被矢神家的人拿走了。”

“我会立刻去确认的。”伯朗取出手机，为了防止忘记，把刚才的事写成邮件发送到了自己的信箱。

“矢神家的那些人有那么贪心吗？”宪三停下筷子问伯朗。

“因为经营公司或是店面的人比较多，所以对金钱比较执着。不过也有个叫牧雄的人很古怪。”

“啊，那个人。”顺子皱眉，那表情像是吃到了什么苦涩的东西，“我见过他几次，感觉不是很好。”

“我以为你没见过，他是做什么的？”

“学者。之前我提过康治在研究学者综合征吧？那个叫牧雄的人好像在年轻时帮过忙。这次也是，他对康之介的财产毫无兴趣，一个劲儿地在找康治的研究资料。”

“哦？比方说是怎么样的？”或许因为自己也是个研究者，宪三表现出了兴趣。

“不是很清楚，他没有给我看。啊，但是——”伯朗操作着手机，调出了那幅画的照片，“有这么一幅画，据说是学者综合征患者画的。”

在看到屏幕的瞬间，宪三瞪大了眼。

“给我看看好吗？”宪三伸出手，伯朗把手机递给他：“请。”

宪三入神地看着手机屏幕，眼中闪着严肃的光泽，让人不禁会想：这就是研究者的表情吗？

“这幅画怎么了？”伯朗问。

宪三呼地吐了口气，轻轻摇着头把手机还给了伯朗：“真是太奇妙了。”

“哪里奇妙？”

“以防万一我先问一下，这个是用手而不是电脑什么的画的吧？”

“应该是。”

宪三感叹着，然后再次嘟哝道：“太不可思议了。”

“老公，你别卖关子了，快说说它怎么不可思议了。”顺子心急地说。

“嗯。”宪三点了点头，但他开口时还是显得有点儿踌躇，“这是分形图形的一种。所谓的分形是几何学里的一个概念，在自然界里也频繁出现。”

伯朗和顺子面面相觑，最后举手投降：“完全不懂那是啥。”

“把图形放大后就能理解它的特征了。乍一看，这个像是蕾丝网纱的花纹吧？不过，普通的蕾丝网纱在放大后，网格就会渐渐变大，但这个图形呢，就算把它放大了，网格里也会出现相同的但是更细小的网格。当然，它不是无限的。像这种整体和局部很相似的东西就称为分形。自然界里海岸线是个很好的例子，如果用放大镜或是显微镜去放大描绘在地图上的海岸线，线就会逐渐变得平滑。但实际上的海岸线呢，不管你怎么靠近，它都不会变成那样。那种锯齿……即使到了微观世界也都存在。”

“这就是分形吗……我第一次听说。”

“哼哼，”宪三笑了，“因为这对普通人来说是派不上用场的知识。”

“这个患者为什么要画这种画？”

“那就不知道了，我都想问呢。不，我更想知道的是，他是怎么画出来的？这种东西竟然是手绘的，实在是难以置信。”

“这就是学者综合征的患者所创造的奇迹吧。”

“应该是这样吧。”

伯朗刚要伸手去拿玻璃酒杯，忽然停下了。既然聊到这个话题，有一幅画自然而然地浮现在脑中。

“爸爸最后画的那幅画也是个很奇妙的图形，那也是分形吧？”

“我没见过那幅画，所以不好说。”宪三的语气很慎重，“这事怎么说呢？就算是学者综合征，特征也是各种各样的。达斯丁·霍夫曼主演的《雨人》里的主人公可以在瞬间数出掉落在地板上的几百根牙签，能记住在二十一点里用到的无数组牌，但他没有画过分形图。”

“而且，都还没有确定一清先生就是那种患者吧？”顺子插嘴道，“上次我也说过，一清先生是个普通人，至少在他生病之前是。伯朗君也是这么认为的吧？”

“是的。”听到她的提问，伯朗回答道，“虽然记得不是很清楚，但我认为他是个很温柔的、很好的父亲。”

晚上十点刚过没多久，伯朗从兼岩家告辞。顺子送他到玄关前，说：“照顾好枫小姐噢。在明人君回国之前，伯朗君要好好保护她。”

“知道了。”他回答着，胸口却满是焦躁。

伯朗走到大马路上拦了辆出租车。车子才发动，他就拿出手机给枫打电话。

今晚，她应该会和勇磨见面，听说是被约去了位于银座的法国餐厅。他在白天收到了她向他汇报这件事的邮件，因为邮件里写了“我会好好试探他”，所以他回复了“绝不可大意，尽量早点儿回家”。而对此，她的回复是“没问题的”，这使得伯朗更为不安。

吃完饭以后，他们会做什么？听说勇磨很会玩弄女人，他会不会提出再去别的店喝酒？

电话很快就接通了。

“你好！”枫的声音听起来特别精神。

“是我，伯朗。你现在在做什么呢？和那家伙吃饭情况如何？”

“啊，我们正要再喝一轮。”

果然是这样，伯朗咬了咬唇：“在哪里喝？”他的声音有着明显的不悦。

“我家。”

“你家？青山的公寓吗？”

“是的。因为勇磨先生送我回来，于是我就邀请他再喝杯茶什么的。”

伯朗愕然，他握紧手机。这是多么不警惕！不对，或者说，这是枫笼络勇磨的手段？

“我知道了，那我现在也过去。”

“大哥也过来吗？为什么？”

“关于我妈妈的首饰，我去给顺子阿姨看过了，现在带过来。”

“现在吗？不用今晚也可以……”

“我还有别的话要跟你说，情况紧急，没关系的吧？”

“虽然是没什么关系……”

“很好，那么待会儿见。”他挂了电话，“司机，目的地变了，请往青山开。”他发出指示，“请尽快！”

伯朗一边心不在焉地听着司机的回答，一边抖着脚。她请进屋的偏偏是那个勇磨！是那个试图对跟自己有血缘关系的百合华出手的男人！谁知道他会做什么？因为焦急，他的手心渗出了汗。

伯朗在青山的公寓附近跳下出租车，快步走向正门。然而在伯朗抵达正门之前，自动门开了，一个男人走了出来，正是穿着粉色衬衫配黑灰西装的勇磨。他也看到了伯朗，于是停下脚步，露出讨人厌的笑容。

“你为什么面无血色啊？这可不是大哥去弟弟家的表情噢。还是说你很担心那个在房间里等你的女人？”

伯朗没法让自己的表情放松。

“就算是亲戚，人家丈夫不在，你大摇大摆地去人家家里算什么？”

“咦？”勇磨抖了抖身子，“我可不想被你说。”

“我是有理由的。”

“是吗？牵强的理由，是吧？”

伯朗沉默地瞪着他。

“好像被我说中了。”他晃着肩，“也难怪，毕竟她是那么好的女人。”

“你在说什么？她是明人的妻子，你知道吗？”

“那你又怎么样呢？嗯？”

伯朗咬紧牙关，虽然对自己的腕力没信心，但他还是握紧了拳。

然后勇磨似乎察觉到了什么。“算了。”他挥了挥手。

“看起来还要跟你打一阵交道，这么晚的时间在这种地方你瞪我我瞪你的也不是事。以后见。”他迅速转过身走了，他的背后似乎散发着阴阳怪气的自信。

伯朗冲到公寓前，按响自动门上的对讲机。

“来啦！”传来枫悠哉的声音。

“是我。”伯朗对着麦克风粗鲁地说。

“请！”

门开了，伯朗大步跨入大堂。这个时间连礼宾部也没人在了。

到房间门口按响门铃，门很快就开了。枫穿着粉色运动衣和灰色短裤，头上还戴着发带。

“真快呀。勇磨先生刚走。”

“我知道，刚才在下面遇到了。”

“我告诉他大哥也要来以后，他就说打扰到你们不好什么的。”

伯朗咂了咂嘴，什么叫打扰到你们不好，明明想的是搅局者来了——

“他请我吃了顿大餐噢，是香奈儿最顶层的餐厅。你去过吗？”枫像是在唱歌。

“虽然没去过，不过我知道这种店，这种装模作样的店。”

到客厅后，伯朗走向沙发。茶几上放着威士忌的酒瓶、冰桶以及古典杯。

“也没有那么装啦。那家店的人态度很好，从窗口眺望到的景色也很棒，菜当然也非常好吃——”

“停！”伯朗把双手伸到枫的脸前。

“我知道菜好吃，饭店很棒了，不过就算请你吃了饭，你把男人带到家里来是怎么回事？而且还是那种家伙。”

“带到家里来……他不是亲戚吗？”

“你们没血缘关系吧。”虽然我也没——另一个自己在脑中低语，“我之前也说过，那家伙看上你了。可你还和他单独相处，还喝酒！你到底在想什么？”他加快了语速，措辞也变得尖锐。

“关于这个，我上次应该说过了。”

“是想要勾引他、引他说出情报来吗？”

“不是勾引，是笼络。”

“一回事吧，明明还有其他办法的。”说完伯朗抓住头发往沙发上一坐，他盯着茶几上的两个古典杯，拧紧了眉，“这个是什么？”

“古典杯，怎么了？”

伯朗指着那两个玻璃酒杯。

“你们是并排坐着的吗？不是面对面？”

如果是隔着茶几面对面，那这两个酒杯的位置未免太近。

“是的，那又怎么了？”

“这么大一张沙发，明明可以坐得更开些，为什么要并排坐？”

“坐得近，说话才方便啊。”

伯朗瞥了一眼枫从短裤下露出的双腿：“他对你做什么了吗？”

“哈？”

“我在问你他有没有碰你或者强迫你做什么？你……这么光着腿。”

“啊……”枫张口道，“我是在勇磨先生离开以后才换的衣服。没事的，虽然手差点儿被他握住。”

“你说什么？你被他握了？”

“今天算是顺利躲开了。”

“是吗？”伯朗点了点头，又再次看向枫，“什么叫‘今天算是’？难道下次你打算让他握？”

“嗯，被握个手也是没办法的。”

“喂！”伯朗用拳头敲桌，“你可是明人的妻子啊！”

“是的，不用你说我也知道。”

“但你却让别的男人握你的手？”

“是看情况。前几天，我应该已经说过什么事我都会去做，只要可以打探到明人君的下落，我什么都会去做。”

“哪怕是和别的男人上床吗？”

枫缩着肩膀笑出声：“那么极端……”

“不要笑。快回答，你会怎么样？”

伯朗盯着她看，忽然，枫的表情变得冰冷。

“说多少次都可以，我什么都会去做，如果那样比较快的话。”

伯朗凝视着她的脸，摇了摇头。

“真是受不了，简直没法跟你说。就算你这么做，明人终归也——”他突然把后面的话吞了回去。

“终归……怎么样？”枫问，她的眼神中出现少有的冷漠。

“没什么。”

伯朗别开脸，枫一把抓住他的肩。

“别糊弄我！明人他终归——怎么样？欲言又止可不像男人噢，如果你有话想说就明明白白地说出来，怎么样？”

伯朗深吸一口气。

“你真的认为明人会回来吗？”

“什么意思？”

“如果他是出于自己的意愿而隐瞒踪迹，那么应该会和你联络。那么长时间都音信全无，你不觉得他应该是被卷入了什么犯罪案件里吗？”

“我是这么想的，所以我不是在调查吗？”

“你觉得他还活着吗？”

枫的眼神忽然变得凶狠：“你说什么？”

“你也说过警察什么事都不做。但是，我觉得他们也不是完全不做事。如果某个地方冒出来一具身份不明的尸体——”

突如其来的冲击打断了伯朗的话。一瞬间，伯朗没能理解发生了什么。过了几秒，他感觉自己的脸上火辣辣的，才反应过来自己被扇了一巴掌。

而给了他一巴掌的人此时正用一双通红的眼睛瞪着他。

“对不起！”她说着扭向一边，“今晚请你回去。”

伯朗想不出应该说什么，只能沉默。枫也始终无言。时间流逝在沉重的沉默里。

深呼吸后，伯朗从自己带来的包里拿出首饰盒放在茶几上。

“顺子阿姨收下了珍珠项链。她说红珊瑚戒指大概很适合你。我也这么认为。”

枫没有回答，伯朗站起身。

虽然他正在往玄关移动，但她却没来送自己。伯朗就这么离开房间，走在了走廊上。

走出公寓，夜风冷冽，但伯朗的脸颊依旧如火一般烫。

16

在看了迷你腊肠犬咳嗽的样子后，伯朗虽然立刻就推断它是气管塌陷，但还是让它照了 X 光。结果和预想的一样，气管有些许坍塌，不过还不至于要动手术，但必须上药以及改正生活习惯。

伯朗把这些告诉女饲主后，她不甚理解地问："改正什么习惯？"

她披着长发，戴着眼镜，化着淡妆，穿着不显身材的宽松衬衫，还配了条长裙。年龄嘛，二十多岁吧。因为这是伯朗最不感兴趣的类型，所以就随便观察了一下。

"运动。"伯朗说，"它有点儿偏胖了，显然是运动不足。还要注意别喂它吃太多。这种狗很容易气管塌陷，所以必须特别当心。"

"这种狗？"

"小型犬。因为总是仰着头看主人，所以喉头会受到压迫。遛狗的时候别用项圈，用背带比较好。"

"小型犬都会这样吗？"

"也不是全部。据说和遗传也有很大关系，特别是像这个小家伙。"伯朗指着女人抱着的狗，"人工交配出来的品种经常会有某些缺陷，这就是其中一种。某种意义来说，这些小家伙都是牺牲品。"

"啊？"女人发出没什么兴趣的声音。

"人类想配种就配种，想养就养，想喂吃的就喂吃的，想带出去散步就去，不想出去就不去……真是可怜的牺牲品。而大多数的狗主人还——"

"医生。"荫山元实在旁边眼神冷冽地打断了他的话，"下次问诊安排在什么时候比较好？"

"啊，那个……"

"一周后可以吗？"

"就那样吧。"荫山元实转向狗的饲主，"那么请在一周后复诊。"

身穿长裙的女人抱着迷你腊肠犬站起身，不甚愉快地对着伯朗行礼后走出了房间。

“你怎么了？”荫山元实问，“从早上开始就一直很焦躁。”

“我没事。”

“和她吵架了吗？”

伯朗答不出来，荫山元实的嘴角浮笑道：“好像被我说中了。”

“完全不知道你在说什么。你说的她是指谁？”

“那还用问吗？”

这个时候，前台传来了振动声，好像是手机来电。

荫山元实去前台拿来伯朗的手机：“是那个让你焦躁的人打来的吗？”

伯朗接过手机看着来电显示，正如她所说。他背对着荫山元实，接通电话：“喂，你好！”

约好见面的地点在银座的一家咖啡馆——一楼是蛋糕店，二楼是喝茶的地方。上楼后环顾店内，枫正在靠窗的桌边挥手。

伯朗不知道该用什么表情面对她，无言地在她对面的座位上坐下。昨晚他刚被她扇了一巴掌。

然而，给了自己一巴掌的始作俑者似乎彻底忘记了这回事，她满脸笑容地低下头：“昨晚辛苦了。”

“嗯。”伯朗不置可否地点了点头。

“服务生。”枫大声地叫店员。

年轻的服务生走来。伯朗正要伸手去拿菜单，枫却自说自话地点了单：“两杯冰青柠茶。”

服务生离开后，她对着伯朗单眼眨了眨："据说是这家的招牌，我在网上看到的。"

"我本来想喝啤酒什么的。"

枫给他看手表:"已经三点了噢,在诊疗室里一身酒味不太好吧？"

"今天晚上不用门诊。不说这个，你有什么事吗？"

电话里枫说有事情想问他，于是就约在了这家店见面。

"咦？"枫微微侧头，"这个问题应该是我问才对啊，有事要说的人是大哥才对吧？"

伯朗一脸困惑。

"因为……"她继续说道,"昨天,你来我房间之前不是在电话里说,除了把首饰盒带来以外,还有别的事想说,还说情况紧急,你忘了吗？"

被她这么一问，伯朗一时说不出话来。的确是那样，但那是因为听说勇磨在她房间里，他觉得必须冲过去而想出来的借口。

但事到如今，也没办法说那不过是借口。伯朗表面上波澜不惊，大脑却在全速运转，碰巧这个时候服务生把饮料端了过来。

为了争取时间，他慢吞吞地把吸管从纸袋里取出，喝了一口冰青柠茶："确实很好喝。"他坦率地说出感想。

"是吧！我每去一家新店，都会去查这家店的推荐菜，即便只是喝杯茶也会。"

"没想到你这么细致。"

"这是愉快生活的诀窍。那么，还请你回答我的问题，你想说的事情是什么？"

伯朗清了清嗓子，慢条斯理地开口。

“之前，我有说过小泉的那座房子吧？明人的房间里还摆着那里的照片。”

“婆婆的娘家？”

“是的。昨天，我和阿姨他们聊着聊着，突然在想那里怎么样了。虽然知道已经拆成空地，但那样一来，就发生了继承的问题。根据阿姨的说法，那是在妈妈名下的，所以不只是康治，我和明人都有继承权。”

“啊？”枫用手撑着她烫满螺旋卷的脑袋，“光是矢神家的继承问题就已经很烦了，还要再加上那个？”

“顺子阿姨说了，如果傻乎乎的不行动，就会被矢神家的人私吞，让我当心。”

“那块地怎么样了？”

“不知道，如果卖掉了应该会留有记录。”

“我没有听明人君提过这件事。而且，公公会不经过大哥你们的同意就把它卖掉吗？”

“确实很难想象，康治不是这种人。”伯朗凑向吸管，吸了一口冰青柠茶。

“如果能问问公公就好了。”

“那个样子，没可能吧。”

他回忆起探病时的情况。即使好不容易等他醒了，也不可能好好对话。

“不如我们现在就过去吧？”

听到枫的话，伯朗皱起了眉头：“去哪里？”

“当然是——”她砰地拍了一下桌子，“小泉啦，去以前房子所在的地方。”

“为什么去？”

“为了去确认那块地现在怎么样了，如果上面建了什么就说明被卖了，如果还是空地的话，说不定还是在婆婆的名下。”

伯朗看了看手表，已经快下午三点半了：“开车过去要一小时以上。”

“我时间多得可以卖。而且，”枫指着伯朗，“大哥刚才也说今天晚上没有门诊吧。没有喝酒真是太好了，可以开车了噢！”

伯朗拉近玻璃杯，吸了口冰青柠茶。虽然他对这突发的提议感到困惑，但又开始觉得傍晚的兜风倒也不坏。当然这是因为能和枫一起……但他拼命地把这个念头赶出了脑海。

大约一小时后，伯朗来到青山的公寓附近把枫接上了车。离开咖啡馆后，他们暂时分开行动，他回位于丰洲的家里取了车。

“小泉啊……没想到有一天我竟然还会再去那里。”

“明明是充满回忆的土地。”

“没太多回忆，我只在外婆在世的时候去过。”

回忆起那个家的时候，首先浮现在脑海中的是祯子的遗容。守夜的那晚，他和明人两个人看着她。

“不过，”伯朗说了句，忽然干咳了几下，“昨天情况如何？勇磨和明人的失踪有关吗？”

“嗯……”身旁传来枫思考的声音，“还说不上来。不过，他动不动就问明人君的事，像是做什么工作啦，和什么样的人打交道啦，如果听者有心，也能把那理解为他知道明人君失踪，正在打探情报。”

“说不定那不过是想在向你求爱之前，先掌握好对手的情报而已。”

“也可以这么理解吧。”枫毫不在乎地表示同意，“不过有几件被问到的事令我很在意。”

“什么事？”

“比如明人君在开始现在的工作时，是怎么筹措资金的。再比如，有没有听他提过从母亲那里继承了什么特别的东西。”

“特别的东西？那是什么？”

“我也觉得这个问题很奇怪，所以问他是什么样的东西。然后他说，随便什么东西，总之就是很值钱的。”

“他为什么要这么问？”

“因为他觉得明人君拥有这样的东西，或者说拥有过？勇磨先生是这么说的。还说如果不是那样，年纪轻轻不可能成功创业。”

“什么呀，不就是单纯的妒忌嘛。”

“或许是这样吧，但只有在说这件事的时候他显得很严肃，此外大多是荤段子。”

“荤段子？”又一个不能听过就算的字眼，“比方说怎么样的？”声音里是毫不掩饰的不悦。

“要说也可以啦，你想听吗？”

伯朗不知该怎么回答。男人开始对女人说荤段子，就表示他有所图，打的是渐渐减少在性方面的隔阂，最终求爱成功的算盘。虽然他想听听看勇磨有什么招数，但实际听过后，他一定会越发暴躁。

“不，”伯朗嘀咕道，“算了。”

"我也觉得是。"

"话说回来，勇磨那家伙如果不是出于嫉妒才那么说，的确是让人在意啊。他是什么意思呢？"

"不知道。那之后，就没再说这件事了。下次见面的时候，我会试着不动声色地探他口风。"

伯朗呼地吐了口气，以平复自己的心情："还要再见面？"

"除非我找到什么线索，又或者确定勇磨先生和明人君的失踪无关。"枫平淡地说，"顺带说一下，这个月的七日到八日，勇磨先生似乎是在札幌出差。"

七日是明人失踪的日子。

"你怎么问出来的？"

"直接问呗，问他这个月的七日在哪里。"

"他没起疑吗？"

"问那个之前，我们在聊占卜。"

"占卜？"

"就是日历占卜。根据在某个特定日子的所在地来决定一个月后的运势，而这个月的特定日子就是七日。"

"哦？日历占卜啊，有那种玩意儿吗？"

"没有。"枫干脆地回答，"是我编的。虽然不知道勇磨先生会不会信，但算是一个提问的借口吧。"

"的确。"

聪明的女人——他再次这么觉得。

"但其实也不知道那家伙是不是真的就在札幌。"

“你说得很对。不过只能接下去慢慢再查明白了。”

伯朗觉得自己的心里乱糟糟的，但他留意着不要表现在自己的态度上。

“我说了很多次，当心那个家伙。”

“我知道。”枫小声回答，然后又改变语气叫了他一声“大哥”，“对不起，昨天被你一挑衅，我也火了，我不会跟不爱的人上床。”

伯朗深深地吸了口气，又吐了出来：“我放心了。”

枫哧哧一笑：“大哥果然就是明人君说的那种人。”

“那家伙说我是什么样的人？”

“说你是个心地耿直的人，不会说话，最讨厌歪门邪道，也不擅长耍手段，心里想什么立刻就会表现在脸上。”

伯朗咂了咂嘴。

“我好像被他当成傻子了啊。那家伙能有多了解我？在一起生活也没几年，而且那时他还是个小孩子。”

“有些事只有小孩子才能看透噢。我觉得明人君的眼光没有错。他还说大哥的心不但耿直，而且温厚，甚至会想要牺牲自己来换大家的幸福。”

“他高估我了。”

“我觉得并不是。虽然和你认识的时间很短，但我也是这么觉得的，因为你是真的很为我着想。能遇上大哥真的太好了，光是这一点，我也要感谢明人君。”

“别再说了，太夸张了。”

他很久没被人这么夸过了。不对，这算是第一次吧？而且他也很意外在明人眼里自己竟然是那样的。在他的想象里，明人应该为自己不愿和他成为家人而恼火。

更重要的是，枫最后的那句话动摇了伯朗的心。他不知道她为什么要说那样的话。能遇上大哥真的太好了——他觉得这一定是场面话，却又无法抑制地想把这句话当真。

“有件事我也必须道歉。”伯朗直视着前方说，“关于明人的消息，我说了不知轻重的话。当然，我也想看到那家伙平安无事，我也想相信自己能再见到他。这不是假话。”

但是，枫却没有立刻回答。伯朗不知道她在想什么，不由得担心是不是自己说的话有问题。

“不要忘记，”枫终于说话了，“把毫无根据的臆测说出口没有任何意义。如果那是悲观的发言就更不好了，因为，那不会带给任何人勇气。”

这是直刺人心的话语。他突然察觉到，枫并不是打从心底相信明人的平安，而是已经做好了某些思想准备。伯朗只能费力地附和了一句：“是的。”

自青山的公寓出发后大约一小时，伯朗驾驶的车开到了小泉町。

上次来是将近二十年前，但镇上的样子和当时相比几乎没有变化。驶离主干道后，是一条长长的小路。在路的两边，是车站旁的两排小商店。车站越行越远，住宅渐渐增多。再往前行，赫然入目的是小镇工场以及仓库。

伯朗一边在记忆中探索，一边打着方向盘。他只开车来过这里一次，是被祯子拜托来运大型垃圾。当时正是外婆去世，伯朗刚考到驾照，就向朋友借了车。

沿着狭窄的坡道往上，经过一个小小的稻荷神社后就是鳞次栉比的旧民居。外婆家曾经就是其中的一栋，但如今已经不在了——

如今应该已经不在了才对。

伯朗踩着刹车说不出话来。是哪里不对？这是错觉吧？

“大哥，”枫在身旁说，“这个不是那张照片上的房子吗？”

伯朗没法回答，他的脑中一片混乱。

正如她所说，眼前矗立着的正是那座房子，小泉的那座房子，同时也是祯子去世所在的那座房子。

17

下车后，伯朗站在大门前。一扇生锈的小门，里面有一个小小的院子，再往前就是玄关，通往玄关门口的小道上铺着四块四方形的石头。

一切都很整洁的房子依旧和那个曾数次造访过的外婆家一样。要说有什么不同……当然是变得更旧了。即便如此，外观上的损坏还是很少，完全不像是废屋。

“怎么会这样？感觉像狐仙显灵似的。”伯朗忍不住地说，“不是应该已经变成空地了吗？我真的有看过照片啊。不只是我，顺子阿姨也说看过那张照片。”

“但你并没有来看过吧？你只看了照片。”

“那样就足够了吧。如果拍的是其他地方，我立刻就能察觉，但确实是这块地，连邻居家的墙都拍到了。”

“就算是那样，也不表示那就是事实，只能说明事实上确实存在过这么一张照片。”

“有什么不一样？”

听到伯朗的问题，枫诧异地瞪圆了眼：“如果网上流传的照片全都是真的，那事情可就不得了了。宇宙飞船和幽灵也能被证明是真实存在的了。”

伯朗明白她想说什么。

“你的意思是说，我看到的照片是加工过的？”

“不然无法解释为什么这座房子还存在。”枫指着房子说。

确实是这样，除此以外不做他想。那么，为什么康治要送那样的照片给自己？为什么要伪装成这里已经拆成了空地？

伯朗找不到答案，只是怔怔地站着。枫却打开门扉，走进了院子，然后大剌剌地走向玄关。

“喂喂，你等下。”伯朗追上她，“你想做什么？”

“既然来了，我想看看里面什么样。”

“怎么进去？”

她从包里取出一个相框，正是明人摆在房间里的那个。

“你带来了吗？”

“我本来想站在这里想象一下那曾是一座什么样的房子，虽然已经没有那个必要了……”枫打开相册背面，从里面拿出钥匙，然后把它对准玄关大门的锁孔。

“你这是非法入侵。”伯朗说。

“是吗？”枫一脸不可思议，“为什么？”

“你随便进别人家——”说到这里，伯朗忽然意识到自己说得不对，这房子是祯子的，如今她已经去世了，伯朗他们有继承权，而且明人还有房子的钥匙。

“想通了吗？”

“想是想通了，但是不要紧吗？这么破的房子，地板该不会穿了吧？”

“到那个时候再说。”枫把钥匙插进锁孔，咕嘟一转，明明已经有十多年没有开过的锁，但咔嗒响起的声音却很顺畅。

枫刚要把手伸向门把，却被伯朗制止：“等一下。”

“我先进去。不知道里面是什么情况，搞不好满地死老鼠。”

“你说的很有道理，那就拜托你了。不过在进去之前，拿着这个……”枫从包里取出一支小手电筒。

“准备得真周到。”

“因为不知道这一带的情况，说不定晚上会很危险。”

看来她以为这里是偏远的乡下了。

打开门后，里面一片漆黑，立刻就轮到小手电筒登场了，打亮后可以看到里面有楼梯。是的，他想起来了，一楼是佛堂和起居室，还有餐厅兼厨房，二楼应该是两间日式房间。从楼梯延伸出去的走廊上孤零零地摆着一座小架子，上面放着电话机，总算不是老式的拨盘电话机了。

“大哥，”枫在身后说，“那个好像是电闸。”

她指着脱鞋处的墙壁上方一个疑似电闸箱的东西。

“那又怎么了？”伯朗问，“电肯定已经被停了吧。”

“不去试试怎么知道呢。”

“要我去摸那个满是灰尘的电闸箱吗？连手套都没有。”

“那我自己来。”

“好啦，我来就是了，反正也是白费工夫。”

伯朗站到电闸箱的下方，伸出手臂，先打开了盖子。他已经做好了尘埃飘落的准备，但并没有什么灰。左侧就是电源总闸，他用食指抵着开关，试着用力往上推。

下个瞬间，不费吹灰之力，如做梦似的，在伯朗看来就像是魔法一般——周围变亮了。仰头一看，天花板上的灯亮着。

“难以置信。”伯朗摊开双手，“这又是狐仙显灵吧。”

“所以得试了才知道。”枫轻快地说道。

“你的感想就这么轻描淡写吗？我妈妈去世以后，这里应该就没再住人了。不只是这样，这里应该还被拆了。但是，为什么这座房子还在，甚至连电都没有断？”

“想要查明这些，就得先进去了再说。”枫开始脱鞋。

“等一下，穿鞋进也没什么吧。”

“但是，”枫指着地板，“里面很干净啊，不好意思穿着鞋进去。”

伯朗凑近了往地上看。铺着木板的地面反射出淡淡的光。

“的确是这样。”

枫摸了摸地板，又看向自己的手指后说：“嗯，看起来没问题。”她脱了鞋进到屋里，又顺手打开墙上的开关。荧光灯亮起，室内更亮了。楼梯对面的走廊黑黝黝地闪着光，似乎最近刚被擦过。

伯朗也脱鞋进屋，摇着头说：“这狐仙到底要显几次灵？”

“一定有许多狐狸藏在里面。说起来，这附近就有稻荷神社吧，大概就是从那里过来出差的。”枫煞有介事地说着，拉开一旁的隔扇。

那是间日式房间，大小约为十九平方米。枫走到正中间。从天花板上垂下了一盏有着四方形灯罩的老式灯具。她扯了扯拉线式开关，球形灯泡亮了起来。

室内空荡荡的，但是壁龛上是一幅挂轴画，一旁则是佛龛。虽然挂轴画上画着鹤与龟，但应该不是贵重品。看着佛龛，伯朗的心中顿时涌起一股亲切感。他曾经用气枪射里面的摆饰玩，然后被祯子狠狠地骂了一顿。那把气枪是外婆送自己的生日礼物，因为她说在外面开枪很危险，让他在家里玩，所以他砰砰地对着各种东西开过枪。隔扇和拉门上全是洞，最后终于对佛龛也出了手。

伯朗的视线往下，这里的榻榻米上也没有积灰，显然是有人在打理。是谁呢？

枫拉开通往隔壁房间的隔扇。伯朗记得那里是日西结合的起居室，虽然铺着榻榻米，却又摆着桌子和藤椅。

枫打开灯。这里的摆设就和记忆中一样，桌子和椅子都在，但都比所想的要小。

墙上有个茶柜，隔着玻璃门可以看到里面的茶具。

枫打开门，却见里面摆着一些文件夹、笔记本和书籍。她抽出其中厚厚的一本，伯朗立刻知道那正是相册。

“我可以看看吗？”枫问。

“那不是我的东西。”

枫微笑着用手指摸了摸藤椅的表面后坐下。是在确认椅子是不是干净的吧。

她把相册放在桌子上，翻开第一页，上面贴着一个婴儿的黑白照片，旁边写着“祯子 第八天”。

枫抬起脸看着伯朗，两个人彼此对着苦笑。

“就像你说的那样，这似乎是家庭相册的典型。”

“婆婆也有过被视为小公主的时代噢，虽然根本没这么想过。”

这么一说也对，伯朗坦然地点了点头。

枫翻着相册。那个年代并不像现在一样会频繁地拍照，这也是当然的。刚才还是婴儿的公主很快就长成了幼儿，成为小学生后，又穿上了水手服，再然后，她的身边多了一个更小的女孩，是妹妹顺子。一家四口的照片也不在少数，正是昭和的好时代。

有张照片上，祯子和一个看起来像是她朋友的漂亮女生并肩站着。她们都穿着水手服。伯朗的脑中不由得浮起“青春”这个字眼。

然而很快，两个女儿的照片就急剧减少，只有在入学典礼或是别人的婚礼上能偶尔看到。

再以后，祯子、顺子的身影便依次在相册里消失了，理由很容易推测。成年以后，父母终于渐渐失去了给她们拍照的机会。她们和恋人以及朋友拍摄的照片都被收藏在各自的相册里。

但是——

这本相册，并没有迎来如此苦涩的结局。到了后半本，祯子的身影回来了，先是她当新娘的模样，戴着棉帽子的祯子面容白皙，看起来宛若他人。

然后是参拜神社的照片。外婆怀里抱着的自然是伯朗，而一旁则是祯子的身影。

再然后的照片虽然不多，但还是有几张照片拍到了祯子和伯朗，也有伯朗一个人的照片——举着那把气枪的照片。

有一张照片出乎伯朗的意料。照片上的人不是别人，正是康治。他西装笔挺，神情谦和，和祯子、外婆还有伯朗一起被收入镜头。地点就在这房子里的佛堂。

说起来——遥远的记忆微微苏醒，自己曾经因为矢神先生要去和外婆见面而被祯子带来这里。虽然说要结婚的话，这种事情再自然不过，但伯朗觉得那好像是发生在另一个世界的事。

枫“啊”地惊呼出声。伯朗问她：“怎么了？”

她拿起翻开的相册对着伯朗，然后指着其中一张照片。看起来那是最后一张照片。

看到照片，伯朗一时无法言语。

大约是初中生的伯朗站着，地点是这座房子的门前。他穿着 T 恤衫和牛仔裤，身边是幼小的穿着五分裤和运动背心的明人。两个人手牵着手。

他完全不记得这是什么时候拍的、为什么会拍，但一定是在某件很开心的事情之后，因为两个人都笑得很开心。

“这张照片真好。”枫说，“两个人看起来都很幸福。”

“我从没说过半句自己不幸福吧？”伯朗把相册推回去，“先不说这个，有一道谜题被解开了。”

“什么谜题？”

“为什么我从矢神家拿到的妈妈的遗物里完全没有和这个家有关

的东西。顺子阿姨在这里生活过，别的东西暂且不论，妻子娘家的相册怎么能擅自扔掉？谜题的答案很简单，因为这座房子没有被处理掉，东西全都被保管在这里。”

“公公为什么要撒那种谎？”

“问题就在这里。他甚至伪造了拆成空地后的照片。”

“砰”——突然响起玄关门被关上的声音。伯朗一个激灵，张着嘴，全身无法动弹。

刚才的声音是怎么回事？

不是幻听，伯朗和枫面面相觑。她的表情僵硬，似乎也听到了。

也不是风的关系。门确实是关上的，不会因为风就随便打开。

接着，传来了地板咯吱作响的声音。有人进屋了。伯朗摆好架势准备开逃。

伯朗看着打开的佛堂隔扇，与此同时，从对面突然露出了一张男人的脸。“哇！”伯朗叫出声，对面也发出了同样的声音。

男人的脸有一刻消失在隔扇那头，但又出现。那是个头发稀疏、身形矮小的老人，虽然留着胡子，但给人的印象却不吓人，年龄七十五岁左右吧。他披着一件像是工作服的衣服。

“你是谁？”伯朗叫道。

老人把脸缩了回去，然后几乎在同时，有什么东西像一阵风似的穿过伯朗身旁。回头一看，枫的身影已经不见了。

接着，又听到从玄关那里传来男人的叫声：“哇，放开我！噫——”

伯朗过去一看，却见那老人正跪在脱鞋处，握着手机的右手被反扣在身后。

把老人摁倒的是枫，她穿着牛仔裤的双腿劈得很开。

“噫！救命！疼，好疼！你在对老年人做什么？”老人凄惨地控诉道。

“我没用很大力气吧？真夸张。”枫夺过手机，松开了男人。

老人一屁股坐在脱鞋处，抬头看着伯朗他们。

“你……你们是谁？偷……偷偷潜入这里，这……这里可没什么值钱的东西！”

“你是什么人，擅自进别人家？”

“我……我是被……被委托管理这……这里的人。”

“哈？”伯朗和枫对视了一眼，再次低头看着老人，“被谁？”

“什么谁……当然是矢神先生——”老人说着，忽然像是发觉什么似的眨了眨眼，然后指着伯朗的脸说，“你，难不成你是祯子的大儿子？”

伯朗凝视着老人的脸，感觉似乎在哪里见过他。

“你是谁？”

“是我啊，是我。”老人指着自己的鼻尖，“住在这房子后面的伊本，你们以前都叫我芋大叔。”

“芋大叔……”

伯朗那被白色雾霭笼罩的记忆渐渐成形。

这么一说，是有这么个男人在这里进出。外婆虽然身体结实，但独自生活还是会有各种不便。她经常说住在附近的一个好心人会很爽快地帮她做重活。实际上，伯朗也数次和那个人照过面。他还上门在楼梯那边的墙上安装了圆管扶手。他为人亲切，态度和蔼，在完工后会吃着点心陪外婆聊天，但不会赖着不走。芋大叔——自己大概就是这么叫他的。不管怎么说，这都是很久远的往事了。

“我父亲去世得早，所以我有很长时间都是和母亲相依为命。虽然这样，在三十岁的时候还是讨到了媳妇，但她和母亲的关系很差，没过两年就离开了家，之后就又只剩我和母亲两个人。我母亲和这个家里的太太关系很好，还受到了不少照顾，所以呢，就是互相帮助了。”住在家后面的伊本老人感慨地说着。这家的太太，说的应该不是祯子，而是外婆吧。

三人围着桌子坐在藤椅上。虽然这个情况下很想喝杯咖啡，可惜这座房子里什么都没有。

“这样啊，你就是那个时候的大公子啊。哎呀哎呀，长大成人了呢。嗯嗯，有你妈妈的影子。”伊本看着伯朗的脸不住地点头。

“外婆去世以后，这座房子的管理应该就交给我妈妈了。”

听了伯朗的提问，老人再度嗯嗯点头。

“阿祯偶尔会来打扫。不过她也不是一直都来，所以就拜托我三不五时地来看看情况。我就答应了。如果没有人进出，房子就会有损坏，更重要的是，会很吓人，说不定会有坏人潜进来做坏事。”

听到“阿祯”这个称呼，似乎就能看出伊本和这一家人的关系。

“所以妈妈去世后，就由你接手管理了吗？刚才你说是受矢神先生所托吧？具体是指哪个？”

“当然是阿祯的丈夫啦。他有一次来看我，我本来想把放在我这里的钥匙还给他，但恰恰相反，他问我是不是可以接手管理这座房子，说暂时没有拆除的计划，甚至还说会给我报酬！被他说到那个地步，我也没有理由拒绝。而且那时我也刚退休，没什么事可以做，所以就回答说如果不嫌弃的话，我就答应了。”

“暂时没有拆除的计划——他确实是这么说的吗？”

“是的。实际上，到现在都还留着。”

“你没有问他把房子留下来的理由吗？”

“好像也没有什么特别的理由，大概就是很忙没时间处理吧。不过，他好像还说过儿子对这里很有感情。”

“儿子？”

“嗯，确实是这么说的。不过，大概说的不是你。”老人翻着眼珠看伯朗。

是明人吗——

是他向他父亲提出留下这座房子的吗？为了什么？

“你大概多久来这房子打扫一次？”一直沉默的枫提问。

“一个月至少会来一次。虽然也就是吸吸尘，但是很干净吧？空屋一旦荒废就会无法挽回，所以不能偷懒。而且，他经常会来这里看看，要是偷懒一定会立刻被发现。”

“会来看？谁？”伯朗问。

“有时候我正在打扫，小儿子就突然出现了，说是来看看情况。所以刚才我看到这屋里的灯亮了，还以为是他呢，没想到不是，所以吓得逃了出去。”伊本老人说着看向枫，“话说回来，你这个小姑娘身手可真好啊，我还没反应过来就被摁在地上了。”

“我怕你当我们是小偷，如果报警就糟糕了……所以就豁出去了。

对不起！”枫双手撑膝，一脸抱歉地低下头。

“弟弟他……明人来过这里是吧？”

“嗯。照他当时的语气，似乎是偶尔会来。虽然不知道是为了什么，但我觉得他一定在怀念母亲。”

“为什么？”

“因为他一直都盯着很奇怪的地方看，那眼神很不一般。”

“奇怪的地方？”

“浴室啦。阿祯好像是在浴室里去世的，所以我觉得他至今都在悔恨。”伊本老人的语气像在聊家长里短。

但是伯朗却无法保持平静，他凝视着空中的一个点，握紧了拳头。“大哥？”枫叫着他，他这才回过神来。

“伊本先生说他必须回去了。”

“啊……真过意不去。”

“还想再问什么的话来找我就好，我一般都在家。”伊本“嘿哟”一声站起身，“还有就是，那个，我还是照旧来就好了是吗？一个月左右来打扫一次。”

“那样就可以了。请多关照！”

把老人送到玄关后，伯朗再次回到起居室。

“真是弄不明白。”他先开口道，“我可以理解他要留下这座房子，也能理解他拜托老大爷来管理。问题是，他为什么要隐瞒？甚至骗我们说房子已经被拆除，这里变成了空地。”

“我想起了勇磨先生的话，那人怀疑明人君是不是从婆婆那里继承了什么值钱的东西。他说的莫非就是这座房子？”

“这个破房子？”伯朗双手一摊，看着周围，“这座亏得有刚才那个老大爷才没有变成废屋的房子？那老大爷也说了吧，这里大概没有什么值钱的东西。”

“但是明人君甚至对大哥都隐瞒了这座房子的存在。我觉得如果这座房子毫无价值，他应该不会这么做。”

枫说得很对，伯朗想不出反驳的话。

“总之，再把屋里看一遍吧。”

“我觉得可以。”枫起身。

两个人决定再把屋里检查一遍，首先从厨房开始。餐柜里有一些旧餐具，虽然也留着些烹饪工具，但没有找到刀具。这是为了防止万一有人潜入时被用于犯罪吧。

然后从走廊上了楼梯。虽然他们拿着小手电筒，但几乎没有用武之地。因为所有的照明都正常发光，看来伊本老人把这里管理得非常好。

二楼的日式房间里，放着东西的只有一间，里面是梳妆台和柜子。梳妆台的抽屉里有口红以及化妆品。原来外婆也曾化过妆，伯朗回忆起外婆满是皱纹的脸。

柜子里有些许衣物，微微散发着樟脑丸的气味。

他们把壁橱也打开看了看，但空空如也。以防万一，他们还用小手电筒照过了阁楼，但也看不出藏有东西的迹象。

“很普通啊。”下楼后伯朗说，“普普通通的空房子，不像会有什么秘密财宝藏在此。”

“那么，为什么明人会想要留下这座房子呢？”

“不知道。”伯朗左思右想，正想要回起居室时，忽然停下了脚步。

“怎么了？”

“忘记看最重要的地方了。”

伯朗打开就在楼梯旁边的门，那之后又有一条很短的走廊。左边是洗漱台，里面还有一扇门呢，打开后是更衣室。

伯朗打开旁边的门，一股霉味夹杂着漂白粉的味道扑鼻而至。伯朗故意没有开灯，而是用小手电筒照去。灰色的浴池浮现在一片昏暗之中。

“婆婆她就是在这里……”枫的声音在他身后戛然而止。

“我不清楚明人想要留下这座房子的理由，但我能想到的只有一件事。”伯朗继续说，“那家伙曾经怀疑妈妈的死因，不，可能到现在都是。所以，他才会觉得必须把这座房子作为证物保留下来吧，作为杀人案件的证物。”

“这就是……这房子的价值？”

“或许是吧。”

伯朗关上小手电筒的开关。母亲的遗体所沉入的灰色浴池渐渐消失在黑暗之中。

18

离开小泉町的时候，夜已经黑了。看了看时间，已经快要晚上八点。伯朗开着车，当看到出现在路旁的拉面店招牌时，突然就感到饿了。他一说，枫也表示饿了。

“找个地方吃饭吧，停车场的家庭餐厅之类的。”

“那样的话就没法喝啤酒了。就算要在外面吃饭，也先等回东京把车放到什么地方后再去吧。”

“说起来在咖啡馆的时候，你都想点啤酒呢。你真爱喝酒。”

“平时的话还好,但今晚我想喝。认定已经被拆除的房子竟然还在，如果不喝点儿酒，我大概理不出头绪。”

“我明白了。虽然我已经饿了,但既然你这么说,我就再忍一会儿。”

“真是过意不去，但就这样吧。”

枫拿出手机，伯朗用余光瞄着她，她似乎正在搜索什么东西。

“你在做什么？”

“我在找吃饭的地方，我要找一家很晚也能进去又有可以密谈的包间，而且好吃又好看的店。大哥，你有什么不吃的东西吗？或者对什么过敏？”

“过敏倒是没有，但我不吃花椰菜，除此以外都可以。”

“了解！那么，吃什么好呢？你有想法吗？”

“没有特别想吃的，什么都行，交给你了。你和明人经常出去吃饭吧？有什么常去的店吗？”

“有噢，像是在西麻布的酒吧。”

“那里能吃饭吗？”

“非常好吃。”

“能安静地聊天吗？”

“虽然没有包房，但不坐吧台的话应该可以。”

“就那里好了。”

“好的。那么，我就预约了。”

枫似乎有把那家店的号码存在手机里，立刻就拨打了电话。“今晚九点，两个人。”她说着。看起来店里还有空位。“我姓手岛。”她自称。接着对方似乎连名字也问了，于是她补充道：“名字是枫。”然后，就听到她说：“是的，手岛枫……请多指教。”她挂上电话。从对话的过程来看，大概是嫌再改姓麻烦。

手岛枫——伯朗的心里因为这个发音而激动。这是他连想都没想过的组合。又不是思春期，都这么大年纪了还有什么好慌的？！他责备着自己，但在脑中的一角，他又在思考这几个字的笔画是怎么样的。

“顺利预约到了。”枫似乎根本没觉得自己说了什么奇怪的话，坦然地汇报结果。

“辛苦了。”伯朗也假装没有听到“手岛枫”这个名字。

“说起来，大哥，你今后打算怎么处理那座房子？”

“嗯——”他开始思考，“我打算明天去矢神综合医院，就算白跑一次也要去见一下康治，虽然不知道能不能说上话。”

“那么我也去。我还在担心那次之后就没有去探过病，说不定会被波惠姑妈骂。”

“那样也好。不过，有关于小泉那座房子还在的事，我希望你暂时当成我们两个的秘密，连波惠女士都不要告诉。”

“要这样做吗？”

“隐瞒那房子的存在一定是有什么重大的理由。至少在弄清楚这个之前不要随便乱说。知道了吗？”

“知道了。Aye, aye, sir!”

“既然明天你也去那就正好，你找个借口把波惠女士带出病房。

在那期间，我试着问康治小泉那座房子的事。”

“了解！”

虽然伯朗想要专心驾驶，但总是会想东想西。知道那座房子没拆的人有谁？除了康治和明人以外还有吗？是矢神家的人吗？

枫的话也让他很在意。据她所说，勇磨在怀疑明人从祯子那里继承了什么贵重的东西。他说的就是那座房子吗？

这么一说，他又想起来，伯朗因为遗产继承的事去矢神府邸那次，当他拿着装有祯子遗物的纸箱正要回去时，佐代悄悄地对他说过“你最好小心点儿”，然后她还说，“难保那个箱子里是不是放了祯子女士的所有遗物”。

不过，她的说法并不算很肯定，而是说不定会有值钱的东西的语气，说明她也不是很确信。

从小泉的那座房子里，他只带走了那本旧相册，因为他想以后给顺子看。不过，那房子还在的事暂时不能告诉顺子，所以再过一阵子吧。

车很快驶入了都内。他把车停到位于丰洲的公寓的停车场后，又打车赶往西麻布。

“大哥住的塔式公寓看起来很气派呢。”枫在车里回头看着说。

“有什么气派的，这附近全是塔式公寓。”

“你房间大概多大？”

“很小的，说白了，只有明人房子的一半大。”

“几楼？”

“三十二楼。”

“哇哦。”枫扭过身子，双手交握在胸前，“景色一定很棒吧，下次我可以去玩吗？”

“可以。”他生硬地回答，脑中却在想象枫来自己房间的场景，心怦怦乱跳。

“我要更正一下。”

“什么？”

“关于房间的大小。虽然我说大概是明人房子的一半，但实际上是三分之一以下。”

“哎呀哎呀。”

“我稍微虚荣了一下，不好意思。”

“该不会连楼层都是三分之一以下吧。”

“那倒没有，真的是三十二楼。”

“那样就很棒啦。我要去玩。”

“嗯。”他点头，暗想最近得打扫一下房间。

“大哥一直都是一个人住吗？没和人同居过吗？”

“没有。我怎么会做那么麻烦的事。”

“不结婚也是因为嫌麻烦吗？”

“不是。纯粹只是因为没对象，我不是独身主义者。”

“我觉得大哥能找到非常好的对象。”

“谢谢！”

“那位小姐如何？就是在医院里当助手的那个女人，她不是很漂亮吗？”

没想到枫竟然是这么看待荫山元实的，伯朗感到很意外。

“她才不会搭理我。我就这么想象一下，都可能被她告性骚扰。”

“是吗？那么，宠物的主人们呢？”

“很遗憾，会带宠物来的女人大多已婚，而且饲养宠物的单身女人，很多时候都是不打算结婚，要不就是已经放弃结婚。”

“这样啊。没想到你很少有机会遇上合适的人。”

“就是这么回事，所以不知不觉，我就成了大叔。不过——”伯朗看向枫，“我没想到竟然会被明人抢先一步。”

“是吗？”

“明人，”伯朗望着她的脸，不由自主地继续说着，“是个幸福的家伙，遇上了很好的人……我很羡慕他。”

说出口以后，他才为最后那句多余的话而后悔。

枫嫣然一笑，说：“谢谢！”她的牙齿很白。

出租车开到了西麻布。伯朗被枫领着进了一家位于地下一楼的酒吧。店面的装潢模仿了欧洲风格的田园小镇，墙上贴着电影的旧海报，还摆着一个酒桶的模型，长长的吧台旁坐着好几个客人。

伯朗他们被带去角落的一张桌子。周围没有客人，看起来可以放心地谈话。

“给。”枫递过菜单。

伯朗摇头道：“交给你了，就点你推荐的菜吧。”

“我知道了。”枫说着叫来店员。她点了香槟配牡蛎的套餐，套餐里似乎包括了一杯香槟和附带三种酱料的生牡蛎。

“我和明人君来这家店的时候，首先就会点这个，然后一边吃着牡蛎一边仔细思考接下去吃什么。我们一贯这样。”

听到枫的解释，伯朗点了点头：“原来如此。”凡事都有章法。

没过多久就上齐了饮料和料理。虽然没什么值得干杯的理由，但他们还是在空中碰杯之后才把香槟送进嘴里。有点儿涩口的辣，感觉很适合生牡蛎。

“矢神家不是有个叫佐代的女人吗？你记得吗？”

“当然，很性感的人，说是银座夜总会的妈妈桑。”

“你还说想去她店里吧？要到名片了吗？”

“要到了噢，我现在就带着呢。”

“给我看看。”

枫打开放在一旁的包，拿出一张名片：“就是这个。”

名片上印着“夜总会 CURIOUS 室井小夜子”。不知道室井是不是旧姓，不过小夜子应该是从年轻时就在用的花名吧。很多女公关为了招揽旧客，就算换了东家也不换花名。

名片的反面印着夜总会周围的地图。伯朗拿出自己的手机拍了地图，然后把名片还给枫。

“难道你想去？”枫捏起名片，抬眼看他。

“我有事想问她。”

伯朗把佐代在矢神府邸对自己说的话告诉了枫。

“那么我也要去。”

“不行。我不想让她觉得我们正在联手调查什么。她和勇磨是串通的。弄得不好，勇磨会提防你。”

枫不情不愿地耸了耸肩，似乎是接受了这个说法：“很少有机会可以去银座的夜总会开开眼界啊。”

“等一切结束后再去就好了。毕竟是亲戚，会欢迎你的。”

能用三种酱料品尝的牡蛎口味绝妙。如伯朗所想的那样，和香槟也很相配。但是，伯朗吃着牡蛎，却隐约觉得哪里不对。有件事莫名地梗在他的心里，却又想不起来到底是什么。

下一道菜也被端了上来，不知道枫是在什么时候点了腌鱼。伯朗看了看盘子上，不由得皱起了眉，除了鱼肉和贝类，还有红椒和花椰菜。

“哇，对不起。”枫道歉，“我没想到会有花椰菜。”

“那个你吃掉，尽快。”伯朗挥着手。

“我知道了。不过你为什么讨厌花椰菜？感觉连看都不想看。”

“看也不想看，别问理由。”

“明明很好吃。”枫用叉子叉起花椰菜，大口大口地塞进了嘴里，然后突然停下说，“你知道吗？花椰菜和西蓝花，在数学方面是很有趣的存在噢。”

“数学方面？那是什么？”

“你看，像这样。”枫用指尖撕下一部分花椰菜，“仔细看切成小块的花椰菜，和被切前的样子几乎一样。就算把这个切得再小点儿，放大了以后看啊还是原来的样子。这在数学上似乎被称为分形。你不觉得很有趣吗？”

听了这话，伯朗也停下了拿着叉子的手：“像是海岸线什么的？”

“对，对。”枫一脸高兴地把花椰菜送进嘴里，“你懂得真多。”

“我昨天刚听人说过。”

伯朗说了宪三指出他在矢神府邸看到的那幅画是分形图的事。

“啊？那幅画吗？”

“姨夫还说实在是难以相信那种东西竟然是用手画出来的。”

“学者综合征患者的身上潜藏着很厉害的能力呢。”

“但也不是全部，所以才有研究的价值吧。”

枫像是想到了什么，从包里取出手机。

“你在做什么？”

“我在查，看看还有没有其他学者综合征的患者能画分形图。”

“原来如此。”

因为香槟已经喝空了，伯朗又点了白葡萄酒。看着枫操作着手机，伯朗再次感到这是一个便利的时代，可以身在西麻布的酒吧里调查学者综合征和数学的关联。

枫“啊”地惊呼出声，一脸震惊。

“怎么了？”

“这个，”她把液晶屏幕转向伯朗，“这不就是那幅画吗？”

伯朗睁大了眼，确实很像。他操作自己的手机调出那幅画，发现何止是像，根本就是同一幅画。

“那幅画被上传在哪里？”

“那个……一个博客。博主是个女人。从个人资料来看，她原本是初中的国语老师，现在是全职主妇，兴趣是读书、戏剧、登山。”

“她和那幅画什么关系？”

枫的手指不停地划着屏幕。“有了，”她说，“啊，原来是这样啊。”

“不要光顾自己看，怎么回事？”

“画好像是那个女人的父亲画的。据说他原本对绘画毫无兴趣，但有一天突然就开始执起画笔，而且画的全都是不可思议的画，好像也有认识的建筑家指出过那些是分形图。”

“突然就开始了？有什么契机吗？”

“那个，关于这件事没有具体写。不过，她的父亲似乎并没能画很久，开始作画几年以后就因病去世了。”

“是什么时候的事？”

“上面写大约是三十年前。”枫说着从手机上抬起脸。

这和康治研究学者综合征的时期相符。

“给我看一下。”

伯朗接过枫的手机看起了博客。博客里还上传了其他的画，都是很奇妙的作品，而且都是分形图。

“能用邮件把这个网站的地址发给我吗？”伯朗说着把手机还给枫，“我想和这个女人聊一聊。”

“上面有信箱地址，我去联络她看看？”

“不，我来联络。如果邮件里写我有她父亲作品的原画，她应该会有兴趣的吧。”

“我明白了。”

然后，他们一边喝酒一边吃菜，等走出店门时已经过了十一点。

“要找地方再喝吗？”枫问，“来我家也可以。”

很有魅力的邀请。“虽然我很想这么做，”伯朗坦白地说，“但今晚我还有地方要去。”

“难道是……”枫偷瞄了他一眼，“银座？”

“是的，如果来得及的话。”

枫一脸佩服地敬了个礼：“那么，就请加油。”

“也不知道能不能有收获。”

“至少能养眼啊，大饱眼福。”

“如果是就好啦。”

“没问题的。我不认为那个女人会给不好看的女公关高工资。”枫眯着一只眼睛说。那个女人——当然是在说佐代。在矢神府邸里，枫虽然表现得没头没脑，但其实，她好像对每个人都观察得相当仔细。

一辆空出租车从旁边驶过，伯朗举起手拦下。

“再见啦！”

“愿你有好的收获。”

“都说了不要抱期望。”伯朗皱着眉对枫说，然后快速地上车，示意司机去银座。

车门关上了。往车窗外看去，枫正在挥手。伯朗也对她点了点头。

车开动后没多久，手机振了一下，有新邮件，是枫发来的。她把刚才那个网站的地址发了过来，还写了下文。

“今晚承蒙款待了。难得能去银座的高级夜总会，要好好享受噢。偶尔能被美女簇拥也是好事。还有，希望你能学会吃花椰菜，挑食会长不大的噢，你妈妈以前没告诉过你吗？”

伯朗的嘴角忽地漾出笑意，把手机放回口袋。

复杂的情绪在胸口挥之不去。

吃不了花椰菜，是因为会联想到猫的大脑。如果把这事告诉枫，她会有什么表情呢？她会像那天晚上那样同情自己吗？她会同情自己，然后告诉自己，她想要拥抱少年时的伯朗吗？

挑食会长不大吗——

在心中低喃的瞬间，脑海中忽然有东西闪现，是刚才在吃生牡蛎时感到的不对劲儿。当时他想不起来的事忽然变得清晰。

“不能挑食，全都要学着吃。”

祯子的声音回响在耳边，但那话不是对伯朗说的。

被批评的是明人，当时他还是小学生，他面前的盘子里盛着炸牡蛎。

明人不喜欢吃牡蛎，因为他说看着不舒服，所以祯子做成了炸牡蛎。但即使这样，明人还是不吃。

因为是很久以前的事，他都已经忘了，但确实有过这么回事。明人讨厌吃牡蛎，更不可能吃生牡蛎了。

不——伯朗微微摇了摇头。

毕竟那是很久以前的事了，人会随着时间改变，对食物的喜好有变化也很正常。有时候，小时候很讨厌的食物会在长大后成为最爱。

所以，明人和枫在刚才的店里一边喝着香槟，一边对生牡蛎啧啧称道也是完全有可能的。伯朗这么告诉自己。

19

“夜总会 CURIOUS”位于银座八丁目一栋建筑的七楼，讲究的外观颇有近未来风。走出电梯立刻就能看到入口，敞开的大门上雕刻着玫瑰。

伯朗才踏进店门，站在一旁的黑服[1]立刻上前招呼他：“欢迎光临。”年轻的男子一头整齐的短发，脸上写着疑惑，大概因为自己是第一次来的客人。

1 黑服：日本对夜总会服务生的特殊称呼。

“还能进去吗？”

“虽然能进，但我们的营业时间是到十二点。”

“没关系。”

“十分感谢，我来给您带路。”伯朗跟在黑服的身后往店内移动。店内很宽敞，可以轻松容纳上百人。虽然上座率只有一半，但考虑到打烊时间将近，应该算得上生意兴隆。

伯朗一路张望，想要看看女公关们的素质，却对上了一个女人的目光，是佐代。她今晚穿着和服，不，可能她在店里一直这样穿。佐代也注意到了伯朗，她先是吃了一惊，但很快就恢复常态，唇边浮起的微笑颇有深意。

伯朗被带到一处摆着两张茶几的座位，附近坐着的那组客人十分热闹，大概是工作上的接待吧，很显然是一群点头哈腰的男人陪着一个大摇大摆的男人。

“请问您要喝点儿什么？”黑服说着递来湿毛巾。

“嗯……点什么好呢？”

他正想点杯啤酒，又有一个男人走了过来，他在黑服的耳边说了几句后，年轻的黑服忽然露出了紧张的神色。

“这位客人，”他转向伯朗，双手合十，“本店为您准备了其他座位，能请您移步吗？”

“其他座位？”

“是的，那个，妈妈桑说大概那边比较好。”

伯朗不解地侧过头，然后感觉到了注视的目光。他望向远处，佐代正站在过道上看着这边。

他对黑服点了点头："我知道了。"

"十分抱歉。"

伯朗站起身，再次跟在黑服的身后移动。这次他被带到了一个被隔板隔开的席位，也隔绝了来自其他客人的喧嚣。伯朗明白这里是所谓的 VIP 席。

用重新递来的热毛巾擦了擦脸后，佐代一脸笑容地出现了。

"晚上好，伯朗先生，多谢你的光顾。"她语气柔和地说着，坐到了伯朗身边。淡橙色的和服看起来相当高级，让人只敢远观。

"突然登门真不好意思。"

"哪里的话。没想到你竟然会来，虽然是吃了一惊，却是令人惊喜。"

适才的年轻黑服再度出现。看到他怀里的东西，伯朗吓了一跳。唐·培里侬——高级香槟的酒瓶。

"这是给你的礼物，多有冒昧。"佐代说。

"哎呀，让你这么破费真是不好意思。"

"这是我的一点儿心意，还请不要客气。而且，我也想喝。"

伯朗看看香槟瓶又看看佐代，挠着头说："好吧。"

佐代对黑服使了眼色，黑服低头退下。目送着他离开，伯朗感觉自己被抢了先机。

"佐代女士有养什么宠物吗？"

"宠物？是指除了雄性人类以外的？"

这回答出乎意料，伯朗不知道该怎么回应。她苦笑着在脸前摆了摆手。

"真不好意思，是我说话没品了。我没有养宠物，为什么会这么问？”

“没什么，我在想如果你有养的话，遇到宠物受伤或者生病的时候，就给你免费诊治它，算是你请我喝香槟的回礼。”

“呵呵呵呵。”佐代笑了，“那我就养个什么吧。”她的唇渗着妖艳，完全无法想象她竟已年过六十。

伯朗看着她的脸，忽然有一种奇妙的感觉在心中涌起。他好像在什么地方见过与她很像的人，而且时隔不久，就在最近。是艺人吗？

还没来得及找到答案，黑服就上前把盛有香槟的两个高脚杯放在了茶几上。香槟中不断冒出细腻的泡沫。

“为了庆祝我们的再会。”佐代举起高脚杯。

伯朗也举起高脚杯，和她碰了一下。这已经是今晚第二次的干杯了，他这么想着把香槟含在嘴里，酒香在口中扩散，刚才在酒吧里喝的完全无法和它相比。

当他把高脚杯放到茶几上时，两名女公关走了进来："打扰了。"这两人都是二十五岁左右，身材出众，长相迷人，光泽的肌肤，赤裸的大腿，乳沟——伯朗的视线在她们身上来回打量。若非身处特殊情况，他一定会毫不客气地起色心。

但遗憾的是，今晚他不能这么做。

“哎呀，那个，佐代女士，”伯朗说，眼睛不时地瞄着那两人，“其实我是有事想来问你……如果可以，我想跟你单独谈谈。”

“啊……”佐代半张着口，然后点了点头，“虽然我也这么觉得，但是先叫了她们。我明白了——你们退下吧。”

“是。”两名女公关应声后离开。望着她们苗条的背影，伯朗想起枫的话。大概就像她说的那样，佐代不会聘请不好看的女公关。

“我把碍事的人赶走啦。你想问我什么事？”她的表情生动，就好像即将要展开一段愉快的对话。这女人果然不好对付，伯朗在心中暗做准备。

“实际上，我一直都很在意你之前的那句话。我正要带着妈妈的东西从矢神府邸离开时，你说：‘你最好小心点儿，难保那个箱子里是不是放了祯子女士的所有遗物。’那是什么意思？”

“哎呀，”佐代微微侧头，“我有说过那种话吗？”

“事到如今就请你别再装糊涂啦，你不是特地悄悄在我耳边说的吗？”

佐代意味深长地微笑着，把高脚杯送到嘴边。她缓缓地眨了眨眼，把香槟一饮而尽后，仔细端详着伯朗的脸。

“怎么了？我脸上有什么东西吗？”

“只不过觉得你们真像呀，不愧是亲生的，眼睛简直一模一样。”

“请不要转移话题。能不能请你解释一下，你为什么会那样说？”

佐代放下高脚杯，微微摇了摇头。

“那话也没有太深的意思，我只不过是想说不要太相信矢神家的人而已。毕竟，那就好像坐在一条即将倾覆的船上，谁都想着要逃生。如果只是想逃生也就罢了，难保不会有人趁火打劫。”

“即将倾覆是什么意思？”

“就是字面意思。矢神综合医院在经营方面已经岌岌可危，处于银行的控制之下。可以说是唯一财产的矢神府邸，也不知道会怎么样。”

伯朗睁大了眼：“是这样吗？”

他想起去探望康治时的事。的确，那家医院显露出了衰败之势。

“所以你最好仔细确认一下祯子女士是不是还留有别的财产。”

“比如是什么样的东西？”伯朗观察着佐代的反应，“不动产之类的吗？”

“那个嘛……”她的表情几乎没有变化，“我就不清楚了，说不定什么都没有。”

“你真的只是因为好心提醒才说了那样的话？我实在没办法这么想。”

“就只是那个意思。似乎害你想多了呢，真不好意思。”佐代把手放在膝盖上，恭敬地低下了头。

伯朗偷偷叹了口气。他完全分不出佐代的话是真是假。但即使这样，他也不能在这里说出小泉那座房子的事。而勇磨向枫打听祯子遗产的事，应该也是不说为妙。

“你想问我的事，就只是这个？”

“嗯，差不多，今晚只有这个要问。”

“那么我去叫刚才那几个姑娘吧。今晚我请客。虽然没什么时间了，但还请好好享受。”

“不，既然这样，”伯朗站起身，“我就此告辞。多谢你的香槟。”

“不用那么客气呀。”

“我下次再来。当然，是自掏腰包。”

“是吗？好吧，那我就恭候了。”

虽然说了不用她送，但佐代还是送到了楼下，并对着已经迈步离开的伯朗挥手。那满是职业笑容的脸俨然就是一个老奸巨猾的银座妈妈桑，她仿佛正在嘲笑伯朗竟然轻易地想要揣度她的内心。

伯朗一路走到新桥后上了辆出租车。他反复咀嚼着和佐代之间的对话，又回忆起她送自己离开时的脸。

一瞬间，他忽然灵光一闪，在店里与她照上面时萌生的奇妙感觉又回来了。

“司机，”他说，“请快一点儿。”

银座离丰洲很近，大约十分钟后出租车就到了公寓的地下停车场。

“请在这里稍等一会儿。”伯朗对司机说着下了出租车，冲向自己的车打开后车门，座位上放着从小泉的房子里拿走的相册。

他站着翻页，找到了其中一张照片。“果然是这样。”他心中已经确信了，用指尖把那张照片揭下后，又把相册放回后座关上车门。

他拿着照片回到出租车上：“请回银座。”

再次回到刚才那栋建筑物时已经过了十二点。伯朗不管这个，还是往电梯走去。电梯门开时，女公关和大批客人一起走了出来。一进一出，伯朗按下七楼的按钮。

“夜总会 CURIOUS”的门前也有许多正要离开的客人。伯朗拨开人群，走进店内。

“您忘了东西吗？”问伯朗的正是刚才给他带路的黑服。

伯朗没有回答，只是在店内张望。佐代坐在靠里面的茶几旁，她正在陪一个穿着西装的胖男人说话。伯朗快步朝她走去。

佐代似乎察觉到了，把脸转向他：“哎呀，你怎么了？”虽然嘴边在笑，但目光中闪过一丝冷峻。

伯朗走到她的面前，拿出从相册上揭下来的照片：“请解释一下这个。”

佐代脸上的假笑消失了。今晚，她第一次露出真实的表情。

“这人怎么回事？”西装男人发火了。

“不好意思，失陪一下。”佐代向客人道歉后站起身。

她一边催着伯朗离开茶几，一边把嘴凑到他耳边：“对面楼里的地下一层有个叫‘19’的酒吧，请你到那里等我。”

“你一定会来的吧。”

伯朗这么一说，立刻就被佐代瞪了一眼。

“别当我是傻瓜。你以为我是谁？我既不逃，也不躲。”

20

一走进店里，伯朗就察觉到老板很喜欢高尔夫。墙上挂着的画似乎是某个高尔夫球场，还装饰着古董高尔夫球杆。圆形杯垫上有着让人联想到高尔夫球面凹坑的花纹。“19”这个店名，大概是暗合高尔夫的十八洞吧。[1]

客人只有吧台旁的一对男女。从他们背影就能知道是女公关和她的客人，他们看起来很亲密。

伯朗一边在角落的桌旁喝健力士黑啤，一边看着照片。年代已久的彩色照片已经略微变色，但还很清晰。

照片上是两个女孩，她们穿着水手服，满脸笑容。其中一个是祯子，另一个五官端正的是年轻时的佐代。他在小泉的房子里看到这张照片时之所以没能发现这一点，是因为他先入为主地认为自己不可能

1 国际标准高尔夫球场为十八洞，第十九洞指的是会所中的酒馆。

会认识祯子身旁的人。然而再看的时候，却能发现佐代的脸上至今仍然清晰地留有当年的影子。

即使这样，这事仍然是太意外了。他完全没想过祯子和佐代竟然在这个时候就已经认识了。他一直以为她们是在祯子和康治结婚之后才认识的。

从照片上来看，两个人都还是高中生。这就表示，曾经的友人偶然地通过矢神家再次相遇了吗？

手边的光线忽然暗了下来。伯朗抬起头看到身穿和服的佐代。她的唇边浮现着意味深长的笑容，一言不发地坐到他对面的座位上。

佐代的目光落在伯朗的手边："那么古老的照片也亏你找得到。"

身着白衬衫、红马甲，留着络腮胡的酒保走了过来。

"老样子。"佐代说。酒保点了点头退下。看来她是这里的常客。

"昨天阿姨把她娘家的相册借给我了。今天白天翻看的时候，忽然觉得这个漂亮的女孩子好像跟某人很像。"伯朗陈述着事先准备好的理由，把照片推到佐代面前。

她拿起照片，微微摇头："真是年轻啊，两个人都是。"

"你和妈妈是同学吗？"

"高中三年级的时候，我们是一个班的，经常一起玩，毕业后虽然有一阵子没见，但在同窗会上又遇到了。当时两个人都彻底成了大婶，而且还有了孩子，差别在于祯子小姐是画家的妻子，而我则是别人的情妇。"

"画家的妻子？"

伯朗追问的时候，正巧酒保端着佐代的饮料过来。雪利酒杯里盛有透明的液体。

佐代微倾酒杯喝了一口酒，呼地吐了口气："真好喝。这一杯酒似乎就能消解我不少压力。"

"这是什么鸡尾酒？"

"苦精琴酒。往涂了一层苦精的酒杯里一下子注入冰过的琴酒。你要喝喝看吗？"她递过酒杯。

"似乎很烈。"

"酒精度数是四十度。"

"我还是不试了。"伯朗缩回伸到一半的手，"你和妈妈再次遇上时，我爸爸还活着？"

"是的。"佐代缩了缩下巴，"我还见过他呢。"

"在哪里见到的？"

"你爸爸住院时，我去探望过他。所以刚才我不是也说了嘛，说你们的眼睛一模一样，不愧是亲生的。"

伯朗一惊，再次看向佐代的脸："你刚才是在说我爸爸吗？"

"是的。不过，你似乎没有那么以为。所以，我判断你还不知道我和祯子小姐的关系。然后我就决定还是什么都不告诉你比较好，所以什么都没说。"

"请等一下。我听说，我妈妈和康治之所以会相遇，是因为康治在某个画廊里找到了我爸爸生前所作的画。那么康治的父亲康之介的情妇和妈妈是高中时代的同学只是巧合？"

佐代手持酒杯盯着伯朗的脸看："如果我说是呢？"

伯朗也盯着她看。

“如果是巧合，那也实在是太巧了。而且，如果真是那样，妈妈应该会告诉我，她没有理由瞒着我。”

佐代似笑非笑地注视着酒杯里的液体，然后像是下定决心似的点了点头，把酒杯放在桌上。

“如你所说，他们的开端是编出来的。直截了当地说，祯子小姐与康治先生的相遇并非偶然，而是我撮合的。”

“是你？为什么？”

“在同窗会上再遇后，我和祯子小姐就经常见面。起初，她隐瞒了丈夫生病的事，但是在数次见面以后，她终于对我说了，同时也向我说了她的烦恼。”

“什么烦恼？”

“她的丈夫是脑肿瘤吧。她说因为肿瘤的影响，他经常会陷入精神错乱状态，严重的时候会发狂，连祯子小姐都认不出来。”

伯朗摇头道：“竟有这种事……我不记得了。”

“是的吧。因为伯朗先生当时还很小，而我就有意无意地……把这事告诉了康之介，然后他就提议把这事交给康治。”

“交给康治？为什么？”

“当时的康治正从事利用电流刺激大脑以缓解疼痛、改善精神方面疾患的研究。康之介觉得如果把祯子小姐的丈夫交给康治先生的话，或许能开辟出什么新的方向。”

“用电流刺激大脑……”

这番话自然而然地刺激到了伯朗的记忆——利用猫进行的实验。不过，他现在已经不会呕吐了。

“我把这件事告诉祯子小姐后，她说想让丈夫接受治疗。然后你的父亲，是一清先生吧，就开始在泰鹏大学里接受特别治疗。具体情况我不是很清楚，但对康治先生来说，那似乎是非常宝贵的研究。”

“然后呢？”伯朗催着她往下说，“然后怎么样了？”

“据说治疗非常有效果，一清先生没有再出现精神错乱。他很快就出院了，过回普通的生活。虽然他还必须接受治疗，但精神方面稳定了下来，也能重新画画了。对此，祯子小姐也是非常欣慰。”

是画那幅画的时候吗？伯朗回忆着。

“但在我记忆里，我爸爸在那之后并没有活很久。”

“是的。”佐代点头，“虽然从外表看起来他似乎正在痊愈，但脑肿瘤其实已经急速恶化了，然后很快就去世了……康治先生开始思考会不会是自己所实施的治疗的原因。而祯子小姐则表示不会有那种事，还说即使真的是那样，她也很感谢他给了自己丈夫一段安详的时间。”

原来有这么一段故事——一切都那么意外，伯朗费尽全力才在脑中把事情理清楚，根本没有余力想自己的心情。

他喝了口黑啤，深深地呼吸。疑问接二连三地涌上心头，他却不知该从何入手。

“但是，为什么你们要隐瞒这些事呢？不只是妈妈，康治和你都瞒着我。这是为什么？”

“也不能说是隐瞒，应该说，我们心照不宣地觉得没有必要把这件事昭告天下，于是就什么都没说。但如果硬要说的话，有两个原因，一个是如果祯子小姐和康治先生相识时一清先生还在世，那么可能会被人说三道四。更极端点儿，说不定会有人觉得，康治先生为了得到祯子小姐而加速了一清先生的死亡。”

“啊……”伯朗微微点头，的确可能有这种猜想。

“还有一点是，康治先生实施的治疗必须保密。因为那是没有被正式承认的治疗，而是研究的一环……可能实验这个说法更符合。”

“人体实验……的意思吗？”

“如果用这个说法，听起来就很可怕了吧。但是呢，嗯，就是这么回事。所以康之介给我们下了封口令。”佐代不时地会在说话间抿上一口苦精琴酒，但兴许她酒力甚强，所以丝毫不显醉意。

“我完全不知道康治做过这种事。不，应该是故意不去知道。”

“这原本也都是从康之介的追名逐利之心开始的。”

“什么意思？”

“或许你不知道，矢神家的先祖代代都在医学界留下了赫赫功绩，并由此创造出巨大的财富。康之介虽然继承了这一切，但也因此急着想要留下自己的足迹。而他所憧憬的，就是划时代的发现或者发明，所以他盯上了大脑这个领域。因为他觉得这个领域里有许多未知的部分，是最有魅力的未开拓地。康治先生和牧雄先生会研究大脑也不是偶然，都是受康之介的影响。”

伯朗第一次听说这件事。回头想想，迄今为止，他对矢神家根本就一无所知。

“听你这么一说，那康之介从你那儿听说了我爸爸的事情后之所以会提议交给康治，似乎也并非出于单纯的好意。”

“是的。康之介是想给儿子创造实验的机会吧。”

“人体实验的……”

“是的。”佐代点了点头，又叫来酒保。不知什么时候，盛有苦精琴酒的酒杯已经空了。

“所以康治和自己实验对象的妻子结婚了，这到底是出于什么样的心境呢？”

“我觉得不是为了赎罪什么的。共同拯救一个男人生命的两个人，在男人死后互相吸引，这不是很自然的事情吗？”

“康之介竟然会同意这两个人结婚。”

“这是康治先生的选择，他必须同意吧。而且他应该有想过让祯子小姐成为自己人反而更方便，就算是为了实验的事不外传也得同意。”

知道得越多，康之介老谋深算的形象似乎就越立体。他几乎想问佐代这种男人有什么好，不过这话可不能问。

“那个实验之后怎么样了？”

“我不清楚。但根据祯子小姐的说法，康治先生说了不希望再犯同样的错误。他果然觉得是自己导致一清先生的死期提早了吧。康之介虽然也对康治先生开始对研究消极而表露过不满，但我觉得至少他们不再利用人体做实验了。”

然后就用猫来代替了——伯朗在心中嘀咕。

酒保端来了第二杯苦精琴酒，他把酒放在佐代面前。

“现在我很清楚你和我妈妈的关系了，也明白了你隐瞒至今的理由。然后我想再问你一次，你若有所指的我妈妈的遗物是什么？请不要再忽悠我了。你不回答，我就不让你回去。”

佐代正要把酒送进嘴里，她轻笑出声：“不让我回去……是吧。

我大概有几十年没听到男人对我说这话了。”

“请不要转移话题。”

“我没那个意思。我明白了，我会回答，但你大概不会对此满意吧。因为，我真的不知道那是什么。我只能说，虽然我不清楚那是什么，但我知道一定有那样东西。”

“什么意思？”

“那应该是在康之介去世了一段时间后的事。一次，我有机会和祯子小姐说话。当时我问她，明明遗嘱里写了把全部财产都给明人，但结果却是他什么都没有继承到，对这件事她是不是有不满。但祯子小姐的回答却是，她本来就没想过要从矢神家继承些什么，所以这样很好，对明人也好。她还说，她已经从康治那里得到了很宝贵的东西，我把那个解释为幸福的家庭。但是她接着又说，那东西太过宝贵，自己都没办法处理。随后她似乎马上清醒似的看着我说：‘对不起，刚才的话你就当没听到。’”

“妈妈说过那样的话……”

“很奇怪吧？因为觉得很奇怪，所以我也再三追问过她，但她不肯再多说了。应该说，她那样子似乎是在为自己漏了口风而后悔。当时的对话一直在我脑中挥之不去。不知不觉间，我就觉得是不是康治先生给了祯子什么不得了的宝物，所以——”佐代转向伯朗，“这可能是我一厢情愿的想法。”

“贵重到没办法处理的东西……”伯朗说着侧过头，“完全想不出来。”

“说不定是在说爱情或者献身之类的抽象的、没有实体的东西。”

“这件事你对别人说过吗？”

“有一次跟勇磨提过，已经是很久以前的事了，不知道他是不是还记得。”

他还记得，伯朗心想，所以他才想要从枫那里问出“宝物”到底是什么。

“我能告诉你的就只有这些了。你还有其他想问的吗？我们能这么单独对话的机会就这么一次，所以请尽量多问些。”

“那么……”伯朗开口道，“你为什么要成为康之介的养女？果然是为了财产吗？”

一瞬间，佐代的表情绷紧了，然后又恢复平静。

“真是够直接，不过比起被人拐弯抹角地问要好多了。是的，目的当然是财产。只不过，我当时想的可不是分遗产这种破事，而是要夺取矢神家。不，我至今还是这么想的。”

“夺取？”

“是的。请你试着想想，我一直都只能在暗地里扶持着康之介。虽然为了儿子着想而送他去做了养子，但据说他被太太欺负，受了不少气。所以当康之介来试探我是不是肯当养女的时候，我就暗中下定了决心，为了有朝一日勇磨能成为矢神家的主人，我要成为他的后盾。波惠女士没有小孩，祥子女士也离开了家，牧雄先生是众所周知的怪胎，那就只剩下康治先生和明人先生了。怎么样？也不是没可能的吧？”

“原来如此，但这么说的话，康之介的遗嘱就是失算了。”

“哪儿的事。”佐代轻轻摆手，“不是这样，遗嘱的内容正是我所希望的。”

“怎么会？”

“真的。康之介一直想要把财产平等地分给包括养子在内的孩子，因为那样最不容易产生无谓的争斗。但我却提出，那样一来矢神家就会走向没落，因为巨大的冰山在崩塌后也会在转眼间融化。所以我就说，应该让唯一的直系孙子明人继承一切，这样财产就能免于被分散。”

“明人可是你儿子的对手吧？你做这种给敌人雪中送炭的事好吗？”

“我说了吧？重要的是防止财产分散。就算现在不在自己的手里，但只要集中在一个地方，说不定有一天就会转到自己头上了。”

伯朗凝视着佐代的脸。

“虽然是这么说，但对你们而言，明人就是颗眼中钉吧？你就没有想过让他消失？”

“完全没有。”她摆了摆身体。

“明人先生是我名义上的侄子，是我老公的孙子，还是我朋友的儿子啊。我怎么可能会去想那种事？”听不出她的语气是出于真心，还是做戏，“你还有什么想问的吗？”

伯朗思考了一会儿，没想出来。

“今天就到此为止吧。这里发生的对话可以保密吗？”

“我无所谓。”

“那么就算是我们两个人的秘密吧。”伯朗把酒杯里的黑啤喝光。

佐代竖起食指：“我可以问一个问题吗？”

“请。”

“那个女人是谁？”

“哪个？”

“当然是枫小姐。”

“哈？”伯朗不明白这个问题的意思，再次看着佐代的脸，“她是明人的妻子。”

“这个我知道，但她是怎样的一个人？”

“以前是空姐，和明人在温哥华认识的。为什么你要问这个？”

“嗯，因为在我看来她不是个普通人。我见过各种人，这是我的直觉。”佐代直直地盯着伯朗的眼，锐利的目光仿佛想要看穿他的内心。

他困惑地没有作声。

“不好意思，”她道歉道，“我说了奇怪的话。可能因为她是个太过出色的女人，所以才会有了这种想法。请忘记吧。”

“不，我会记在心里的。”

伯朗招呼酒保结账。

“你和明人先生……”佐代的语气变得明快，“在那以后还有聊过吗？打电话之类的。”

“是的……他还是很忙。他说一直都没办法回国非常过意不去。”

“这样啊，不过真不可思议。”

“什么事？”

“你和他明明疏远了那么多年，现在却为了他多番奔走。反正明人早晚会回国，你没必要做这么多不是吗？又或者说，你的兄弟之情突然爆发了？”

伯朗语塞。酒保过来把账单放在桌上。佐代迅速地伸手去拿。

“我来付。你刚才请我喝过香槟了。”

“我应该说过今晚我请的，请让我来付吧，而且，我还要再喝一会儿才回去。”

伯朗喘了口气，点头道："那就承蒙款待了。"

"随时欢迎再来店里玩噢。下次我介绍许多可爱的姑娘给你。"

"好，一定会的。我很期待。"伯朗起身后低头致谢，"谢谢你告诉我这么多重要的事。"

离开店时正下着小雨。伯朗上了一辆经过的出租车，开始回顾这一天，不，是这半天发生的事。事情实在是太多了，连在小泉发现了那房子都仿佛是很久以前的事。

回家后再喝一会儿吧，他想，现在这个样子是没办法入睡的。

21

很抱歉突然给您邮件。

我叫手岛伯朗，住在东京。

我在动物医院工作，不过这次的事与此无关。

给您写邮件，是想询问和您父亲有关的事。

我在您的博客上看到了您父亲所作的画，而与之完全相同的实物则在我朋友手里。附件里的照片仅供参考。

若您有兴趣，还有劳您与我联系。

我深知自己冒昧，对此深表歉意。

以下是我的邮件地址。

恭候您的回音。

伯朗反复读了无数次，确认没有失礼或是欠缺考虑的地方以后，按下了发送键。虽然对方可能会觉得自己吓人，但他必须这么做。

这是发给那个博客主人的。他想和她详细聊一聊。

伯朗把手机放在前台的桌子上后回到诊疗室。荫山元实不在，因为她找院长有事，所以去了里面的主屋，据说是对会计软件的提议。虽然池田一定会说去和手岛君谈，但古板的荫山元实不会跳过正当的程序。

门铃响起，非门诊时间入口处的自动门不会开，要请访客按响一旁的门铃。

走到候诊室一看，自动门那头站着一个出乎意料的人。她看到伯朗，有礼貌地低下了头——支仓百合华。藏蓝色的连衣裙与她很相衬，裙摆约到膝盖，看起来很清纯。

“吓了我一跳，竟然能找到这里。”伯朗请她进门。

“我没问过你地址，所以就从网上找的。”百合华打量了一下候诊室，“我能坐吗？”

“啊，请。”

百合华坐在椅子上，伯朗也在她身边坐下：“如果是从网上找的，上面应该有写电话。”

“我是想过打电话，但又怕不是门诊时间给你添麻烦。”

“有时候会到外面吃午饭什么的，不过也没什么。那么，你有什么事？”伯朗问他。

百合华迅速把身体转向他：“我有事想问你。”

“什么事？”

“首先是那个女人的事。”从她尖锐的语气中就能知道她在说谁。

“你似乎非常不喜欢枫小姐。不过这也没办法，因为明人君选择了她而不是你。”

“但她很可疑。”

“哪里？”

“那之后，我联系了好几个与明君共同的朋友，谁都不知道明君结婚的事。不只是这样，也没有一个人知道明君在和那个女人交往。你觉得这种事可能吗？这些朋友，也都跟我一样，在明君去了西雅图后也都保持着邮件联系。虽然我能理解他不想让矢神家的人知道而对我保密，但是连其他朋友都瞒着，这太不正常了。”百合华语速飞快地说着，她样子看起来有点儿歇斯底里，但说出来的话很有道理。

这真的很奇怪，伯朗虽然也这么认为，却没能说出口。

“大概是有什么原因吧，下次找明人问问？”

百合华的目光诧异地看着他。“怎么了？”伯朗问。

“西雅图和这边有时差的吧。伯朗先生是在什么时候和他通电话的？是回家以后吗？”

伯朗飞快地计算着，西雅图和这里的时差是多少？十几个小时吗？那样的话，回家以后当地还是半夜。

“当然是在这里的时候，”伯朗指了指地面，“像是工作闲下来的时候。”

“那么，请现在就打电话给他。”

“现在？这个……不太好吧？”

“现在是下午两点，所以西雅图是晚上十点。我认为明君还没有睡。”

“那么你来打电话不就好了。”

“我有打，刚才就打了无数次。”百合华从包里取出手机，“但是打不通。”

“正好不巧吧。”

“从上次与你见面之后，我每天都会打。这是正好不巧吗？伯朗先生，你真的和明君通过电话吗？”

“当然。”他的腋下开始渗汗。

百合华怀疑的眼神更浓了。这时，忽然想有个声音叫他：“医生。”伯朗看向前台，荫山元实不知什么时候已经回来坐在那里了，她的手里拿着电话听筒。

“山田女士家的小纹又出现了之前的症状。我觉得不要有其他患者在比较好，是不是让她现在就带来？”

“小纹？之前的症状？”

“臭鼬小纹，症状是不停放屁，所以如果要请她带来的话，必须先做准备。”荫山元实瞥了百合华一眼，“怎么办？您似乎在和客人说话，要拒绝吗？”

伯朗察觉到了女助手的意图。虽然说臭鼬也不是不能养，但他没听过不停放屁的症状。而且臭鼬散发出的恶臭气体并不是因为放屁，而是分泌物，作为宠物饲养的臭鼬会摘除臭腺。

“不，请她过来吧。我也受过山田女士的照顾。”伯朗的目光回到百合华身上，听说有臭鼬要来，她露出了一丝害怕的表情，“你听到了吧？很快就有生病的臭鼬要来，要是身上沾到臭气，你大概要一星期见不了人。”

百合华咬了咬唇，起身道：“我近期还会再来。”

“来吧。”伯朗说着，心想在那之前必须想好借口。

百合华经过前台的时候，荫山元实向她道歉道：“真不好意思。还有，刚才我稍微听到几句，手岛医生真的和他弟弟通过国际电话，因为我就在旁边听着。是三四天前吧？”她征求伯朗的同意。

“啊，嗯，是的。”

“就是这么一回事。”荫山元实对着百合华露出笑脸。

百合华一脸懊恼地转向伯朗，然后一言不发地离开了。

等了一会儿，伯朗打开门，打探外面的情况。他看到百合华的背影已经离得很远。

伯朗回到候诊室，走向前台。荫山元实正默默地处理着事务。

“荫山君，”他说，“谢谢，真是帮我大忙了。”

“不用客气。”她回答，既没有抬头也没有停下手里的动作。

“我很明白你想说什么，恐怕你的脑中也有许多疑问在打转。但很抱歉，目前我除了说‘事出有因’以外……”

“医生，”这时荫山元实抬起脸，一如既往地面无表情，“我什么都没有问。”

“啊……是呢。”伯朗摸了摸鼻翼。

荫山元实冷漠的脸转向入口处：“似乎又有新的客人来了。”

伯朗看向自动门，只见枫正满脸笑容地挥手。她穿着勾勒出腰身曲线的橙色连衣裙，裙摆要比百合华的短了二十厘米。比起清纯来，我果然更喜欢这样的。伯朗心里这么想着，然后打开门。

开车前往矢神综合医院的路上，伯朗把从佐代那里听来的事告诉了枫。她自然也是不停地发出惊呼,“假的吧”“真的”“无法置信”“我的天哪”——她一边说着这些一边跺着脚。

虽然她也很吃惊佐代和祯子是同学以及大脑研究实验的事，但枫最感兴趣的还是祯子从康治那里得到了“贵重到没办法处理的东西”这件事。

“真是很好奇，到底是什么东西呢？”

“我也想不出来，还有小泉那座房子的事。既然这样，只好把康治叫醒以后逼问了。”

“波惠女士就请交给我，我会想办法把她从病房里带出去。”

“那就拜托了，然后，还有两个问题。”

伯朗说了百合华来医院的事。

“就是从事书籍设计的那个姑娘吧，有着出乎意料的倔强。”枫在这个时候依旧表现出对人的观察能力，“她很讨厌我吧。”

“嗯，非常。她好像怎么都没办法接受明人选择了你，一直都在试图和明人取得联系。然而电话打不通，邮件也没回音，所以她就起了疑心。今天虽然算是对付过去了，但我担心下一次要怎么办。”

“嗯……的确很恼人呢。”

“不仅是她，佐代女士似乎也已经起疑了。可能到了要紧时候，还是向她们坦白明人失踪的事比较好。”

“不,不行。”枫当即就说,“如果这么做,那之前的辛苦就打水漂了。我们还是想个对策吧。”

“就算你这么说，我也想不出好办法。”

“我会想出来的，你再多等一阵子。”她的语气无比严肃。

“既然你这么说了，那我也没办法。”

“你刚才说有两个问题？还有一个呢？”

伯朗瞥了她一眼：“是你。”

“我怎么了？”

“就像刚才说的那样，百合华小姐似乎没办法相信明人已经结婚，正和各方面联系打听。而结果是，明人不仅仅是没有把结婚的事告诉矢神家的人，他谁都没有说。”

“啊？”枫吃惊地说，“果然是这样吗？”

“你说的果然……是什么意思？”

“因为我们没有收到任何人的结婚贺礼。明人君也不曾说过收到了别人发来的祝福邮件，所以我一直觉得很奇怪。这样啊，他谁都没有说啊。”

从枫的口吻来看，她似乎对此也不知情。

“你有什么头绪吗？”

“头绪吗？硬要说的话，大概是想给别人一个惊喜？回国时让大家吓一跳之类的，他很喜欢这种恶作剧。”

这么一说倒也是有可能，但如果是这样，不是应该先如实告诉枫才对吗？

“百合华小姐说，连你和明人交往的事都没人知道。明人有向谁介绍过你吗？”

“那个，怎么说呢……虽然我会和与他工作有关的人见面，但他介绍我的时候只说是新秘书，应该没有说过我是他的女朋友。”

“也没有介绍给朋友认识？”

“是的。我们忙着准备去西雅图，也没那个时间。”

枫的应答毫不含糊，也没有不自然，但伯朗却隐隐觉得自己被忽悠了。佐代的那句“她不是个普通人”在脑中盘旋不去。

很快就到了矢神综合医院，他之前告诉过波惠今天会来探病。

停车后，正要往正门走时，枫却停下了脚步。

“怎么了？”伯朗问。

“大哥，你一个人去病房，我的工作是把波惠女士带出去。”

她讲述了自己的想法，那是个相当好的主意。

“我知道了。你好好加油。”

伯朗留下枫，一个人走进医院，穿过大堂，走向电梯。或许是从佐代那里听说这里的经营已经岌岌可危，他觉得这里比上次来时更冷清了。连走在走廊上的护士的表情，似乎都不够精神。

站在特别病房前敲了敲门。没人应答，但门却忽然开了。今天的波惠穿的不是和服，而是黑色开襟毛衣。

“枫小姐呢？”

“她好像说要买了东西以后再来。”

“是吗？”波惠点了点头，又毫无感情地说，“请进。”

病床上的康治看起来和前几天来的时候没有太大不同，说不定也不会再有变化了。他的脸色发灰，面容瘦削，如果再有恶化，那应该就是临终之际了。

“还是一直在睡吗？”

波惠不抱希望地点头。

“就算睁开眼，也不知道是不是能听到我说话的声音。虽然他不时地会发出些声音，那也不知道是不是在说话。”

这样就没法对话了，伯朗心想，这趟白跑了吗？

“你确认过祯子女士的物品了吗？”波惠问。

“基本算是确认过了。所以我才有事想问您，妈妈的东西真的全在那里了吗？还有别的东西留着吗？”

“别的？比如说什么东西？”

“我也不知道，因为不知道才问的。”

“我们整理出来的哥哥的物品里，只有那些看起来像是祯子女士的遗物。如果你有所怀疑，可以随时来我们这里，哥哥的物品都还在。”

“我知道了，那么我近期会再来拜访。我也不是怀疑什么，就是以防万一。”

“你可以查到你满意为止。”波惠坦然地说。

看着她那张老狐狸似的脸，伯朗暗想这个女人说的并不一定是真话，那祯子留下的“贵重到没办法处理”的某样东西，有可能被保管在其他地方。

敲门声响起，门开了，进来的是身穿白衣的年轻护士。“矢神女士，”她说，“护士值班室里有电话找您。”

波惠讶异地把脸转向她：“电话？”

“是一个女人，她说让您接电话，是您的亲戚。”

“是枫小姐吗？”

伯朗说了以后，波惠表示同意地点了点头，起身道：“她什么事呀？”

确认波惠出门后，伯朗走近病床，盯着康治的脸看。他依旧闭着眼。

“矢神先生。”伯朗呼唤康治，但他毫无反应。伯朗抓着他的肩轻轻晃了晃，但他依旧纹丝不动。伯朗甚至怀疑他是不是还活着。

伯朗把脸凑到他耳边，又把自己的音量加大了些："矢神先生。"这时，康治的眼皮突然轻微地抽动了一下。

"矢神先生，康治先生，你能醒一下吗？是我，我是伯朗。"伯朗双手抓着他的肩用力晃动。这要是被波惠看到，估计会被臭骂一通吧。

但康治的意识并没有恢复。伯朗看了看钟，枫说过会儿尽量在电话里帮他争取十分钟。他必须尽快。

"请醒一醒，矢神先生。一会儿就好，请你睁开眼。醒一醒，你给我醒过来，浑蛋！"伯朗啪啪地用手抽打康治的脸。

浑蛋！没用吗？正当他这么想时，似乎会永远沉睡的康治微微睁开了眼。不仅如此，他的眼珠还动了。

晃动的眼珠像是在寻找什么，然后牢牢地对准了伯朗的脸。

"啊，你能听到吗？是我，我是伯朗，祯子的儿子。你听得到我的声音吗？"他猛地把脸凑近以后大喊。

康治脸上的肌肉微微抽动。虽然动作很小，但看起来却像是在笑。

"我有话要问你。先是房子，小泉的那座房子！你为什么要撒谎？为什么要说那里已经被拆了？"

眼看着康治的眼睑似乎又要合拢，完全没有要回答的意思。

"那么，就请你回答一件事！你给了我妈妈……你给了祯子什么重要的东西？是什么东西？"伯朗再次抓着康治的肩激烈地前后摇晃。

然后康治发出了声音，非常微弱的声音。伯朗虽然是听清了，但那话却令他困惑。

"这是什么意思？请再说一次。"

但康治对伯朗的提问没有反应，再次闭上了眼。

“啊，再等等，先别睡！”

就在这时，房门“哗”的一声开了。伯朗慌忙回到原来的位置，却弄倒了椅子。

走进房间的波惠狐疑地皱起了眉：“你在做什么？”

“没做什么，就想凑过来看看他是不是会醒。”

“最近哥哥一直在睡。”

“似乎是的，那么枫说了什么？”

“她说突然有急事，今天没办法来医院探望了。”

“啊，这样啊。”

“她说下次一定来，还问我下次来带点儿什么好。我就说不必了。结果她又缠着我说什么想要帮忙，让我不要客气尽管说，感觉就像是在拖延时间。”波惠细细的眼睛严厉地瞪向他。

伯朗假装没有留意到她的视线，起身说：“既然是这样，那我也差不多要告辞了。”

“你达到目的了吗？”

“什么意思？”

“说自己和矢神家无关的人可是你。我觉得你不会单独来探望一个你不承认是你父亲的人。我这个想法太偏激了吗？”

伯朗耸了耸肩：“不管什么人都会有心血来潮的时候。”

波惠噘起嘴：“哼，就算是这样吧。”

“告辞。”伯朗低下头，离开了病房。

走到停车场后，枫正在车里把玩手机。刚才分开的时候，他把车钥匙交给了她。

“波惠女士的情况怎么样？”伯朗坐到驾驶座以后，枫问他。

“起疑了。”

“啊，果然还是……”枫耷拉着眉，仰头道，“对不起。我就想着拖时间，于是就拼命地说，连自己都觉得自己很可疑。”

“也没办法，这事原本就很勉强。”伯朗发动引擎，却没有立刻开车。

“那么，你和公公说上话了吗？”

伯朗呼地吐了口气，然后转向枫：“也谈不上是说上话了。”

“是吗……”枫垂下肩。

“不过，他有那么一会儿睁开了眼睛，然后还说了话。虽然不知道是不是在回答我的问题。”

“他说什么了？”

伯朗舔了舔唇，开口道：“他说：‘明人，不要怨恨……’”

枫眨了眨眼，嘴巴动了动，似乎是在重复这句话，却听不到她的声音。

22

明人，不要怨恨——康治确实是这么说的。伯朗的耳朵听到的就是这句话，除此以外不做他想。

这是什么意思呢？

“先不说那是不是对大哥问题的回答，但公公之所以会这么说，一定是因为他一直都想传达这一点。”枫拿着茶杯侧着头说。

“或许是这样，但如果是，他再多说一点儿不好吗？就那么一句话，完全不知道他是什么意思。嗯……不过就算抱怨一个重病病人也无济于事。”伯朗啜着咖啡。好久没有来家庭餐厅，这里咖啡的香味和口味还是略欠火候。

从医院回来时，枫说口渴，所以他们就进来了。

“他说的‘不要怨恨’是指什么呢？”

“我也想不出来。我对那家伙的事几乎不了解。我还想问你呢。你记得他有对什么人怀恨在心吗？”

“嗯……有吗？会怨恨的话，表示明人君因为那个人吃过很大的苦吧？但是工作也好，私人生活也好，我都没听说过这类事。”

“吃了很大苦的人也不一定就是明人本人，也可能是伤害了对他来说很重要的人——啊！”说到这里，伯朗脑中忽然灵光一闪，“我把我妈妈的事忘了。”

“啊……”枫也张口道，似乎明白了他想说什么。

“明人怀疑过妈妈是不是被杀害的，他当然对凶手怀恨在心。”

“所以叫他不要怨恨那个凶手吗？”

“有可能。比如说妈妈因为某些特殊的情况而被杀害，但是考虑到那特殊情况，就无法去责备动手的人，所以让他不要怨恨。”

枫双手往桌上一拍：“特殊情况是什么情况？”

“别那么大声。”伯朗留意着周围，“我也不知道啊。只不过是说，如果康治的话和我妈妈的死有关，那么就有这种可能而已。”

“不管有什么情况，杀人就是杀人，让他不要去怨恨才是勉强人。”

“所以我只不过说有这个可能而已嘛。”伯朗不悦地伸手去拿咖啡杯时，手机在上衣的内侧振了起来。

他拿出手机一看，不由得吃了一惊。那个博客的主人给他回了邮件。他告诉枫以后，枫往前探出身体：“请快看邮件。”

邮件的内容如下：

手岛伯朗先生：

您的邮件我已拜读。您会阅读我的博客，我感到不胜恐慌。而您的友人竟然有我父亲的画，而且是原画一事，更是令我大为吃惊。您所说的友人，莫非是名医生？若真如此，我倒也能猜到几分。

“立刻回信！”枫读了邮件后说，“报上公公的名字，还要写想尽快和她见面。”

“见面？如果对方是北海道或是冲绳的人怎么办？”

“我去安排飞机。”枫满不在乎地说，“有什么问题吗？”

“不，没什么。”伯朗想起她没多久以前还在满世界地飞。

他一边思考一边写着邮件，然后给枫看：“这样写如何？”

感谢您的回信。如您所言，画的主人是名医生，名叫矢神康治，是泰鹏大学的教授。不过矢神如今身染重疾，意识不清。也因此对该画的处理成了问题。如果可以的话，我希望能尽快与您见面。不论您身在何处，我都会前往。不知您是否愿意赏脸？还请多多指教。

“我觉得可以，发送吧。”枫自说自话地操作伯朗的手机发送了，“她似乎知道公公的事，而且好像也知道为什么公公会有那幅画。”

伯朗从她手里拿回手机："接着就等她回复了。"

"我觉得她的回复不会很差。就她的回复邮件来看，不愧是以前做老师的，给我的印象就是个知书达礼的人。我很期待能与她见面听她讲故事。"

伯朗有些无法理解地望着正在喝奶茶的枫，虽然知道她是故意不去想消极的事，但伯朗还是无法理解她的这种明快，完全看不出她的丈夫失踪了。

或许是留意到伯朗的目光，枫问他："怎么了？"

"没、没什么。"伯朗随手用调羹搅拌着杯子，喝完了咖啡，"我再去拿一杯。"

他起身走到饮料吧，往杯中注入咖啡。"大哥。"他听到她在喊，只见枫在座位上用力挥手。

他小心翼翼地端着咖啡回到座位上，枫指着手机说："有邮件。"

他赶紧看了看内容，是博客主人发来的。

您的邮件我已收到。果然是矢神医生吗？父亲生前曾蒙受医生的关照。听闻他此刻患病意识不清，我非常担心。

我的父亲叫伊势藤治郎，我叫仁村香奈子，曾是一名教师，如今是全职主妇。

您既然这么说了，我也很想与您见面。但我的腿有伤，无法出远门。若您愿来我家附近，我会轻松不少。我住在横滨，最近的车站是东急东横线的东白乐站。还请您商定。

听到是横滨后，枫的眼中发光道：“快回信问她能不能现在就去。”

“现在？别胡闹了。”

“不是胡闹。横滨离这里一个小时都不到。”

“我六点得回医院，有门诊。”

午后六点到八点是晚上的门诊时间。

“我知道了，那么我一个人去。”

“你？一个人？”

“是的。”枫用力点点头。

“她是姓仁村吧？你写邮件告诉仁村女士，说你弟弟的妻子想去见她。”

“你等一下，我不去不行吧。”

“为什么？对事情的具体把握，大哥和我是差不多的。”

“你打算怎么对仁村女士说？”

“比起说，我会先向她提问。问她为什么公公会有那幅画。画了那幅画的，也就是仁村女士的父亲是怎样一个人？”

很适合的问题。伯朗挑不出毛病，只能沉默。

“如果你认同的话就发邮件吧。”枫指着桌上的手机，“还是说由我来发？”

“不，我发。”

伯朗按照枫叙述的文字写了邮件后发送。

“这么突然，大概仁村女士会不知所措吧。”

“是吗？但我认为从大哥你最早写的那封邮件起，她就已经不知所措了。既然你已经让她知道你住在东京，我想她应该也预计到之后你会要求见面。”

“是吗？”伯朗歪着脑袋说。

“如果我是仁村女士的话就会，我觉得我的好奇心会被强烈地刺激。要知道，一个人如果没有特别重要的事，是不会给素未谋面的人写邮件的。”

很快手机显示有新邮件。读了以后，伯朗大吃一惊，因为邮件里写着：“我知道了，我可以去东白乐站附近。”

“你看。”枫炫耀胜利似的仰起头。

“你真的打算一个人去吗？”

“是的。”

复杂的思绪在伯朗胸中盘旋。的确，枫一个人去见就行。这期间，自己可以专心工作。至于从仁村香奈子那里听到了什么，之后听枫转述的就行。这些他都懂，可就是放不下心，他不想让枫单独行动。

伯朗拿起手机：“你等我一下，我去交涉看看。”他起身走向出口。

走到店外后，伯朗打电话到医院。荫山元实语气淡然地问他：“有什么事吗？”大概是通过来电显示知道是伯朗打来的电话。

“告诉我今晚的预约情况。”

或许是察觉到伯朗的目的，荫山元实似乎沉思了一下。

“吉冈女士会带阿咪来清理肛门腺以及剪指甲、清理牙齿，然后是根上女士家的露露。”

阿咪和露露都是猫。

“露露要输液和静脉注射，还有喂药以及点眼药水。”

“是的。”

“荫山君，我稍微有点儿事回不来。没有预约的问诊帮我回绝掉。阿咪和露露就交给你处理了。你可以吧？”

荫山元实没有回答，令人担心的沉默持续着。

“荫山君？”他叫她。

“医生，”荫山元实语气生硬地说，“过于深入可是禁忌。”

“哎？什么意思？”

“不好意思。”荫山元实道歉道，“是我多嘴了。我明白了，阿咪和露露我会处理好，急诊就回绝。”

“抱歉！拜托了！”伯朗说着挂了电话。一瞬间，他觉得手机的液晶屏幕上仿佛映出了荫山元实担忧的脸。

回到座位上，伯朗告诉枫自己也去。

“好棒。”她开心地把手指交叉在胸前。

伯朗拿起桌上的账单：“走吧。”

导航仪上显示出驶往东白乐站的路线后，伯朗他们从家庭餐厅的停车场出发，预计到达时间是下午六点二十分。

伯朗指示枫让仁村香奈子决定具体的见面地点。枫立刻和对方来往了好几封邮件，最后决定在东白乐站附近的某个咖啡馆见面。

“仁村女士是个五十多岁的阿姨，她说会穿灰色的外套。”

“告诉她我们的特征了吗？”

“说了。我们一个是四十岁上下，五官分明，身穿苔绿色衣服，背微驼的男人；另一个是头发很卷、穿着橙色连衣裙的三十岁左右的女人。”

“有劳了。”伯朗握着方向盘挺直了背。驼背是从以前就一直被人指出的坏习惯。

几乎就在导航仪预测的时间到达了东白乐站。他们把车停在投币式停车场后徒步走向咖啡馆。

小小的咖啡馆看起来颇有年代，面朝小路，打开入口处的门，头顶的铃铛当当地响起。

店里有几张桌子，看起来像是附近老人的三人组正在里面的座位上谈笑风生。此外，还有一个中年女人坐在靠里面的桌旁。灰色的上衣比伯朗想象的明亮。

女人看到伯朗他们后，立刻了然似的对他们致意。她的长相优雅，戴着一副款式简洁的金框眼镜，的确像是当过老师的人。

走近后确认了对方的姓名，他们再次彼此打招呼。伯朗拿出了名片。

一个白发男人走向他们，看起来是咖啡馆的老板。伯朗和枫点了两杯咖啡。仁村香奈子的面前已经有一杯咖啡了。

“突然请您出门真是很过意不去。”伯朗道歉道，“您受惊了吧？”

“收到邮件的时候是有点儿……但看到矢神医生的名字后就彻底理解了。他病了吗？非常严重吗？”仁村香奈子担心地皱起眉。

“癌症晚期。”

“啊……”

“目前的状况是随时都可能咽气。”

“是吗……真是可怜。那个，你和矢神先生是什么关系？”

“矢神康治是我母亲的再婚对象。不过，我没有入矢神家的籍，所以他不能算是我的继父。”

“啊，原来是这样。”

伯朗又解释了矢神康治和祯子之间有一个儿子，而身旁的枫就是他们儿子的妻子。

“因为弟弟在海外，所以就由我和她代为整理矢神的物品，然后就找到了那幅画。在调查那是什么画的过程中，偶然看到了仁村女士的博客，于是就很想了解具体的情况。”

听着伯朗的解释，仁村香奈子频频点头：“找到那样的画，的确是会感到困惑的吧。”

“您的父亲似乎并不是画家？”

“不是的，他是和艺术完全无关的银行工作人员。但有一次，他因为疲劳驾驶撞上了电线杆，大脑严重损伤，之后无法行走，记忆也出了问题，所以只能从银行离职。没了收入不算，还要支付护理费用，当时我和母亲几乎走投无路。而他本人似乎也已经绝望了。然而就从某个时期开始，他突然开始画奇怪的画，画中是用线条组成的复杂图形。父亲说，那是浮现在脑子里的图形。一个认识的建筑家偶然看到那幅画后说，这不是分形图吗？”

这是写在博客上的一段情节。

老板端来了咖啡。因为香气四溢，所以伯朗试着不加糖和奶直接喝，芳醇的口感与家庭餐厅饮料吧里的咖啡天差地别，他不禁吃了一惊。

“因为不懂他为什么会突然画那样的画，母亲心里害怕就向医院咨询了一下，但是主治医生也无法理解。但过了不久，突然有一个医生上门造访。那就是矢神医生。医生说，他从父亲的主治医生那里听说了他的事。”

“为什么矢神会去你父亲那里？”

“说是为了研究。”

“研究……莫非是学者综合征的研究？”

听到伯朗的问题，仁村香奈子点了点头。

“是的。不过，大概和一般的学者综合征有点儿不一样。”

“怎么不一样？”

“先生使用了‘后天性学者综合征’这个词。”

“后天性？”伯朗和枫对视了一眼，再次看向仁村香奈子，“有那种病吗？”

“我也是在那时第一次听说。根据医生的说法，那是当时还几乎不被世人所知的病例，也几乎没人写过相关的论文，但是医生因为某件事而察觉到可能会有这样的病例，于是在寻找同样的患者。”

“因为某件事？”

“具体情况我也不知道。不过据说是医生抱着完全无关的目的为一名患者治疗时，那名患者身上却出现了这种症状。那名患者原本就是个画家，从开始治疗以后，他忽然开始用与以前完全不同的笔触作画。”

伯朗无法抑制地探出身子：“那个画家叫什么名字？”

“这我就……”

虽然仁村香奈子摇头表示不知，但伯朗确信那个画家是一清。

“然后矢神对你的父亲做了什么？”

“概括地说就是检查。他说想要仔细检查父亲的大脑状况，而作为回报，父亲的护理费将由他全部包下。对正为高额的护理费用焦头烂额的我们来说，矢神医生简直就是救我们于水深火热的神。”

“但是你的博客上写，你的父亲在数年后离世了。”

仁村香奈子神情释然地点了点头。

“差不多在接受矢神医生照顾的四年后去世的。但是在这期间，他对我们真的很好，我们也很感谢他。所以父亲死后，我们希望他能收下父亲的遗作。”

“原来是这么回事啊。”

“我听说除了我父亲以外，矢神先生也调查了其他几名有着类似症状的人，还收集了他们的作品。我父亲是觉醒了绘画，或者说是有了画分形图的才能，但据说也有因为脑部疾病而发挥出音乐才能的人。”

“音乐？”

“是的。据说是在得病之前和音乐完全无关的人，某天开始脑中突然响起了旋律，然后他为了想办法再现那旋律而学了钢琴，还学了记谱。矢神先生说，那是能打动人心的不可思议的旋律。”

是在明人房间里听到的曲子，伯朗确信。他望向枫，她对自己微微地点了点头，似乎也想到了同一件事。

“你知道那之后矢神的研究怎么样了吗？”

仁村香奈子摇摇头。

“父亲去世后，我们也就是互寄贺年片而已……但是父亲葬礼时，他说多亏了我父亲，他获得了非常有意义的研究成果，还说自己的假说很快就能得到证明，那说不定会是划时代的发现。”

“什么假说？”

“不是很清楚。我想大概是指成为研究契机的那名患者的事。医生的治疗应该是和后天性学者综合征有关吧？”

仁村香奈子虽然说得轻描淡写，但那内容刺激了伯朗的思考，他感觉此前的拼图碎片眼看着就要拼成了。

他想起杯中还有咖啡，于是又喝了一口，却感觉不出味道，一定是因为自己太兴奋了。

“那个……”枫第一次插嘴道。

“医生在发表论文的时候，即使不写姓名，也必须得到实验对象或是协助过症状观察的患者的同意。矢神有征求过你们的同意吗？”

“不，我认为没有。”

“一次也没吗？”

“是的，没有。”仁村香奈子的语气虽然温和，但言语中却透着坚定。

枫看向伯朗，他也明白了她在想什么。

把咖啡喝完以后，伯朗挺直了背：“今天真是多谢了。您说的话有很大的参考价值。”

“我说这些事就可以了吗？”

“当然。能够听到这么宝贵的故事，真的很感谢。我们也可以不留遗憾地去继续照料矢神了。”

“如果能帮到你们那真是太好了。关于矢神医生，如果可以的话，到那时可以通知我一声吗？”

所谓的“那时”，说的是与世长辞的意思吧。

“一定会联络您的。”伯朗说着站起身。

走出咖啡馆后，两人脚步很快地朝着停车场走去。

“关键在于康治的研究。康治对我父亲实施的治疗，用电流刺激大脑的治疗，”伯朗边走边说，“虽然那是为了防止由脑肿瘤引起的精神错乱，却引发了意想不到的副作用——后天性学者综合征的发作。也就是说，天才大脑是可以人为创造的。的确是划时代的发现。但是康治并没有发表这个研究。不只是这样，他甚至还中止了研究。为什么？”

“是因为他意识到他让大哥的父亲的死期提前了吗？”

“不知道，或许是这样。”

回到车上后，伯朗立刻往首都高速的东神奈川入口驶去。

“大哥，”枫说，“如果这个研究记录还留着的话，不是有着非常高的价值吗？”

“我也在想这件事。问题是，有谁知道这件事。”

“牧雄呢？那个古怪的学者。”

“有必要去找他打听一下。不过在那之前先要制订作战计划。”

“那么去我的公寓边喝边决定如何？”

“真不错。”

他们在晚上八点前就到了青山的公寓前。伯朗打算把枫放下车后，再找个地方停车。

“肚子饿了呢，叫个比萨吧？”枫转动着食指。

“也不错。不过，你看起来似乎很开心啊。”

“因为眼看就要解开一个大谜题了嘛，就飘飘然了。”

“但是，”伯朗说，“还是不知道明人的下落。”

枫的脸色瞬间就变得黯淡。

“完全不知道我们现在做的事和明人的失踪是否有关系，这样你也觉得很好吗？”

伯朗猜想她大概会回一句“怎么可能好”。

“是的。”然而枫的回答正相反。

“大哥，凡事都讲究步骤。”

“步骤？”

“为了不论发生什么都不会后悔的步骤，我现在正在全力做我能做的事。或许这并不能使我查到明人君的下落，但是比起站在原地等待，我还是比较适合朝着一个方向猛冲。”

伯朗心中一凛。她已经有了明人不会回来的觉悟，而为此所做的思想准备，就是她所谓的“步骤”。

“当然，”枫继续说，“我能这么努力，是因为和大哥在一起。如果没有大哥，我会怎么样呢？我现在能依靠的就只有大哥了。”

枫的眼睛湿湿的，这使得伯朗心头一热。同时，他也明白了自己为什么不愿意让她单独去找仁村香奈子。

因为他想被她依靠，他希望自己能被她需要，想要主导权总是掌握在自己手里。

两人在昏暗的车厢里彼此凝视。伯朗心神荡漾，他觉得如果现在伸手揽她入怀，她或许会闭上眼，奉上自己的双唇……

他刚要伸出自己的左手，远处传来了喇叭声。

伯朗回过神，眨了眨眼，望向枫。她正一脸奇怪地侧着头。

“我很明白你的决心。”伯朗说，“不过，今晚就到此为止吧。我想起来我有事得回医院。我可不能把所有的事都推给助手。”

“我知道了，那么，我会再联络你的。”枫举起左手，那枚蛇戒指总是缠在她的无名指上，“辛苦了，晚安。”

“晚安。”

枫下车后，伯朗发动了车。后视镜里映出她的身影。

无名指上的戒指莫名地印在伯朗眼里。

蛇——

有左右两个生殖器，两边都可以交配。所以，一条雌蛇可以和两条雄蛇交配。

伯朗摇了摇头，告诉自己不要去想奇怪的事。

23

回到动物医院时，灯还亮着。荫山元实似乎还没有回去。早就过了门诊时间，站到入口处的门前，自动门没有开。伯朗用钥匙开了门。

进入诊疗室，电脑前的荫山元实转过身，她的表情似乎很意外。

“你不是说今天不来了吗？”

“我有点儿放心不下，有什么问题吗？”

“没有。露露的喂药内容也记录下来了。能请你确认一下吗？”

“好。”

因为荫山元实站起了身，伯朗也就接班似的在电脑前坐下，在显示屏前确认了病历以后，他说：“看来没有问题。”

“据说露露这一周没有吐过，有食欲，也很精神。”

“那真是太好了。”伯朗飞快地转了一下椅子。然后，眼前赫然就是荫山元实的腰部，被牛仔裙包裹的小蛮腰。她似乎吓了一跳，往后退了几步。

“很抱歉今天为难你了，不过多亏有你，帮了我的大忙。”

“那就好。不过，虽然这里是动物医院，但我觉得在医生不在场的情况下治疗总是有点儿问题。在收取费用的时候，我很有罪恶感。”

“就像你说的那样，真是抱歉。”

“有个阿婆上门希望能医治她饲养的被自行车撞得奄奄一息的贵宾犬。当时她看起来相当惊慌失措，但是我跟她说明了情况，请她回去了。虽然我告诉了她其他能治的医院，但她失望的背影却在我脑中消散不去。我现在都在担心那只贵宾犬怎么样了。我选择这份工作是因为想要帮助她那样的人，想为她那样的人出力，但我却无能为力，这让我非常懊恼。”荫山元实低着头，淡淡地讲述着，没有抑扬顿挫的语气反而让伯朗感受到她心中的感情起伏。

“不会再有第二次了，我保证。”他只能这么回答。

“但愿如此。”荫山元实说，“那么我告辞了。”她把放在一边的包搭在肩上。

“辛苦了。谢谢！”

“告辞。”荫山元实低下头，离开了诊疗室。

伯朗叹了口气，转动椅子。虽然他盯着电脑的屏幕，但什么都没有看进去。女助手的话还留在他的耳边。

这时，手机提示收到了邮件，打开后一看是枫发来的。看了内容，伯朗心里一惊。枫说勇磨联系了她，问她现在是否有空和他见面，还说他掌握到了什么情报，所以她准备去见他。

伯朗连忙打电话给枫，电话很快就接通了。

“喂？”枫的声音非常明快。

“这么晚你还要去？”他毫不掩饰自己的不悦，连名字都没有报上。

“他好像有什么重要的事要跟我说。因为想知道，所以就决定去一次。”

“重要的事？是跟什么有关的事？你没问他吗？”

“问是问了，但他说想见了面再告诉我。”

伯朗咂了咂嘴，这不是别有用心的男人在约女人时的惯用套路吗？

“那就很可疑了。你重新打电话给他，让他先稍微透露一下到底是什么事。”

“哎？但是我已经上出租车了，没事的，我去见他。”

“你们在哪里见面？”

“惠比寿。我说我还没吃饭以后，他就说那里有一家能吃饭的酒吧。”

勇磨那张色眯眯的脸浮现在伯朗眼前。他是想和枫并排坐在吧台旁，然后从背后伸手揽她入怀吗？

“那么，饭可以吃，不要喝酒。”

“哎？那可是酒吧啊。”

“他或许是想灌醉你，你要当心！那家伙大概遗传了好酒量的血统。”他边说边回想起佐代喝酒的样子。

“勇磨先生知道我会喝酒，而且去酒吧却不喝酒反而让人起疑。没事的，我酒量也不错，不会醉得不省人事。那么，我出发了。”

“等一下，那么至少别喝苦精琴酒。”

“苦精琴酒？苦的琴酒？哇，这个好像很好喝！”

“笨蛋，我叫你别喝。”

“什么？我听不清楚！总之我走啦！”

“喂，喂——”他正要叫她再等一下时，电话已经断了。

伯朗把手机往书桌上一扔，手指插进头发用力地挠着脑袋。

忽然伯朗感到有什么动静，他往身后一看，只见荫山元实站在那里，不由得“哇”地叫出声。

“你回来了？”

她一脸尴尬地举起百货店的纸袋：“有东西忘了……”

伯朗干咳了一声：“那个，你是从什么时候站在那里的？”

“我刚进来。”

“是吗……”

“这次是真的告辞。”

“嗯，路上当心。”

荫山元实轻轻地点头致意后离开了诊疗室。伯朗竖起耳朵，在确认自动门开闭的声音后再次拿起手机，在邮件里写上“半夜十二点之前回家。绝不能让那家伙进房间。到家后联系我”后发送给了枫。

他等了一会儿，没有回信。或许她已经见到勇磨了。伯朗感到十分后悔，刚才的电话里与其跟她扯酒的事，还不如叫她到家后发邮件或者打电话给自己。

然后过了几小时——

他越发地感到后悔。

伯朗在床上瞪着手机。“再打一次。”他这么告诉自己，点击拨号键后，他满心祈祷地把手机贴在耳边。

然而就和他之前拨打了无数次的结果相同，手机里传来的是干巴巴的“将为您转到语音信箱”的提示。

“医生？”被这么一喊，伯朗恢复了意识，眼前就是一张 X 光片，拍的是乌龟。伯朗似乎在看 X 光片的时候不小心打起了盹儿。

他望向身旁，荫山元实正皱眉盯着他的脸看：“你没事吧？”

“嗯，我没事。”他用指尖揉了揉眼角，慌乱地转过椅子。一个四十岁左右的女人和一个戴着棒球帽、大约十岁的少年正一脸狐疑地坐着，在一开始他们就说过今天是学校的创立纪念日，所以一起来了医院。在他们面前摆着一个塑料盒子，里面是正在动的乌龟。

“真是不好意思，”伯朗说，“有一条蛇正在住院，必须每小时检查一次，所以昨晚熬了通宵。”

“好辛苦。”母亲语气冷淡地说。

“那个，所以……”伯朗转向荫山元实，“我刚才说到哪里了？”

“说它可能是轻度肺炎，先用药看看吧。”

“啊，是的。然后是，那个……”伯朗的视线移到 X 光片，总算记起自己想说什么，“它还有点儿便秘是吧，我也会开这方面的药。请清理它的生活环境，水温最好高一点儿，差不多是二十八摄氏度。”他再次看向那对母子，“请多保重。”

“谢谢。”母亲说着站起了身，但她的儿子似乎无法消除对兽医的怀疑，一脸不悦地拿起塑料盒，默不作声地跟在母亲的身后走出房间。

看了看钟，刚过午后一点，白天的门诊就此结束。

目送荫山元实走去前台，他取出塞在白大褂口袋里的手机，自然是打电话给枫。

然而电话还是不通。从今早开始，他已经打了不知多少次。

他一大早就给她发了邮件，内容写的是想去矢神牧雄那里问情况，希望她能和自己碰个面，请她尽快联络自己，但至今都没有回音。

他对着电脑写起了乌龟的病历，却完全无法集中注意力，只是不住地抖脚。

枫到底去了哪里，又在做什么呢？为什么不联络自己呢？为什么电话打不通呢？最重要的是，她和勇磨怎么样了？

她还是被灌了酒，醉到不省人事了吗？勇磨会对醉倒的她做什么？会带回自己的房间吗？又或者是去情人旅馆？不好的想象在伯朗的脑中膨胀。

拉门"哗啦"一声被打开。他吃惊地转过身，正巧荫山元实从前台出现。

"医生，午餐吃什么？如果是去外面吃，我可以陪你。"

"你今天不吃便当吗？"

她平时总是自己带便当来，伯朗在外面吃饭的时候，她就在前台吃。不过偶尔两个人也会一起出去吃。

"没时间做，睡过头了。"

"哦？真少见。"

荫山元实很有时间概念，从来没有迟到过。

"怎么样？去之前提过的那家荞麦面店吗？"

"好……"伯朗轻轻摇头，"不，不去了。我好像没食欲，你一个人去吃吧。"

"不吃的话对身体可不好噢。"

"虽然是这样……"伯朗低着头，还是轻轻摇头。

“你是在坐立不安吗？”

“啊？”他抬起脸，与荫山元实的目光相遇。

“你好像联络不上她。”她指了指书桌上的手机，似乎已经留意到伯朗打了无数次电话。

伯朗默默点头。

“医生，”她说，“我应该在一开始就已经说过，你最好小心点儿，就是那个女人第一次出现在这里的时候。”

的确是那样。说那话的荫山元实眼神意味深长，他不知道她当时为什么会这么说，也不知道她现在想要说什么。

“医生，”荫山元实的眼中忽然露出怜惜，她缓缓地说，“你似乎很容易动心。”

“啊？”

“你之前喜欢过我吧？”

伯朗张口结舌。“暴露了吗？”他差点儿把这句话说出口，幸好忍住了。

“我听好几个宠物主人说过，说医生好像对我有意思。有一个饲主还说，医生看着我的时候，眼睛是心形的，那不是一个兽医看助手的眼神。”

“到底是哪个人说的？”他很想这么问，但没作声。

“当然，”荫山元实说，“我自己比谁都清楚。”

这种事是可以这么自信满满地说出口的吗？我的态度有那么明显吗？竟然有好几个饲主都注意到了。伯朗垂下头，害臊得抬不起头来。

“第一眼看到她的时候，我就觉得医生一定会喜欢上她，所以我才提醒你要你当心。她可是你弟弟的妻子，这不是只会让医生受折磨吗？但或许已经迟了吧。那个时候，医生已经喜欢上她了。”

“不，才没有……”那种事，他没有继续说下去。他突然觉得这么一说或许还真是这样。而且，只否认这一点也没有意义。

“最近医生很不正常。工作时竟然会打盹儿，这简直难以想象。我知道你最近有许多事。如果不能具体说也没关系。但是，至少在这家医院里的时候，请您变回原来那个认真负责的医生。”

荫山元实的话如同一把刀似的插进伯朗的胸口。他想不出话来反驳，无尽的羞愧在心中膨胀，几乎要把他压倒。

“我想说的就这些，说了这么狂妄的话真是抱歉。我去吃饭了。”

牛仔裤下那双穿着运动鞋的脚朝右一转，径直向着门口走去。

伯朗抬起脸。“荫山君。”他对着她的背影喊她。

荫山元实停下脚步回过头来。伯朗的目光迎上她鼻梁高挺的脸，说：“我弟弟他……失踪了。”

伯朗把明人出门后一去不返，考虑到其失踪的原因可能和矢神家有关，所以他和枫一起行动的事向荫山元实坦白了，但是他没有提小泉那里的房子还在以及后天性学者综合征的事。如果连那些都说，故事就会变得很长，而且他也不知道要怎么解释才好。

“发生了那样的事吗？”荫山元实坐在诊疗台对面的椅子上交叉双臂，“那么找到什么线索了吗？”

伯朗摇摇头。

“目前可知信息为零。虽然因为和遗产继承有关的问题，事情开始变得有些麻烦，但不知道和明人的失踪有没有关系。再加上枫小姐去见亲戚里的男人后失去联络。就是这样。”

“那的确是让人担心呢。”荫山元实冷漠的脸转向伯朗，“那你联系一下那个男人试试？”

“我不知道他的联系方式。”

“这种事查一查就知道了吧？”

正如她说的那样，他可以问波惠，也可以问佐代。他不联系勇磨是因为他不想联系，不只是因为讨厌他，还因为伯朗不想从他嘴里听到自己不希望发生的那些事情全都发生了。

“要不索性去报警怎么样？”

听到荫山元实的提议，伯朗睁大了眼：“报警？”

“弟弟失踪后，他的妻子也随之下落不明了，不是吗？这次警察总该认真调查了吧。”

伯朗认为这个意见十分靠谱，但事情有那么严重吗？他不希望事情有那么严重。

“但是，”荫山元实说，“我觉得她大概没事。”她抬起脸看着伯朗，继续说道：“那个女人很厉害，而且很可靠。我觉得她不会随便就中男人的计，她一定会毫发无伤地出现。”

“如果是那样就好了。”

伯朗回答后，荫山元实看着他的脸，受不了地苦笑道：“你还真是很喜欢她呢。”

“啊？”

“情况我已经了解了。既然是这么一回事，门诊时间以外，你可以尽情地忐忑不安，电话邮件都请随意，我不会介意。但是，问诊开始后请专心工作。如果你神思恍惚，我会骂你的。这样可以吧？”荫山元实说着站起身。

“好，请不要对我客气。”

“我去便利店买三明治。医生最好也吃点儿什么，有什么想吃的吗？”

“啊……那么，跟你一样就好。”

“我知道了。”荫山元实打开门，但在出门前又回过头说，“医生，你有没有想过……如果你弟弟就这么不回来也不错？”

“哎？不，我怎么可能有这种……”

她微微闭上眼，摇了摇头。

“即使有这么想，也要告诉自己不可以期待这种事的发生，对吗？”

虽然被她说中，但自己绝不能承认。伯朗沉默着。

“即使真的是那样，我觉得你也不用责备自己，因为这是人之常情。”荫山元实的唇边浮起与她平日风格甚不相符的温柔微笑，“那么，我去去就回。”

伯朗只是呆呆地回了一句“你走好”。

伯朗吃着荫山元实买回来的三明治，在处理杂务的同时，也抽空拨打枫的电话，但还是打不通。他想去向波惠要勇磨的联系方式，无数次在手机上调出波惠的电话号码，却怎么都按不下去。晚上的门诊时间就这么开始了。

第一名患者是患了糖尿病的比格犬，垂下的褐色耳朵虽然十分可爱，但如果换算到人类的年龄，九岁的它已经算是老妇。两个月前，因为它喝水次数、小便次数增多而被主人带了过来。检测后，它的血糖值明显高于正常水平。

“每天早晚散步两次，基本会让它走一小时。”男饲主说，这条狗是他在退休后开始养的，所以他七十岁左右吧。

“习惯打针了吗？”

听到伯朗的提问，男人犹豫了一下，然后点头。

“嗯，还行。不过妻子还是很怕。”

目前的治疗方法是在家注射胰岛素、运动以及控制饮食。

“就这么继续吧，我觉得不用吃处方粮。”

“听你这么说，我就放心了。我查了一下，处方粮好贵。”男人松了口气似的摸了摸比格犬的头。

之后的病患依次是狗、猫、狗，都是预约过的。因为都只需要做简单的检查，所以并没有花太多时间。

晚上七点没多久，候诊室里已经没有人了，有预约的患者都看完了。

突然，前台的拉门被猛地拉开。荫山元实满脸紧张地拿着手机：“医生，电话，大概是那位打来的。”

伯朗冲过去接过电话，看了一眼来电显示，果然是枫。

接通电话，伯朗大声地说：“是我。”

“啊，喂，喂？是大哥吗？”

“是我，喂！你干什么去了？”

“对不起，我一迷糊，连手机没电了都没注意到，而且，有很多事情要做……”

“有什么事情要你去做？”

“就很多啊！”

她的语气中没有丝毫紧张感，伯朗感觉自己下半身一软，几乎就要瘫坐下来。但是，他的确是松了口气。

伯朗的目光与荫山元实相对。她的唇角似笑非笑，仿佛在说：你看，她果然没事。

“你现在在哪里？”

“在家。啊，对了，大哥，还要跟你讨论去牧雄先生那里的事吧？今晚……现在你还有事吗？”

“现在？”

“是的，我想趁一起吃饭的时候……”

伯朗再一次确认了时间，距离门诊时间结束还有将近一小时。他看向荫山元实，她却扭向一边。

“我还在工作，要到八点才有空。”

“八点啊……嗯，那么，我差不多那个时候去你医院可以吗？”

“知道了，我等你。”挂上电话后，伯朗呼地吐了口气，然后把手机放在前台的桌子上。

“你现在不去没关系吗？”荫山元实问。

“当然。”伯朗粗鲁地回答，然后露出了难为情的笑容。

都特地等着下班的点了，必须得来个急诊啊。伯朗虽然是这么期望的，但这种时候偏不会有人来。最终，伯朗就这么待到了八点。

“你有没有在想应该去就好了？”荫山元实收拾好东西准备回家。今天她穿着紧身迷你裙。不知道是不是错觉，她最近穿短裙的次数变多了。

“我没那么想噢，辛苦了。”

“告辞。”她说完就离开了。

伯朗脱下白大褂，换了鞋，又穿上外套，走出诊疗室的时候，门铃响了。枫站在外面。伯朗按下开关，给她开了门。

“晚上好。”枫低下头。

“什么晚上好？！你到底知道我有多——”

伯朗的话戛然而止，因为他看到枫的身边还有别人。

“哎哟，别那么生气啦。”勇磨歪着半边瘦削的脸笑着说。

24

“这家医院竟然很干净啊，跟想象的不一样。”勇磨说。他打量了一番候诊室后坐下，从西装的内侧口袋里拿出烟盒。

“这里禁烟，想抽的话去外面。”伯朗指了指勇磨的手，那手指又转向站在一旁的枫，“怎么回事？解释一下。”

“我来说吧。哎呀，你们两个都坐。”

候诊室的椅子呈“L”形，于是就变成了伯朗和枫并排瞪着斜前方的勇磨。

“我长话短说，就是我不太明白明人的事。”勇磨把烟放回内侧口袋，盘起了腿，“一般是这样没错吧？就算工作再怎么忙，让这么漂亮的妻子独自回国，自己却怎么都不回来——这种事怎么想都很怪吧？正常来说都会觉得很可疑吧？”

伯朗不知该怎么回答，他看向枫。她微微地比了个投降的手势。

“所以呢？”他问勇磨。

“我之前也稍微透露过两句，别看我这样，我在海外也是有些门路的。所以我就去调查了一下，看明人是不是在西雅图，结果令我大吃一惊。他不是和新婚妻子一起手牵手回国了吗？明人当然也没有一个人回西雅图。这么一来，我自然就会很想知道事情的真相了。所以我昨天打电话给这位，请她去惠比寿见面。”勇磨说着向枫摊开手心。

伯朗再次转向枫：“你告诉了他多少？”

她微微耸肩：“算是全部。”

“所以现在说到哪里了？”

“全部啦。”勇磨不耐烦地说，“你妈妈的娘家还留着的事，还有你妈妈和康治先生的相遇我都听她说了。不过我比较震惊的是，你妈妈和佐代竟然是同学。这事我从来都不知道。说起来，我以前确实奇怪过为什么她们那么要好。多亏了你，才解开了我这么多年的疑问。”

勇磨说得眉飞色舞。伯朗看着他，脑海中的一个角落却在想这个男人竟然直接喊母亲的名字。

“为什么？”伯朗问枫，“没必要全部告诉他的吧？没糊弄过去吗？”

“对不起。”

“你这个人真烦，别责备她啊。”勇磨啐了一口，“因为我跟她说，如果她希望我帮忙，就一五一十地全部说出来。如果之后我发现她哪怕有一丁点儿忽悠或者隐瞒，我就把明人失踪的事告诉大家。”

“就算那样也无所谓啊。”这话伯朗还是对枫说的，“如果不得不求这种男人帮忙的话……”

勇磨哼了一声："这种男人……我好像被你说得很差劲儿啊。"

"眼下我不想改变方针。"枫十分严肃地看着伯朗，"我们隐瞒明人君的失踪，已经走到了这个地步。我们不是解开了很多谜团吗？如果我们现在把事情全部坦白，我觉得一切都会变得很不顺利。而且，如果明人君失踪被公开，那我在矢神家会如何？还没有入籍的人，你觉得他们会把我当成明人君的妻子来对待吗？"

"那个嘛……"伯朗想不出反驳的话，只能咬紧牙关。

"所以……拜托了，请让我放手去做吧，请让我照我所能接纳的形式去做，就是这样！"枫低下她那烫着螺旋卷的头。

"看啊看啊，这么漂亮的姑娘都做到这份儿上了，你还打算继续抱怨吗？再怎么说，我已经全都听到了。这种时候你再啰唆也没用了，是个成年人就痛快地随机应变如何？"

勇磨的话听起来让人非常不爽，伯朗虽然恼火，却没有还嘴。虽然懊恼，但对方的话有理。

"说是帮忙……你具体拜托他做什么了？"伯朗问枫。

"我希望他不要把明人君失踪的事告诉任何人。"

"其他的呢？"

"就只有这些。"

伯朗瞥了勇磨一眼又把脸转向枫："怎么保证他会遵守约定？"

"我会遵守的。"勇磨回答，"我是商人，商人会遵守约定。"

"商人？"伯朗听到这个词，心中一凛，盯着勇磨，"你还要回报？"

"当然，我可是隐瞒了一个人失踪的事呢，万一有什么麻烦，也不知道会不会引火烧身，要回报有什么不对？"

“你要什么回报？”伯朗问，心想他该不会是要枫对他献身吧。

勇磨放下盘着的腿，微微挺起胸膛，吸了口气。

“后天性学者综合征。”他用低沉的声音缓缓地说道，“听到这个，我吃了一惊。科学的力量真是厉害，连这种事都做得到。不对，比这更厉害的其实是人类的身体吧。不管怎么说，这都是划时代的研究。然后，重要的来了，我嗅到了钞票的味道。虽然我对诺贝尔奖之类的全无兴趣，但我盯上了这件事的商业价值。所以呢，也得让我分一杯羹。”

原来是这么回事，伯朗理解了。确实，如果条件是这个的话，这个男人一定会全力帮忙。不，何止是这样，哪怕是为了将来的专利权，他现在都不会把明人失踪的事说出去。

“我想你也已经听她说过了，康治从事后天性学者综合征的研究是在大约三十年前。但不知为什么，这项研究成果没有发表，也没有记录留存，你觉得这样都可以吗？”

“没关系。99.99% 的藏宝图都是假的，但如果不去挖掘，就不可能遇上那 0.01% 的宝藏。”

虽然这个男人很让人讨厌，但他有着很好的表达能力。伯朗默默点头。

“大哥，”枫说，“现在去牧雄先生那里吗？”

“现在？”

“因为勇磨先生说牧雄先生是独居，晚上几乎不出门，如果想好好和他谈，那晚上最合适了。”

“正所谓事不宜迟，你不愿意的话就算了，我不勉强你。”勇磨不安好心地笑着。他可憎的笑容仿佛正在宣告，枫把自己当成了可以商量的小伙伴。

不能让这两人单独去。“我知道了。”伯朗回答。

据勇磨说，牧雄是他所经营的居酒屋的常客，偶尔还会在店里遇上。这种时候，他多少都会给他点儿优惠。

“我觉得不用我说你们都明白，牧雄先生是个怪胎。老爸也经常抱怨说他怪，不知道怎么相处。”勇磨愉快地说着，单手操作着奔驰的方向盘，车内的后视镜上挂着交通安全的平安符，“但他在学习上却出类拔萃，不管是初中还是高中，他都是年级第一。不过，他不是真正的天才，而是那种一点点完成极需耐性的枯燥工作，最后获得成果的类型，算是某种偏执狂吧。他无法成为研究者里的巨星，却是超级副手的最佳人选。所以老爸对牧雄先生下了命令，让他去辅佐康治。”

“这件事是从佐代女士那里听来的吗？”伯朗坐在后座上问。枫坐在副驾驶座上，这是勇磨的吩咐。因为是勇磨开车去牧雄家，所以他们也不好违背。

“是老爸说的，我还在读高中的时候，因为对将来的方向感到迷茫，所以他告诉了我这件事，还问我要不要也走医学这条路。我干脆地拒绝了他，因为有明人在嘛。我觉得不论是矢神家还是矢神综合医院，将来一定都会由他继承。”

“但是明人也没有当医生。”

勇磨直视着前方点头。

“那家伙很机灵，或许他已经察觉到矢神家的脊梁正在慢慢倾斜，我以实业家为目标也算选对了。老爸虽然想让我们帮他实现他没有完成的梦想，但那只是他一厢情愿的想法。”

“所谓的梦想，是指在医学界留下足迹是吧？”副驾驶座上的枫问。

“是的。因为他自己默默无闻了一辈子，所以就指望康治先生，没想到他竟然取得了这么厉害的研究成果。”

“爷爷也知道后天性学者综合征吗？”

“老爸吗？我觉得他不知道。如果知道的话，他不可能保持沉默，一定会大肆宣扬地督促他继续研究下去。”

“你认为康治为什么不告诉康之介？”伯朗问。

“天晓得，个中缘由我就不清楚了，或许问问牧雄先生就知道了。”

牧雄的家在泰鹏大学附近。住宅街上狭小的民居鳞次栉比，那栋两层高的公寓楼就位于住宅街的一角。

把车停在附近的投币式停车场后，三人站在公寓楼前。

“想不到大学教授会住在这里。”楼梯的扶手上锈迹斑斑，伯朗抬头看着公寓楼，低声说道，“为什么不住更好一点儿的房子呢？他明明有钱。”

伯朗想起明人的公寓，百合华说那里的租金是一百二十万日元。而眼前的这间公寓的租金可能不到那里的二十分之一，不，三十分之一，他都不会感到惊奇。

“所以说他是个怪胎啊。他对奢侈的生活没兴趣。”

“感觉就是个酷爱研究的疯狂科学家。”

听了枫的话，勇磨哈哈地笑了：“你说得很好，就是那样。但是他很聪明，你要当心别被他忽悠过去了。”

勇磨走向楼梯，伯朗和枫跟在他后面。

他们没有联系过牧雄说今晚会登门拜访，因为勇磨说，突如其来的造访才更有可能让他说出真话。

牧雄的房间在二楼的最里面，从厨房的窗户里漏出了灯光。勇磨按响门上的对讲机。

隔着门可以听到屋子里有人走动的声音，然后是“来了，来了”的低沉声。

“牧雄先生，晚上好，我是勇磨。”

一阵沉默后，对方似乎很困惑，然后是开锁的声音。门开了，露出了牧雄的脸，他看着三个人，原本就很大的金鱼眼瞪得更大了。

“也难怪你会吃惊。在这个时间，冲过来这么些人。”勇磨看起来很愉快，“出于种种原因，我们今晚无论如何都想见一见牧雄先生。”

牧雄捏着门把不放，问：“有何贵干？”

“我们有事想问你，是关于康治先生的事。”

牧雄的眼中露出猜疑：“什么事？”

“不是站着就能说清楚的内容，总之能让我们先进屋吗？看在我一直都请你吃炸虾和牛肉粒的分儿上。”

“你只请我吃过一次牛肉粒。前几天，我也是自己付钱的。”

“是吗？那我吩咐店员，下次一定奉送。”

虽然牧雄脸上依旧满是疑惑的神情，但还是一脸不情愿地把门打开了：“里面很小的。”

“打扰了。”勇磨率先进门，伯朗和枫也跟着进去了。

的确是一间很小的屋子。进门就是餐厅，里面是两间房，典型的两居室。所有能看到的地方，全都堆满了书还有文件。

“你们随便坐。”

虽然牧雄这么说，但小小的正方形餐桌旁只有两把椅子。勇磨请枫坐了其中一把，自己坐在了另一把椅子上。牧雄从房间里拉出一把带轮子的椅子坐下。所以，伯朗就只能站着了。

“那么，你们有何贵干？说是跟哥哥有关？”牧雄依次把三个人看了一圈后问，看起来没打算给大家端喝的。

“是关于康治先生研究的事。牧雄先生，你一直都在辅佐他吧？”勇磨向他确认。

“很久以前的事了。”

“你帮忙的是什么研究呢？”

牧雄撇了撇嘴：“跟你们说了也不懂。”

“前几天，”伯朗插嘴道，“你有承认是关于学者综合征的研究吧。”

“那又怎么样？”牧雄的语气带着警惕。

“那不是单纯的学者综合征。”勇磨说，“康治先生埋头钻研的是世间罕见的后天性学者综合征，没错吧？”

牧雄的表情明显变得僵硬了。伯朗感觉像是目睹了水凝固成冰的瞬间。之后，他开始战栗，动作就如机械一般，问：“你们听谁说的？”

勇磨把脸转向伯朗，像是在说你来解释。

“前几天在矢神府邸确认康治物品的时候，看到了一幅很奇妙的画。”伯朗说，“是由复杂的曲线组成的精致图形。之后，我发现那是所谓的分形图，是那幅画的作者的家人告诉我的，她还告诉我康治研究过后天性学者综合征以及研究的契机。”

听到“契机”一词，牧雄的脸颊忽然抽了一下。

“我说，牧雄先生，”勇磨谄媚地说，“虽然我知道你有很多想法，但我们毕竟是亲戚呀。所以呢，在这里是不是能把和这个有趣的研究相关的事开诚布公地告诉我们呢？”

“知道以后你们要干什么？”

“那要等听了以后再想。”

牧雄哼了一声：“你是觉得这件事有商机吧，真不巧，研究数据全不见了。虽然我也拼了命地在找，但还是没找到。”

勇磨皱着眉头把脸转向伯朗，然后又望向牧雄：“到底是怎么一回事，能请你具体说一下吗？”

牧雄叹了口气，又苦着一张脸。

“哥哥叫我谁也别说。”说着牧雄看着伯朗，“你妈也这么说。”

“我妈妈已经去世了，康治也时日无多，已经没有关系了吧。”

“我也这么想。而且如果真的彻底保密，那么知情的人就会越来越少，我觉得这样也很不好。”枫说。

“就看话是怎么说的了，是吧？”牧雄的嘴巴拧成了“へ”字，他似乎是在苦笑，“哥哥最早的研究主题并不是后天性学者综合征，而是利用电流刺激大脑以缓解疼痛、唤醒意识。而且当时的哥哥就算知道学者综合征的存在，也没想过有通过后天刺激来引发病症的可能性。”

“然后在研究过程中，康治从康之介那里听说了我爸爸的事，对吗？”

听到伯朗的提问，牧雄点了点头。

“好像是。我之所以说好像，是因为我是在哥哥和祯子女士结婚之后才从哥哥那儿听说当时的患者是祯子女士的丈夫。听他说的时候，我很震惊。”

“康治对我爸爸做了什么？”

“为了哥哥的名誉，我先要说清楚，哥哥所做的一切，都不过是治疗。你爸爸因为脑肿瘤的影响而频繁地陷入精神错乱状态，我们认为原因可能是脑内的神经元处理了错误的信息。所以我们想要通过从外部施加电流刺激来修正错误信息。方法就是让患者戴上接有复数电极的头盔后，以一定模式释放脉冲电流。虽然这种治疗没有获得厚生省的正式认可，但我们判断它不具备危险性。”可能是因为说的是自己的专门领域，牧雄微微加快了语速，“就结果而言，这种治疗方法是有效的。你爸爸的精神没有再发生错乱。祯子女士很感谢哥哥。”

“然而我爸爸的身体，或者说是大脑却表现出了意想不到的副作用。”

“哥哥也不是立刻就察觉到这件事。”牧雄竖起食指，“虽然你爸爸曾经讲述脑中会有奇妙的图形出现又消失，但哥哥没有特别在意。因为哥哥觉得他是画家，对影像图像的想象能力自然比一般人要强。然而，哥哥在看到他把那些图形画出来以后感到吃惊。因为连外行人都能看出他作画风格的变化。更令人震惊不已的是，那些出自人类之手的画难以想象地精细。”

就是那幅画，伯朗知道，是父亲一清直到去世之前都还在专心画的那幅不可思议的画。画的标题是“宽恕之网”。

“那一瞬间，哥哥脑中浮现出有同样能力的某个病症的患者们。”

“学者综合征。”

听到伯朗的话，牧雄低低地说："正是。"

"哥哥提出了一个假说。因为脑肿瘤而局部受损的大脑加上被电流刺激而造成的神经元信息改变，会和先天性大脑障碍——学者综合征表现出相似的症状。如果这个假说成立，那就表示从理论上说，可以人为地引发学者综合征。而且先天性的患者在多数场合会有相应的认知障碍，而如果是后天引发，或许能够回避这一点。这实在是划时代的发现。也正因为如此，大哥没有告诉别人这件事，知道的只有我一个。他还命令我不许告诉爸爸。"

"为什么要瞒着康之介？"

牧雄瞪着眼，咧嘴一笑："因为那会让研究刹不住车。既然它可能是一个划时代的发现，那老爸一定会疯狂地让我们赶紧研究，而且一定会命令我们进行违法的人体实验。"

"哈哈……"勇磨吐了口气，晃了晃肩，然后看着伯朗说，"瞧，跟我说的一样吧？但凡是了解我老爸的人，会想到的事情都一样。"

"是的。不过和爸爸不一样，哥哥很谨慎。"牧雄说，"他想的是先好好地收集数据，然后再进行下一步，然而这时发生了失误。能采集数据的唯一对象，也就是你的爸爸去世了。之前还保持着平稳状态的脑肿瘤突然急剧恶化。哥哥怀疑恶化的原因是电流刺激治疗。于是他决定在查明这其中的原因前，暂停一切对人体的实验行为。于是电流刺激治疗的研究改为以动物实验为主。这个你也知道了吧？"

猫的尸体在伯朗脑中浮现又消失。

"动物实验也兼顾了对后天性学者综合征的研究吗？"

"当初也想过要兼顾，但在开始阶段就已经得出了不可行的结论。

猫不会画画，也不会演奏乐器，无法确认它们是不是变成了天才脑。”

“结果就变成，所谓的动物实验就是不停地对暴露在外面的大脑进行电流刺激，直到猫死掉为止。”

牧雄正面迎上伯朗瞪向自己的目光：“是的。”

“别再说猫了。”勇磨着急地插嘴道，“那么后天性学者综合征的研究怎么样了？那么重大的发现，你们却什么都没有做吗？”

“就像我刚才说过的那样，既然从动物实验中无法取得成果，又不做人体实验，要取得新数据就会异常困难。于是哥哥决定用非常规的方法收集数据。直截了当地说，就是他开始寻找实例。”

“后天性学者综合征的实际病例吗？”伯朗问。

“是的。”牧雄回答。

“哥哥认为一定会存在这样的病例：因意外或是疾病造成大脑损伤的病人发挥出了在此之前从未有过的才能。然后他动用医学界的网络从全国范围收集信息。结果是，虽然这类病例极其稀少，但还是确认了好几件。哥哥就立刻飞奔过去详细调查他们的病症。那个画了分形图的人就是其中一个。”

和仁村香奈子所说的完全一致，伯朗心想。

“根据画那幅画的人的女儿的说法，康治的研究其实有了相当的成果。我听说康治对那个女人讲过，他获得了非常有意义的研究成果，还说自己的假说就快得到证明了，那说不定会是划时代的发现。”

“嗯。”牧雄缩着下巴，“那并不是夸张。大哥通过一点点地收集数据，渐渐证明自己的假说是正确的。”

“但康治至今都没有公开发表过，这是为什么？”

牧雄皱着脸，缓缓地摇摇头。

“这个我也不明白。有一天，哥哥突然说他决定不再碰后天性学者综合征的研究了。事实上，之后他就连提都不提了，他还命令我全都忘掉，这是在哥哥和祯子女士结婚前不久的事。”

“你没有问他理由吗？”伯朗问。

“当然问了，但他不肯告诉我。他只是说，你就当作什么都不知道就好。对我来说，哥哥是比爸爸更绝对的存在。我没法违逆他。”

“那么就由牧雄先生代替他研究下去不就好了？”勇磨甚是不耐地说，“研究后天性学者综合征。”

牧雄罕见地眯着眼回看勇磨。

“你真是不懂啊。我只是辅佐哥哥，并没有全部掌握。伯朗君的爸爸，是手岛先生吧？对那个人所做治疗的详细内容，有许多事只有哥哥才知道。后天性学者综合征的实例调查也是哥哥一个人做的。数据全都在哥哥手上，也就是说，就算我想接手也没有办法。”

“说起来，你刚才提到过研究数据全都下落不明吧？”

听到伯朗的话，牧雄点头。

“自从哥哥因病倒下后，我一直都在找。根本不用你们说，我也对后天性学者综合征抱有兴趣。说句题外话，最近在医学界里，‘后天性学者综合征’这个词还有病例也开始渐渐为人所知。实际上还有研究在启动。就这个意义而言，哥哥的研究数据至今都有很大价值。所以我才会去调查泰鹏大学的研究室、矢神综合医院的院长室，还有之前在矢神府邸里的哥哥的物品。但是，哪里都没有，我找不到。”

“真的吗？该不会是你偷偷地藏在什么地方了吧？”勇磨怀疑地说。

“你不信的话就随便找好了，如果找到了就送给你。”

牧雄说的话不像假的。

“有没有可能被康治处理掉了？”伯朗问。

“不知道，或许有可能。虽然有可能——”牧雄微微扭过脖子，“但又不像。哥哥是研究者，研究者不会扔自己的研究记录。不扔掉是本能。”

“就是说，它还在某处？”

“我是这么认为的，也想这么相信。”这位怪医学者叹息般的低语有着强烈的说服力。

“我懂了。”勇磨拍了拍枫的肩后站起身，“这么晚打扰你很抱歉，牧雄先生。下次你来店里的时候，我给你免单。”他说着回头看向伯朗，“走吧。”

“最后我还有一个问题想问。”枫竖起食指，“刚才说的事，还有别人知道吗？”

“应该没有，我没跟任何人提过。”

“我知道了。”枫回答。

离开牧雄的房间往停车场去的途中，“事情大致水落石出了，”勇磨说，“是吧？你们不这么想吗？”

“研究记录的下落吗？”

伯朗这么一说，勇磨立刻回答：“当然是的。你听佐代说过了吧？你妈妈从康治先生那里得到了某件非常有价值的东西。虽然之前不知道那是什么，但现在谜底不就彻底揭晓了吗？虽然不知道康治先生是出于什么理由才放弃了后天性学者综合征的研究，但正如牧雄先生说的那样，很难想象他会把好不容易得来的成果付之一炬。但是，考虑到他不能把东西留在自己手里，那么可以转赠的人，就只有曾是唯一的研究对象——你爸爸——的妻子，也就是祯子女士了。这个推理如何？”

这和伯朗的想法如出一辙。虽然不情愿，他还是回答：“我觉得很有可能。”

到了停车场后，勇磨站住看着伯朗和枫。

“问题是，那研究记录在哪里？关于它所在的地点，你们应该已经有头绪了吧？”勇磨轮流看着两人，把手指向枫。

“在小泉的那座房子里。”枫回答。

“对啦。”勇磨满意地用力点头，“既然到了这一步，我们要做的就只有一件事了，去屋里搜！”

伯朗对此也只能表示同意：“禁止偷跑去。”

“那是当然，明天怎么样？我有空。”勇磨说。

“我也没问题。”枫也说道。

“我——”荫山元实皱着眉的脸庞浮现在伯朗眼前，他说，“之后再联络。”

“知道了。就算你去不了，我们明天也会去找的。像这样提前通知过的，不算是偷跑去吧？”

伯朗虽然很不甘心，但事情就是那样。“我知道了。”他回答。

“不用担心。就算是在你不在的时候找到的，我们也不会踢你出局。”勇磨说着打开车锁。

伯朗正要开后车门，却被勇磨制止：“不过，我不会还得送你吧？这脸皮好像有点儿厚了吧？”

伯朗无法还嘴，只是缩回伸向车门的手。勇磨炫耀胜利似的笑着对枫说："请坐副驾驶座。"

她一脸抱歉地看了看伯朗，绕到了副驾驶座那一侧。伯朗对着她的背影说："到家后和我联络。"

枫回过头，微微点头。

"不用担心，我会好好送她的。"勇磨说完上了车。点燃引擎后，他看都不看伯朗一眼，当即发动了车。

车的尾灯离夜晚的住宅街越来越远，伯朗双手紧握地目送它离开。

25

伯朗在回到丰洲的公寓时收到了枫的邮件，内容是"刚刚到家"。虽然伯朗冲动地想打电话给她，问她勇磨怎么样了，该不会到房间里来了吧，但拼命忍住了。自己到底是怎么了？这简直就像是初中生为了初恋而苦闷一样。

他从冰箱里拿出罐装啤酒，坐在无法和明人房间相提并论的狭小客厅的沙发上，一边嚼着在便利店买的三明治，一边打开啤酒罐的盖子。还是想点儿别的事情吧。他开始回想牧雄的话。

一连串的事情合情合理，也很可信。他应该没有说谎或是夸大其词。祯子和康治的结婚，还有康治的研究，隐藏着令人震惊的真相。

不，事情还没有完全弄清楚。为什么康治会放弃研究？他对牧雄说出把一切都忘掉的理由是什么？

伯朗喝了口啤酒，关键是研究记录吧。他又想，只要找到研究记录，就能解开所有的谜题。研究记录在哪里？真的在小泉的那座房子里吗？那为什么至今都没有找到呢？可以想象，是祯子把它藏在了某个地方。但是，上一次自己和枫已经查看得相当仔细了。

不为人知的秘密地点吗——

他忽然想到一个地方。看了看钟，刚过晚上十点。虽然有点儿迟，但还不算是不能被原谅的时间吧。他拿起手机拨打电话。

“你好，兼岩家。”顺子立刻接了电话。

“晚上好，我是伯朗，很抱歉这么晚打电话来。”

“没事的啦，怎么了？”

“实际上我有东西想给阿姨看。我现在能来您家吗？”

“啊？现在？你想给我看什么？”

“这个嘛，直接看到才行呀。不方便吗？其实我现在在高崎，正想要回去，所以想途中绕过来。”

“啊，原来是这样，可以噢。那么，你大概还有多久能到？”

“应该不出一小时。”

“我知道了，那么我等你。”

挂了电话以后，伯朗迅速地把吃到一半的三明治塞到肚子里，一把抓过上衣。开了盖的啤酒放去了厨房的洗碗池。虽然喝了一口，但应该不影响驾驶。

伯朗拿着空纸袋走出房门，朝停车场走去。上车后，他把依旧放在后车座上的那本旧相册装进了纸袋，随后点燃了引擎。

路面比想象的还要空旷，到达兼岩家的时候还不到晚上十一点。顺子没有化妆，而是戴着一副眼镜。她大概已经泡过澡，也洗过脸了。

“真不好意思这个时间还上门。挂了电话后，我又想还是改天比较好，犹豫着要不要再打电话……”

“不用在意啦。反正我接着还要再喝一杯，来个能陪我聊天的人真好。”

“姨夫呢？”

“已经睡了。他听说伯朗君要来后，说要醒着等你，但眼睛好像没能撑住，毕竟老啦。”

顺子把啤酒杯放在伯朗面前，伯朗连忙摆手：“不好意思，今晚我不能喝。”

“啊，是吗？那么我去泡茶。”

“不，不用麻烦了。比起这些，您能看下这个吗？”伯朗把拎着的纸袋递给她。

“你在电话里说的东西吧，是什么呢？”顺子往纸袋里张望着，忽然倒抽了口气，她半张着嘴望向伯朗，“这个，莫非是……”

“是的。”伯朗回答。

“你怎么找到的？”顺子惊喜交加地从纸袋里拿出相册，“它在哪里？”

“在一个意外的地方，竟然就在我的房间里。”

“伯朗君的房间里？怎么回事？”

“没什么特别的。很久以前，妈妈把它放在了我这里，不过我忘了是什么理由，然后就收在衣橱里面。前几天，我找其他东西的时候，正好就找到了。”

“哎？是这样吗？我可以看看吗？”

“当然，我就是特意带来的。”

顺子的脸上写满了期待，像打开宝盒似的翻开了相册。下一瞬间，她的眼睛睁圆了。

“对对，这是姐姐还是婴儿时的照片。这就是第一页，我想起来了。就因为这个，先出生的孩子比较划算呢。”

顺子翻着，不时满足地嗯嗯点头。她的眼中充满怀念。她的心或许正在时光中穿梭。“好年轻啊！”她看着自己的照片低叹。

看到最后一页伯朗和明人并肩而笑的照片后，顺子合上了相册：“妈妈，你有两个外孙真是太好了。谢谢你给我看了这么好的东西。”她的眼睛有些许湿润。

然后她用茶壶泡起了日本茶。

“也拍到了好几张在小泉的房子呢。”伯朗说。

“是啊，真是怀念。”

“虽然我不太记得那个家里的事，但看到这张照片后，我想起妈妈以前说过一件让我很在意的事。”

顺子一脸不可思议地把茶碗摆在伯朗面前：“什么事？”

“好像是说在小泉那座房子里有个秘密的藏东西的地方。”

“那是什么？”顺子皱起眉头。

“外公以前不是做各种生意的嘛，而且好像还逃了不少税，然后就被税务所的人盯上，家里总是会有人来搜查，所以就有个地方用来藏那些不能被发现的东西——差不多就是这样的话，您不知道吗？”

顺子困惑地歪着脑袋，又摇了摇：“我不知道，听都没听说过，不记得父亲逃过税，也不记得税务所的人上过门。”

“不一定是秘密房间那么大的，像是可以藏文件之类的地方，你还记得吗？”

“不记得。为什么你要问这个？那座房子都已经不在了。”

“因为不在了，所以反而在意啊。不过，不知道就算了。问了您奇怪的问题，真不好意思。”

“你还真问了奇怪的问题呢。”顺子苦笑后，又正色道，“顺带问一下，康治先生的情况怎么样了？你之后还去探望过他吗？”

“昨天去了。很不好，几乎没什么意识，虽然稍微说了句话，但完全不知道他是什么意思。”

“他说了什么？”

“看起来是把我和明人搞错了，他说：‘明人，不要怨恨。’”

“不要怨恨？那是什么意思……”

“不知道。说不定他是想说，真抱歉要你继承矢神家，不要怨恨我。毕竟现在的矢神家是即将倾覆的船。”

“哦……”顺子显得无法释然。

伯朗把茶喝完后站起身：“那么，我就此告辞。”

“已经要走了吗？你不是才来嘛，再多待一会儿？”

“不了，明天还要早起。啊，对了，这个，要放在这里吗？”伯朗把相册放进纸袋后问。

顺子先是犹豫了一下，然后回答：“不用了。”

“第一页里贴的是姐姐的照片，最后一页又是伯朗君和明人君，我觉得还是由伯朗君保管最好。”

“那么，如果您又想看就联系我，我立刻送来。”

“嗯，就这么定了。”

顺子把伯朗送出了门。伯朗离开兼岩家后看了看钟，已经快要零点了。今天又是漫长的一日。

如果小泉的房子里有什么秘密的藏东西的地方，那么顺子应该知道——这个猜想完全落空了。但就算是这样，也不保证那样的地方就一定不存在。上一次和枫去那里的时候，他们查过阁楼，但是，他们没有看过地板下面，或许应该把榻榻米都掀开来。伯朗这么想着，忽然泄了气。因为那屋子几乎全是日式房间。

他一边瞎想，一边开着车。明天，枫和勇磨打算到小泉的那座房子去。自己要怎么做呢？伯朗苦恼着。明天有门诊。荫山元实不会原谅自己突然停诊，弄不好她甚至可能提出辞职。

把搜屋子之事交给那两人也是个办法。或许正如勇磨说的那样，就算找到了研究记录，伯朗也不会被当成局外人。但是，他不想让枫和勇磨一起行动。

索性现在就去小泉那边的房子开始搜屋子吧，他有点儿自暴自弃地想。

然后，他突然觉得这个主意竟出人意料地不算坏。因为小泉那座房子有通电，晚上搜查也无碍。因为那里不是住宅密集地带，所以也不用在意声响，要是能搜查到天亮，应该会找到点儿什么吧？如果研究记录就藏在那所房子里的话。但是——

“好吧。”他嘟哝着，在脑中把目的地改成了枫所在的公寓。虽然他有想过是不是要打电话过去，但因为把车停下会很麻烦，所以就继续开着。

到青山时大约是凌晨一点。伯朗把车停在投币式停车场后，刚拿出手机想要打电话，却忽然停下了。

一旁停着一辆很眼熟的奔驰。伯朗朝里看，车内后视镜挂着的平安符也很眼熟。

他快步，或者说冲一般地赶往公寓。到了正门后，他停下脚步仰望着建筑物，到底还是有些喘不上气。

勇磨的车会停在那种地方，这很反常。枫和勇磨此刻正一起待在房间里。枫“刚刚到家”的邮件是在晚上十点前发来的，从那时到现在已经过了三小时。

伯朗深呼吸，然后用手机打电话给枫。该不会打不通吧。他的脑中翻腾着不安，但听到一个明快的声音传来：“你好！”

“我是伯朗，你现在在做什么？”

“哎？我正打算睡了。”

“骗人，勇磨在你那里吧？”

“勇磨先生？他早就回家了。”

“那么，为什么他的车在投币式停车场里？”

“我想那是因为他喝了酒。”

“酒？什么时候？在哪里？”

“他送我回来，就在这屋子里。我本来是想泡咖啡的，他说要喝威士忌。”

果然还是让这男人进屋了吗？勇磨恨得牙痒痒的。

“他什么时候回去的？”

“喝了一杯威士忌后就立刻回去了。”

有古怪，伯朗心想，他不认为勇磨会这么痛快地回去。

“我现在就在你公寓前，我现在上来没关系吧？”他很强硬地说。

“哎？现在吗？”他感觉到枫的慌乱。勇磨果然在房里吗？

“我有重要的话要说。情况紧急，我上来了。”

“哎，但是，请等一下，房间很乱……”

“那种事就随意啦，我按对讲机，你帮我开门。”他没有等枫的回复，一说完就挂了电话。

他大剌剌地走进公寓，按响对讲机。喇叭里没有应答声。但没多久，门上的自动锁就开了。伯朗快步走向电梯。

走出电梯后，伯朗又沿着走廊大步往前。他站在明人房间的门前，按响了门铃。

先是开锁的声音，然后门开了。枫穿着灰色的运动套装，很少见她穿得这么朴素。

“你到底怎么了？”她的笑容有点儿尴尬。

伯朗一言不发地推开她的身体走进房内，脱鞋后径直走到客厅门口，打开门。

勇磨正坐在那张大沙发上。他手上端着咖啡杯，抬头看着伯朗微微一笑。

“果然是这么回事吗？这么晚了，你在做什么？”

“看了就知道了吧，她在请我喝咖啡。”

“大哥，”枫从背后问，“有什么事吗？”

“我还想问你呢，你们两个人刚才在做什么？”

“什么做什么……就是在聊天啊。”

伯朗指着勇磨：“他不是喝了一杯威士忌以后就回去了吗？”

枫略带褐色的眼眸微微闪烁。

“那是因为……不想让大哥多担心。”

“你可是明人的妻子，在这个时间和男人单独相处，你不觉得这很荒唐吗？”

“哈哈哈哈。”勇磨笑了，“这个时间冲过来的人竟然说这种话。”

伯朗走近沙发，俯视着勇磨：“这是我弟弟的屋子。”

“是吗？倒也是我侄子的屋子。”

“什么侄子？你不过是情妇的儿子。”

勇磨脸上那惹人厌的笑容消失了，他目光严厉地瞪着斜上方。但伯朗毫不畏怯地继续说道：“我知道你在打什么算盘。你算准了明人不会回来，就盯上了枫小姐想对她出手，不是吗？”

勇磨一脸刻薄地扬起下巴：“既然你这么说，那你自己又如何？”

“请住口。”枫站到两人中间，“不是说好共同合作的吗？请不要为这种事吵架。”

“是这家伙先来挑衅的。”勇磨说。

“我只是在提醒你要有常识。”

枫叹了口气，摇晃着脑袋。

“我知道了，总之你们请先冷静，我和勇磨先生只是在单纯地闲聊。事实上，我还有东西要给大哥看。”

“什么东西？”

“我这就拿给你看，请坐下。”

伯朗被枫催着坐到了勇磨的对面，她把放在茶几上的一个文件夹递给伯朗："请看一看这个。"

伯朗打开文件夹，里面全是照片，而且拍的都是小泉的那座房子。

"这个是什么？"

"我在前几天找到的。因为明天要去搜查小泉的那座房子，我觉得可能会有些用。勇磨先生也已经看过了。"

伯朗翻看文件夹，几十张照片里，不仅有房子的外观，还从不同的角度拍摄了所有的房间，连家具、日用品都仔细地拍成了一张一张的照片。

"拍照的是明人？"

"我想是的，虽然不知道他的目的。"

伯朗重重地吐了口气，然后合上文件夹。

"我没见过小泉那座房子。"勇磨说话的语气很镇静，"所以我想事先能尽量多了解一些。如果一点儿准备都不做，要我搜屋，我也没有半点儿概念啊。话虽这么说，我也确实待得有点儿久。"

既然有这种照片，那倒也能理解他们会在这里谈话了。伯朗沉默着。

"大哥的事情是什么？你在电话里也说有重要的事。"枫问伯朗。

"该不会是为了进屋的借口吧。"勇磨扬起半边唇角。

"不是借口。"伯朗看着枫的脸，"实际上，我打算今天晚上去小泉。"

"现在？"她瞪大了眼睛。

"明天我没法向医院请假，所以打算现在就过去，在天亮前找到记录。想来问你要不要一起……"伯朗的目光移到勇磨身上，"当然，我也是打算通知你的，毕竟不可以偷跑去。"

看到勇磨缩了缩瘦小的肩，伯朗再次望向枫："怎么样？如果你不能陪我去的话，我打算一个人去。"

枫垂着眼，长长的睫毛扑闪扑闪，似乎有些犹豫。

过了一会儿，她抬起头："我知道了，我陪你去。"

"太好了，那你要怎么做？"伯朗问勇磨。

勇磨皱着鼻子，用指尖挠了挠眉间："既然这样，我也只能舍命陪君子了。"

"很好，就这么决定了。"伯朗对着枫点头。

"等我十分钟，我准备一下就出门。"枫站起身。

26

"刚才对不住了，害你不高兴了吧。"把车发动后，伯朗向枫道歉。

"什么事？"副驾驶座上的枫问。当让她决定是上勇磨还是伯朗的车时，她毫不犹豫地选择了伯朗。

"在你面前很没风度地争吵，很抱歉没有考虑到你的心情。知道他那么晚还在你房间里，我就失去理智了。"

"嘻嘻。"枫笑了笑。

"我没有不高兴。对不起，我骗你说勇磨先生已经回去了。总是让你为我担心，真不好意思！"

"你不用道歉，你也是拼了命的吧。你说过为了找到明人什么都会去做。"

他听到枫叹了口气。

“虽然我也不知道现在做的和明人君的下落有没有关系。”

“只是想把能做的都做了？”

“是的。”

“但是——”伯朗忍着没有说出浮现在脑中的疑问。

“什么事？”

“没什么。”

“欲言又止可不好噢，之前我没说过吗？什么事？”她追问着，对她而言，这语气已属严厉。

伯朗眼看着前方深呼吸，然后开了口。

“你打算继续到什么时候？相信明人会回来，然后一直等下去吗？他可能就这样永远不回来了。你的人生会怎样？你是想就此让时钟停摆，逐渐老去吗？”

伯朗觉得枫或许会生气，但还是忍不住问出了口。他想知道她真正的想法。

“大哥你是诗人吧。”她的回答出人意料，“让时钟停摆……如果可以的话，那该有多幸福啊！但是，不可能的吧。不论我怎么去停下自己的时钟，这个世界的时钟还是会无休止地走下去。所以或许会有那么一天，我会放弃，会认清明人君不会再回来了。”

“那时你会怎么做？”

“到那时再考虑吧。”枫心意已决地回答。

“到那时……如果，有那么一天，我想成为你的依靠。”

“谢谢。你的话就像强心剂一样，而且，大哥已经是我的依靠了。”

“不要谢我，我想成为你的依靠并不是出于单纯的善意——”

“大哥。”枫似乎想要打断他的话，“今晚就说到这里好吗？”

“啊？”

“我想，现在还没到听后面话的时候。”

你的心意，我早就已经知道了。伯朗感觉她正在告诫自己。和荫山元实的情况一样，早在表白之前，就已经被对方察觉。

伯朗轻轻摇了摇头。在这种场合表白本来就不正常，或许是因为进展得太快，自己才会激动得失去理智了吧。

专心驾驶，他心想。

他们在途中的便利店里买了劳动用手套、螺丝刀套装、垃圾袋等各种可能在搜屋子时用得上的东西。进入小泉町的时候，已经是凌晨两点半。小镇被笼罩在黑暗之中，路上的街灯很少，恐怕连一个大男人都不敢独自行走。原本就不宽敞的道路更显狭窄，伯朗不得不小心翼翼地开着车。

很快就到了那座房子前。

“感觉很不可思议。好像距离上次来已经隔了很久。”下车后枫望着那座房子说，“明明就在两天前。”

勇磨把奔驰停在了稍微远一点儿的地方，他一边卷衬衣袖子一边走了过来。

“还以为会是座破破烂烂的房子，竟然很有样子嘛。”他看着房子说。

“你没有听枫小姐说吗？我妈妈去世以后，一直有人在维护。”

“似乎是这么回事，不告诉那个人今晚的事没关系吗？”

“没事的，都这个时间了，把老人吵醒还怪可怜的。”

“哦！老人可得好好照顾。”

伯朗向枫使了个眼色，这房子的钥匙在枫那里。

枫从包里取出钥匙走近玄关，开锁以后打开门。房间里一片漆黑，知道电源总闸在哪里的她伸手接通总电源，玄关立刻就亮了起来。

伯朗进屋后，勇磨也跟着进来。勇磨打量着屋内，兴致勃勃地东看西看："真令人吃惊，感觉立即就能住进来。"

"我认为是可以住人的，所以禁止穿鞋进入。"枫说着脱下运动鞋。

三个人把每个房间的灯都打开后回到一楼的起居室。

"那么从哪里开始着手？"勇磨摩拳擦掌。

"时间有限，还是分头找吧。"伯朗提议，"屋内就交给你们两个。我比较在意房子周围以及地板下面，所以我去那边找。"

"那么，我在一楼找，一个角落都不放过！"

"那我就去二楼了，可以吧？"

"不要光用眼睛看，可以移动的地方一定要用手去碰一碰，说不定抽屉是双层的，又或者墙上有暗柜。"

"知道了，别把我当傻瓜。"

"拜托了。那么，开始吧。"

伯朗戴上劳动用手套，拿着手电筒往玄关走去。

鞋柜旁有一个水桶，里面装着园艺用的铲子，是伊本老人的东西吧。正好，他决定借来用用。

走到外面后，伯朗打开了手电筒。他一路照着地面走进庭园。过去绿草盈盈的小庭园如今却是一片荒芜的土地。即使这样，也没有杂草，是因为伊本老人的定期维护吧。他的忠诚老实令人心生敬佩。

就算祯子从康治那里得到了研究报告书一类的东西，又把它藏在这房子某处，它也不一定就在房子里面，她有可能把资料放进坚固耐用的容器后埋进土里，而且不能埋在轻易就会被发现的地方。伯朗推测多半不在院子里，因为伊本老人会为了处理杂草而翻土。

不过，伯朗还是用手电筒把院子照了个遍。如果东西是被埋了，那么考虑到自己去挖出来的那天，应该会留下什么记号。而最有可能被当作记号的，就是栽种的树木了，但现在这个院子里没有树。伯朗隐约记得过去有什么种在这里，但他想不起来那是什么树。

他用铲子随便在以前种过树的附近挖了几下，发现这里的土出乎意料地松软，可能是因为没被人踩过，挖起来并不困难。

沿着围墙又挖了几个地方后，伯朗摇了摇头，完全没有感觉。他觉得应该不在院子里。

离开院子后，伯朗又开始查看房子的周围。在围墙和建筑物之间有空隙，人可以在里面移动。他用手电筒照着走了一遍。地面是水泥地，不可能埋东西。

房子后面有一间铁皮储物室，伯朗试着开门，却怎么也打不开。看起来不是因为上了锁，而是生锈了。于是伯朗强行撬开，但走进去一看，里面只有陈旧的除草机。

绕着房子周围走了一圈后，伯朗回到玄关。他打开门，把铲子放回水桶后走进房间。

伯朗听到一旁的隔扇那头有动静，进去一看，只见枫趴在地上钻进了壁橱的最下面一格，下半身留在外面。伯朗盯着她被牛仔裤紧紧包裹的浑圆屁股问："找得怎么样？"

枫匍匐着后退，露出脸道："我认为不在这个房间里。"

“你还看了哪里？”

“只看了这个房间，接下来我想查看起居室。”

可能是因为听到有人说话，随着下楼梯的声音，勇磨也出现了。他浑身是汗。

“累死了，我休息一会儿。”他从衬衣胸前的口袋里拿出烟盒，盘腿坐下。

“刚才传来很响的声音，你在做什么？”枫问。

“我在掀榻榻米。我想就算是研究记录，也不一定就成堆放着，说不定铺在榻榻米下面。”

这人倒是一旦动手就不含糊的性格，伯朗对竞争对手的印象有点儿改观了。

“我没有查看这个房间的榻榻米下面。”枫抱歉地说。

“我会帮你的，接下来一起干吧。”勇磨点上烟，从口袋里拿出便携烟灰缸后看向伯朗，“院子里怎么样？”

“我到处挖了挖，看来猜错了。”

“也是，再怎么说那也是康治先生努力的结晶，祯子女士应该也想把它放在随时都能看到的地方吧。埋土里就不行了。”

原来是这么回事，伯朗暗想，他没有考虑过这点。他对勇磨的印象再次有所改观。

“刚才我在上面干活的时候在想，”勇磨吐了口烟圈，又在烟灰缸里敲落烟灰，“为什么祯子女士会死在这座房子里？”

“什么为什么……”伯朗无法理解勇磨的意思，困惑地说。

“警方说是意外，我们也只能这么接受。当时大家都对这件事感到疑惑。我听到康治说：‘也不知是吹的什么风，她最近突然关心起小泉这座房子的情况。’”

“就是这个。祯子女士关心的并不是这座房子，而是藏在房子里的东西吧？比如，她觉得会被什么人抢走。”

“被谁？”

“这我就不知道了。但如果这么想的话，就会觉得祯子女士的死或许并不是单纯的意外。”

“也就是说，”伯朗看向勇磨，“她是被某个盯上了康治研究记录的人杀害的？”

勇磨吸了口烟，神情严峻地点了点头：“如果是这样的话，那么我们就有可能找不到了。因为或许已经被凶手带走了。”

“凶手是谁？”伯朗问，“他是什么人？”

“不知道。但肯定是能利用康治先生的研究让自己获得利益的人。”勇磨熄灭了烟，把烟蒂放进便携烟灰缸，“先说好，不是我。”

伯朗虽然没有回答，但他已经有点儿相信勇磨的话了。他指出的问题一针见血。

“那么，我们再努力一下。”勇磨收起烟和烟灰缸，起身走到走廊，然后传来他跑上楼的声音。

伯朗拿着手电筒朝厨房走去。在查看了餐柜、洗碗池的下面后，他蹲下身。因为地板的下面有个储物盒。

打开一看，储物盒里空空如也。但这也在预料之中。伯朗把手搭在储物盒的边框上往上拎，储物盒不是很重，被伯朗轻松地搬了上来。储物盒被搬掉后，地下储物格立刻就成了地下入口。

伯朗才把上半身俯向入口，就险些被呛住。潮湿而沾满灰尘的空气扑鼻而来，而且异常难闻。下面或许有死老鼠。

伯朗战战兢兢地打开手电筒开关，几根柱子浮现在黑暗中。他脑中不由得想到检查建筑工人有没有在施工时偷工减料的电视节目。

他转着手电筒，下一个瞬间，眼前忽然出现了一只黑猫的尸体。

“噫——”他尖叫了一声，身体迅速离开入口。一股强烈的呕吐感袭来，伯朗扔下手电筒，用双手按住嘴。

总算没有吐，呕吐感也渐渐退去。同时伯朗也恢复了冷静。如果真有流浪猫死在了地板下面，但若不是最近发生的事，岂不是应该腐烂并且化为一堆白骨？

伯朗拾起手电筒，再次往地板下面照去。他相信就算那真的是尸体，但自己已经有了心理准备，一定没事的。

他以为是尸体的东西是一块黑色的布。伯朗呼地吐了口气，瘫坐在地上。他的心跳还是有点儿快。

感觉到背后有动静，伯朗回过头。勇磨站在那里，他的身后是枫。

“怎么了？”伯朗问。

“神真的存在呢。”

“什么？”

“这个，”勇磨扬起右手拿着的东西，“找到了。”

那是一沓报告用纸。

27

封面上写着“后天性学者综合征的研究”，是用钢笔手写的。

“康治先生的字我见过无数次，我觉得这毫无疑问是他本人的笔迹。”勇磨抽着烟说。三人在起居室的桌前面对面地坐着。桌上放着报告用纸，以及装报告用纸的木箱。

“我也觉得这是康治的字。”伯朗说着翻开封面，第一页前言里记载了开始这项研究的契机。上面所写的脑肿瘤患者“K・T”显然就是一清。

“解决了，这应该是真的，明天让牧雄先生看看吧。”

勇磨兴奋地说着，伯朗却没法赞同。他无言地凝视着那沓已经微微泛黄的报告用纸。

“怎么了？”勇磨问，“你是有什么不满意吗？”

“没，就是……这个是在阁楼里找到的？”

“嗯。你再怎么说，它就在那里，我也没办法啊。你是想说我在撒谎吗？我为什么要撒谎？”

“不，我没有觉得你在撒谎。但是，我们上次真的检查过那里。”

勇磨说木箱是在二楼的阁楼里找到的。

“你说是不是？”

伯朗向枫征求同意，她侧着头：“我没亲眼看到，所以……”

“上次来，你们并没有什么目的是吧？只不过随便查看了一下是吧？是你看漏了啦，经常有这种事。”

“但是……”

“有什么不好吗？反正已经找到了。还是说，因为不是你亲自找到的，所以你觉得不爽？那么我再藏一次，你自己去找出来。这样总好了吧？”勇磨不耐烦地说。

“不，不用做那种事。”

“真是个麻烦的男人。”勇磨把报告用纸放进木箱后关上盖子。

箱盖上没什么积灰，伯朗对此虽然在意，却因担心被认为是在不停地挑刺而保持沉默。

他们关上各个房间里的灯，最后拉下电源总闸后走到外面。

“那么，今晚就此解散。报告书就由我带回去。相对地，送女士回家的权利就让给你了。”勇磨抱着木箱对伯朗说，“今后的事，我们明天再商量。”

“我知道了。”

“虽然发生了各种事，但今天是个好日子。今后也请多关照。”

“是我要你关照。”伯朗面无表情地说。

“再见啦。”勇磨对枫说。

“晚安。”枫回答。

目送勇磨走向停在远处的奔驰后，伯朗上了自己的车。枫也坐上了副驾驶座。

“你好像还是没有释然？”枫问刚要发动引擎的伯朗。

“也不算是啦……”伯朗含糊地说了句，然后点燃引擎。

他没说真话。正如她说的那样，他还没有想通，总觉得有地方不对劲儿。两天前，因为已经过了晚上十二点，所以准确地来说是三天前，当时，他确实查过阁楼。不是随便看看，而是拆下了最上面那块板以后往里查看，他记得自己检查得很仔细，如果木箱真在那里，他不可能看漏。

但是，如果当时木箱真的不在那里，那为什么今晚在那里被发现了呢？三天前还没有的东西突然就出现了，没有这种道理。

“不过，能找到真是太好了。”枫说，“而且那么快就找到了。我本来觉得今晚找不到，已经做好了来这里好几次的准备。”

“实际上，我也是这么以为的，没想到能那么轻易就找到。”

“现在是凌晨四点了。如果没找到的话，大概要在那座房子里待到天亮。”

“是啊，至少我是打算找不到就不走的——”说到这里，伯朗忽然猛踩刹车，身旁的枫发出惊呼。

“怎么了？”

伯朗没有立刻回答。确切地说，是他无法回答。一个想法突然在他脑海中闪现，然后渐渐扩大成形。

怎么可能？他想，不可能会有这种事。

“大哥？”枫叫他。但伯朗不想让自己的思考受到打扰，伸手制止她说话。

他再次在脑中验证了新冒出来的想法。虽然他觉得不会有这种事，不可能有这种事，但这是能解释如今难以理解的状况的唯一答案。伯朗用手捂着胸，心跳得飞快。

“你……有告诉过别人那房子没有拆除的事吗？”

“没有，我没有说过。”

“勇磨呢？他跟别人说过吗？”

"我认为他不会那么糊涂。"

"是吧，我也这么认为。"

"为什么要问这个？"

伯朗没有回答枫的问题，他拉动刹车，熄灭引擎："不好意思，你在这里等我一会儿。"

枫吃惊地抽了口气："你要去哪里？"

"理由之后再说。我想去确认一件事。"伯朗开门下车，沿着原路返回。

怎么可能？怎么可能？怎么可能？一定是哪里弄错了，是我误会了。伯朗走在昏暗的夜路上，心里不停地这么告诉自己。一片静寂中，他似乎听到了"嗡嗡"的振翅声，但他也不知道是真的听到了还是因为耳鸣。

走到房子的边上后，他停下了脚步，没有勇气走到门前。

"大哥。"身后有人叫他，伯朗心中一凛，感觉浑身都在冒冷汗。他回过头，只见枫一脸担心地站着。

"我不是叫你等着吗？"

"但是我担心你嘛，我可没法等在那里。到底要发生什么事？"她看着那座房子问。

"不一定会有事发生。对我来说，我希望什么都不要发生……我打心里祈祷是我多虑了。"

"大哥。"枫凝视着伯朗的脸，"我第一次看到大哥露出这么悲伤的表情，比你告诉我那些被用于实验的猫的时候更难受。"

难受好几倍。伯朗刚想说出口，他害怕的事发生了。

房子里的灯亮了。有人开了灯。

枫睁大了眼："大哥，那房子里有人……"

伯朗把手捂在眼前，看来他的胡思乱想全是对的。他觉得脚边似乎裂开了一个洞，他跌入了深深的绝望。他甚至想立刻离开这里，装作自己什么都不知道。

"大哥。"枫稍稍加强了喊他的语气，"你在做什么？你不进去确认下，屋子里的人是谁吗？"她似乎想说，你不去的话，我就自己去。

"当然要去确认。"伯朗说着迈出脚。虽然不用确认也知道是谁。他把这句话吞了回去。

他们步履缓慢地走到大门前，深吸了一口气后盯着玄关方向看。这时，他们才发现门柱上有一个对讲机。

伯朗把手伸向按钮，按了下去，然后隐约听到屋里响起了叮咚声。这屋子的门铃已经有多少年没有响起了呢？

"大哥，你这么做会被里面的人发现的——"

"没事的。"伯朗推开门扉，朝着玄关走去。

拉了拉玄关的门，门没有上锁。不用说，刚才伯朗他们离开时，枫是锁过门的，也就是说，这里面的人有备用钥匙。

走进屋子，脱鞋处放着一双黑皮鞋，伯朗虽然觉得眼熟，但也可能是错觉。

伯朗也脱了鞋进屋，然后拉开旁边佛堂的隔扇。

佛堂里没有人，但里面的隔扇开着，可以一眼看到起居室，而起居室里有人。伯朗预想的那个人正坐在沙发上。而他没有预想到的是，那人的表情竟十分镇静，感觉不到丝毫焦虑与危险。

"晚上好……这么说没问题吧。"伯朗说。

“差不多可以说早上好了。请原谅我没法起身招呼。我被刚才的门铃声吓了一跳，现在腿都动不了啦，真是岁月催人老啊！哎呀，真是吓到我了。”兼岩宪三笑着说。

28

伯朗站在宪三的面前，没有心思坐下。

“阿姨呢？”

“恐怕还在熟睡中吧。你离开后，我假装起床上厕所，就陪着顺子晚酌。然后，趁她不注意在酒里下了安眠药。”

“实际上，我还没走，你就醒了吧。”

“你来的时候，我就醒了。我本来想换衣服跟你打招呼，但被听到的内容吓到，于是就选择了偷听。结果，连露面的机会都没了。”

伯朗点点头：“真的是这么回事吗？”

“请等一下，这是怎么回事？”枫问。可能是因为太过吃惊，她刚才一直没说话，她也和伯朗一样站着。

伯朗讲述了自己在告别了枫和勇磨之后，去见了顺子，问她小泉的房子里有没有类似可以藏东西的秘密地点，以及当时宪三在睡觉的事。

“为什么你会因为大哥说的话而吃惊呢？”枫问宪三。

宪三皱起眉，斜着脸低声沉吟：“要解释这个得说很久……也不知道从哪里开始说好……”

“让我来猜一猜吧。”伯朗说，“因为我拿着那本相册，还说是妈妈给我的，所以你吃了一惊。没错吧？因为对姨夫来说，这是不可能发生的事。因为你知道在我妈妈去世的时候，相册还在这里。”

宪三嘴角放松，点了点头：“正是这样，你果然也很聪明。”

“那么是我笨吗？我完全听不懂。”枫难得地表现出焦躁。

伯朗转向她。

“我怎么都想不通，为什么那份报告书会那么轻易地被找到。上一次，我确实检查过阁楼，也没有看漏。如果是这样，那么能想到的就只有一点：有人在我们之前把报告书藏到了阁楼里，故意让我们找到。而能够做到这一点的人，至少要具备两个条件：第一，这人把那份报告书偷藏至今；第二，这个人知道这座房子的存在。问题就在第二点，这个人是从什么时候知道这座房子还在的？如果以前就知道，那为什么要到今晚才突然行动？而这个问题的答案就只有一个。”伯朗把视线从枫移向宪三，“这个人是在今晚才知道这座房子依旧存在的。是这样吧？”

宪三虽然没有点头，却认命地垂下了眼。伯朗把那理解为承认，又再次转向枫：“虽然我没有告诉阿姨这座房子的事，但我给她看了相册。我说这相册是妈妈交给我保管的，还问了小泉的房子里有没有藏东西的秘密地点这么奇怪的问题。那么知道这座房子情况特殊的人，自然会想到说不定房子没有拆，伯朗是不是正打算去搜屋。”

“所以就先我们一步把报告书藏在阁楼里……但他为什么要这么做？”

“问题就在这里。刚才你也说过了吧，如果没有找到报告书，我们一定会在这房子里待到天亮。反过来说就是，找到以后我们就会立刻离开。他的目的就是这个，想让我们停止搜屋必须有诱饵。他是为了让我们认为已经找到了东西，才把报告书放在那里的。那么从时间上来想，我们到这房子的时候，这个人很有可能还在附近。既然他看到我们进屋，会不会就等着我们找到报告书后离开呢？想到这一点，我才停下车回来的。”伯朗重新看向宪三，“按门铃是我的一念之仁，如果我们突然进来，他一定会被吓到吧。”

宪三的脸上露出苦笑：“真是多亏你了。要是你们突然进来，别说是被吓软了，大概连心脏都要停跳了。”

“你说的诱饵……是说那份报告书是障眼法，那是假的吗？”枫问。

“有可能，实际是怎样呢？”伯朗把问题甩给宪三。

“不，那可不是假的，是如假包换的由康治先生写的《后天性学者综合征的研究》。”宪三断言，“但你的推测是正确的。我的确把那个当成了诱饵，我考虑过你们找到那个以后就会离开，也不会再来搜屋了。”

“也就是说，”伯朗说着舔了舔唇，“在这座房子里还藏着另外一件东西？”

“一件更重要的东西。”宪三说，“十六年前，我没能找到的东西。”

十六年前——祯子去世的那一年。

比康治的报告书还要重要的东西是什么？在这一连串的事情里，至今还下落不明的东西，那就只有一样。

“莫非是我爸爸画的画？标题是‘宽恕之网’。”

宪三双手放在膝盖上，挺了挺背，压低了下巴。

“是的，那是禁忌的画，不是人类能画的。”

“什么意思？”

宪三痛苦地皱起了眉。

“也对，或许跟人说了也好，让人知道有这么一件东西存在或许并不是坏事。”他自言自语似的嘟哝着，又抬起头看着伯朗他们，“你们不如坐下吧。我刚才也说过，这个故事会很长。”

伯朗和枫对视了一眼，她摇了摇头。看到她的反应后，伯朗对宪三说：“我们这样就好，请说吧。”

宪三叹了口气，开始说道：“我和你的父亲——一清先生一直关系很好。他也喜欢喝酒，所以我们两个经常一起喝酒。他得了脑肿瘤以后，我很担心他。他在家里疗养的时候曾多次陷入精神错乱状态，有时候正好被我遇上，我就和祯子女士一起把他制伏。但从某个时期开始，这种事就不再发生了。根据他本人的说法，是因为接受了特殊治疗。我说这样挺好的，但他表示，虽然他不再精神错乱，但取而代之的是经常会有奇怪的图形浮现在脑海里。于是我问他是什么样的图形，他却说那是没法用语言描述、朦朦胧胧的图形，似乎有形却又无形。我也就听过算了，只说如果是这种程度的副作用也没什么，不用太介意。但有一天，当一清先生看到我手上的书后，忽然变得很怪。他先是一动不动，然后身体开始颤抖。我问他怎么了，他也没反应，我很紧张，担心他是再次病发陷入错乱。他很快就清醒了，但双眼发红，然后指着书的封面，十分兴奋地问我：‘这是什么图形？’”

“那本书的封面上画着图形吗？”

“确切地说和图形有点儿不一样，但用‘图形’这个词形容，你们比较容易想象吧。我简短地说明一下那是什么样的东西。首先，我希望你们脑中出现数字，先是 1，然后，在它的右面是 2，再在 2 的上面放一个 3。”宪三用指尖在空中写着数字，“然后在 3 的左面是 4，再左面是 5，接着把 6 放在 5 的下面，6 的下面是 7，7 的右面是 8，再右面是 9，继续往右是 10，然后 10 的上面是 11……就像我说的那样，把数字按照顺序像画螺旋一样地排列。这个可以无限地排下去，想排多少都行。”

伯朗诧异地歪着头思考：“这样就能成为图形吗？”

“光是这样还不行。接下去要在这些数字里，用黑圈勾出质数，剩余的擦掉。这样就完成了。”

伯朗虽然试着用大脑去想，却画不好。

身旁的枫摇头道：“不行，想象不出那是什么。”

“我也是。”

于是宪三用手指着枫。

“你有智能手机吧？可以查一下，立刻就能查到。关键词是片假名的ウラム。你试试看查找‘乌拉姆螺旋’。”

枫拿出手机开始操作。看着她，伯朗忽然察觉到一件事。

“乌拉姆？康治对我说的那句听起来像是‘明人，不要怨恨[1]’的话……”

宪三微微一笑：“很像吧。我想那多半说的是‘乌拉姆’，而你则听错了。毕竟是从没听说的词，也难怪。”

“有了。”枫说着把手机屏幕对着伯朗。

看起来的确像是图形，但再仔细一看，它却是由无数黑点构成的。黑点的排列与其说是随机，不如说更像是有着某种规律、不可思议的画。

---

1 不要怨恨的原文**うらむな**与乌拉姆螺旋（**ウラムの**螺旋）开头几个字发音接近。

“这是在一九六三年，由数学家斯塔尼斯拉夫・乌拉姆发现的。其明显的规律，有时候会被用于发现质数。”宪三沉重地说道，“然而，直到过了五十多年的今天，我们仍然完全不知道，为什么会出现这么奇妙的规律。”

“为什么我爸爸会在看到这幅画以后兴奋？”

“用一句话概括，是因为他受到了神的启示吧。他是这么说的，在他脑中时隐时现的图形终于成形了。就在那以后，他再次开始画画了，只不过那幅画的内容和他此前的作品完全不同。”

“那就是《宽恕之网》。”

宪三点头。

“那幅画不像是出自人类之手，图形精细得令人心生恐惧。一清先生说，这幅画的表现方法修改自乌拉姆螺旋。我问他怎么修改的，他却说没办法用语言表达。‘宽恕之网’这个标题，也是出自他特有的幽默感。乌拉姆——日语里是‘怨恨’的意思，所以他就用了与之反义的‘宽恕’一词。而‘网’大概是指表现方法，但具体的我也不是很清楚。总之，我是真的被震惊了，‘宽恕之网’和乌拉姆螺旋不一样，它没有模棱两可的地方，有着完美的法则性。也就是说，它表现出了质数的分布法则。这不仅是对数学界，对整个人类来说都是大事。所以我对他提出忠告，希望他不要把这幅画的事告诉任何人。”

伯朗想起和一清之前的对话。当自己在问他画什么时，父亲回答说他也不明白。他还说他在画他也不明白的东西，是上帝要求他画的。那是因为面对孩子，他只能这么回答吧。

“当完成那幅画的时候会怎样？对此我既害怕又期待。但是某一天，一清先生却说他不画了。我问他原因，他说是感到害怕了。虽然他执笔作画的时候浑然忘我，但也渐渐感到自己不小心闯入了不能进入的领域。我又详细地问了问，他似乎用他自己的方式去了解了质数，也理解了自己正在做什么。”

“然后……怎么样了？”

“没怎么样。他都说不画了，我也不可能硬逼着他画。质数是无限的，所以《宽恕之网》和乌拉姆螺旋一样，原本就是永远不会完成的作品，早晚都得在某个地方停下，所以并没有区别。而在这期间，一清先生的情况开始恶化，很快就去世了。虽然这件事也让我很吃惊，但对我来说，有一件事却对我造成了更大的冲击。”

“那幅画……《宽恕之网》消失了。”

听到伯朗的话，宪三点了点头：“正是。”

“因为我一直都假装自己不知道《宽恕之网》的事，所以只能若无其事地向祯子女士打听，但她说不知道画的下落。我很沮丧，心想一清先生可能不仅不画了，还把画处理掉了。虽然我很舍不得，但也只能放弃。之后过了十几年，这期间祯子女士再婚了，明人君也诞生了。”

“十几年……感觉故事一下子跳了很多。”

“这期间真的什么事都没有发生。我平稳地过着日子。隔了十几年，再次打乱我心境的是明人君给我看的一张照片。照片上正是《宽恕之网》。他说是他从祯子女士的相册上揭下来的。因为他感到画上的图形和数学有关，所以想给我看看。我假装平静，表面上跟他说这看起来和数学没什么关系，但内心却无比激动。因为那照片上的日期是一清先生去世后很久。我开始想，那幅画莫非还在。如果还在的话会在哪里呢？如果是祯子女士刻意藏起来的话，那就只能在小泉的那座房子里。这个想法出现后，我便开始坐立难安。我知道小泉那座房子平时没人，而顺子有钥匙，所以我就偷偷地潜入寻找那幅画。”

“这是十六年前的事。”宪三加了一句。

伯朗渐渐地理解了事情的大概，觉得自己或许能想象出十六年前这座房子里到底发生了什么。不过，要具体说明还需要其他信息。

“但是你没有找到画吧？”

“没找到画，却找到了那份研究报告书，被很慎重地收在衣柜里。但那个时候，我并没有想要带走它。说到底，我的目标是《宽恕之网》。之后我又找时间潜入过几次。”

“难道说，这件事被妈妈发现了？”

伯朗想起在祯子去世后，康治说过她最近突然关心起小泉的这座房子。

“看起来是这样，虽然我很注意不要留下痕迹。有一次，当我正在查看佛龛后面时，忽然感到身后有人，我一回头，看见祯子站在那里。我吃了一惊，感觉心脏都要从嘴里飞出去。但她看起来却一点儿也不吃惊，只是很悲哀地说：‘果然是宪三先生吗……’”

“果然？”

“据说管理这房子的人跟她说，这房子的灯不时会亮，问她是不是最近来得很频繁。虽然祯子女士完全没有来过，不过还是搪塞了过去。然后她开始想，如果有人偷偷潜入的话，那会是谁，目的又是什么？如果目标是报告书，那么应该早就拿走了。很快她就得出了结论，是为了《宽恕之网》。”

"也就是说，这幅画果然是在这房子里？"

"据说一清先生把画的秘密告诉了祯子女士。一清先生说，那种东西是不可以画的，然后把画交给祯子女士处理，但祯子实在没法自己处理，于是就藏在了这座房子里。她心想侵入者或许是察觉到这一点的人。那么，会是谁呢？知道《宽恕之网》的人原本就很少。于是祯子向顺子打听了我的行程，锁定了我可能会潜入的日子后在这里守株待兔。"

那个时候发生过这种事吗？伯朗对这一切都感到震惊。当时的自己，正以兽医为目标，愉快地享受着求学生活。

"那么，姨夫你是怎么解释的？"

宪三无力地摇头："我没有理由去解释，一句话都说不出来。祯子女士拿起电话，说是要打电话。"

"给警察吗？"

"不，"宪三说，"给顺子，她说要把事情告诉顺子。如果她说要报警，我或许还能再冷静一点儿。但她说出顺子的名字后，我慌了。我不想这种事被顺子知道。她很尊敬我，如果知道我以偷窃为目的潜入她的娘家，一定会失望，会看不起我……"

"反正被警察逮捕的话，阿姨也同样会知道……"

"是这样没错，所以我才会一片慌乱，接着祯子女士又说了让我更心慌意乱的话。她说等顺子把我领回去以后，她就要销毁那幅画。她说要把画烧掉，还说已经把相册里的照片烧掉了。我恳求她不要这么做，我劝她，说那是人类的瑰宝。但她不肯改变主意。她用翻盖手机拨起了电话，我想要阻止她。为了抢手机，我们开始推推搡搡。”

说到这里，宪三合上眼，不作声了。他似乎在犹豫要不要继续讲下去。

“请把一切都说出来。”伯朗说，“我已经做好准备了。”

宪三缓缓地睁开了眼。“其实……”他慢吞吞地说，“我也不是很清楚发生了什么。等我回过神来时，我倒在了走廊里，祯子在我的身体下面。看起来我们是在推搡过程中一起摔倒了。我站起身，但祯子一动也没动。”

“难道她就这么死了……”

“不，她还有气。不过因为撞得不巧，引发了脑震荡。如果那个时候——”宪三双手抱头，“我立刻叫救护车的话，祯子女士应该就得救了。但那个时候的我却没有想到这一点，不仅如此，我首先想的是把她就这么留在这里后逃走。我之所以没有那么做，是因为想到这样做，事情会很麻烦。如果她恢复了，那我就完了。而且，她还会烧了《宽恕之网》。那么，我应该怎么做呢？我得出的答案，作为一个人，这种答案是不会被原谅的。我虽然很明白，却还是行动了……”他抱着头，耷拉着脑袋，“我把祯子女士搬去了浴室。我脱了她的衣服，让她睡在浴池里，然后放了热水。等待她的身体完全浸入水里的时间漫长得可怕。我担心她会不会中途醒来，但脑中又在思考如果她恢复意识，那么就停手，这样我就不用成为杀人凶手。但最终，她没有醒来。确认了这件事，我消除自己的痕迹后离开了那座房子。当时，我带走了那份报告书。我指望着万一被认定是他杀时，可以把嫌疑转移到矢神家的人身上。”

痛苦地说完以后，宪三有一阵都保持相同的姿势不动。过了一会儿，他放下双手，抬起了脸，但让人感觉不到一丝生气，看起来就好像失了魂。

宪三的话合情合理，很有说服力，但伯朗觉得毫无真实感。或许也正因为如此，他也感觉不到愤怒、懊悔以及悲伤这一类的感情，只有无尽的震惊占据了他的心。

“今晚你来是为了找《宽恕之网》？”

“严格来说，首先是为了确认。就跟你刚才推理的一样，我听到你对顺子说的话以后，就在想莫非小泉的房子还留着。虽然半信半疑，但忍不住想要确认。我驾驶着我的车过来一看，不由得大吃一惊。房子没有被拆除，它真的还在。虽然不知道康治先生为什么要撒那种谎，但这么一来，在我脑中浮起的就是那幅画的下落。我坚信它现在都被藏在这里，同时，也很在意你的行动。既然你那么晚都来拜访，那就表示你可能明天来搜屋。你问顺子有没有可以藏东西的秘密地点，还说不用很大的，而是可以藏文件之类的地方。因此我估计你的目的不是画，而是报告书。所以，我就把偷偷藏了很多年的报告书带到这里，并且藏到了阁楼里。我想你们找到报告书后，就不会再靠近这座房子了。我打算之后再慢慢找画。然后你们又出现了，真是吓了我一跳。如果我再多磨蹭一会儿，就会被你们发现了。你们站在房子前面的时候，其实我就躲在房子的后面。”

“你就不惜做这种事也想得到那幅画吗？”

宪三露出空虚的笑容。

“你们是不会懂那幅画的价值的，那幅画上画着真理。如果可以解析那幅画，那么何为质数这个数学界最大的谜题就能被解开，甚至可能解决多年的难题——黎曼猜想。”

“所以你就监禁明人君，”枫问，“想从他手中抢走那幅画。”

宪三神色诧异地转向她。

“你登场的时候，我很惊讶。因为我没听说过明人君结婚的事，而且你说他还在西雅图。我觉得很奇怪，心想这是怎么回事，为什么你要撒这种谎。”

“你监禁了明人？”伯朗问。

“不用担心，我让他们不可动粗。虽然谈不上舒适，但应该是不会影响健康的环境。而且他很快就会被释放。”

听宪三的说法，他还有同伙。

“所以伯朗君也陪着这个女人一起撒谎了吧。”

“为了寻找明人，我们演了一出戏。我们本来以为他的失踪和矢神家有关，没想到竟然是姨夫……”

“你还肯叫我姨夫吗？”宪三的眼中流露着悲伤，他环视室内，“我在想，如果我能再早一点儿知道这座房子还在……我彻底被那张照片骗了，就是化为平地的那张照片。我以为这座房子不在了，所以就认定画在康治先生的手上了。如果康治先生去世了，那么所有的遗产就都属于明人君，画也会被交到他手上。明人君不只拥有数学方面的才能，在电脑方面也是权威。如果他得到《宽恕之网》，或许就会察觉到其中的秘密。能预防这个情况的办法只有一个，那就是比明人君更早地找到《宽恕之网》。只要能找到，那么就能阻止画被交到他的手上。因为那幅画真正的继承人不是明人君，而是你啊。”他指着伯朗，“虽然这么说很失礼，但我不认为你能理解那幅画的价值。一清先生的画都保存在我家，我预想那幅画也会被送来我家。”

“也就是说，你打算在康治去世整理遗物期间监禁明人。”

“就是这么回事。但真的不能做坏事，一切都失算了。康治先生总是不死，还出现了一个自称是明人君妻子的女人，而最大的失算就是这座房子了。如今我也终于知道自己没能成为一个数学家的理由，我没有读懂事物反面的才能。”他的微笑好像在自嘲。

伯朗看着自己周围：“那幅画真的藏在这座房子里吗？”

宪三歪着头：“到底是不是呢？到这一步，我也没有自信了。也可能在很久以前就已经被祯子女士处理掉了。”

“大哥。”枫叫他，“我报警了，可以吗？”

伯朗看着她神情骇人的脸蛋，又转向面容憔悴的宪三，再次望着她说：“可以，就这么做吧。”

枫拿着手机走去隔壁房间。伯朗低着头，不忍去看宪三的脸。

就在这时，他忽然闻到一股挥发性的刺激气味。他看向宪三，宪三似乎碰了脚边的某样东西。

“你在做什么？”

宪三凹陷的双眼望向他。

“看到你们走进这座房子的时候，我想起了一件重要的事。报告书被找到后，这房子对你们来说就没用了。这么一来，到了明天，这房子的存在就会世人皆知，或许还会被交给别人去管理。这么一来，我就没有找画的机会了。不仅如此，这房子还有可能被拆除。也就是说，能让我找画的时间就只有今晚了。所以，当你们在搜屋的时候，我去了加油站。”

“加油站？”

“如果今晚找不到，我就打算这么做。”宪三似乎推倒了什么东西。

液体忽然在地面扩散，伯朗感觉是煤油之类的液体。宪三推倒的是装有煤油的塑料容器。

“我会接受惩罚，但我不想对这个世界还有留恋。明知那幅画的存在却无法与之相见，这令我很痛苦，我也不想再让其他人见到它。”

根本就来不及出声。伯朗起身的时候，宪三已经把用打火机点燃的纸片扔在了地上。

“轰”的一声，巨大的火焰熊熊而起，明亮得令人目眩。哇！伯朗跳着往后退。

“他在做什么？”枫赶过来问。

“他打翻煤油后放了火。”伯朗叫道。

“你们快逃。”宪三平静地说，“我要死在这里。”

但枫靠近宪三，抓住他的手腕：“站起来。”

“不用管我，我要在这里接受惩罚……”

宪三还没说完，枫就给了他一巴掌。

“开什么玩笑，你这臭老头，来，站起来！”

“不，我刚才也说了，我站不起来。”

枫咂了咂嘴，一边拉着宪三的右臂，一边背对他快速一转，然后使出类似柔道中的一本背负投的招数，把宪三扛在了背上。

伯朗错愕地看着她。她怒目圆睁，对着伯朗吼：“你在干什么？快逃！”

伯朗回过神来，转身就跑。他背上感受到的热量，大概是因为火势正在蔓延吧。但是他没工夫回头确认，只是冲着玄关跑去。

慌忙穿上鞋后，伯朗转过身。令人吃惊的是，扛着宪三的枫竟然紧跟而来。伯朗打开玄关门后，她抓起运动鞋就赤足跑了出去。

走到门外后，枫把宪三放下。虽然宪三是个瘦小的老人，但也有五十千克了吧。可枫的呼吸丝毫不显紊乱。枫取出手机开始拨打电话，她打的似乎是 119。她打电话时的语气冷静，用词简洁，简直就跟播音员一样。

伯朗看着眼前的房子，从外面还无法确认里面的火情，但定睛一看，却能发现有烟冒出。不知是不是错觉，空气中似乎飘着焦味。

这样一来，这座房子也彻底结束了。他恍惚地想着。

虽然没有特别深刻的回忆，要说的话，这里是母亲去世后的伤心地。离奇的死亡如今已证实为他杀，但他完全没有真实感。

他回忆起玩空气枪的时候，隔扇被他射得全是洞后，他又对准佛龛射击，然后被祯子骂了一通——

他把隔扇射得全是洞？

那扇隔扇现在怎么样了？有很长一段时间，那几十个洞一直都留在上面，但刚才发现没有了。隔扇被人仔细修复过了。他回忆起贴在相册里的一张照片，康治来这里时的照片，拍到了佛堂里的众人，那扇隔扇也很新。因为来了重要的客人，如果隔扇上全是洞就太丢脸了。

难道说——下一个瞬间，伯朗已经冲了出去。身后传来枫的叫声，他没有理睬。他忍不住要去确认。伯朗打开玄关的门，冲进了屋里。

屋里烟雾弥漫，大概由于某处的电线短路，电源总闸也落了下来。

但是走廊深处依旧很亮堂，当然，那是因为屋内正在燃烧。

伯朗拿起那把园艺铲子，穿着鞋直接踏进佛堂。里面的起居室正在熊熊燃烧，火焰直蹿向天花板，但所幸的是，佛堂总算还没事。

他靠近佛龛旁的隔扇，使出全力把铲子的前端戳向隔扇，然后把手指伸入破裂的地方，用力一扯，但是里面什么都没有。

接着，他又把旁边的隔扇弄破，但结果也一样。当他对着再旁边的隔扇挥动铲子时，忽然感到脚下一热。伯朗低头一看，榻榻米已经开始燃烧了。伯朗不由得跳着往后退。

伯朗一边避火，一边用铲子劈向隔扇。这次的手感和之前完全不同，很明显隔扇被加固过。

伯朗双手拿着铲子，使出浑身力气地戳了隔扇好几下，然后“啪”的一声，隔扇终于破了。他抓着破洞的边缘前后晃，隔扇破得更厉害了，被撕出了一个几十厘米长的洞。

他心跳加速，从破洞的一头，看到一个无比精细的图形。同时，他的记忆也苏醒了。没有错，这就是小时候看到的那幅画。

正当他要把破洞再弄大的时候，头上忽然传来“咯吱咯吱”的声音。伯朗抬头一看，天花板已经快要塌了。

伯朗赶紧往后一退，说时迟，那时快，燃烧的天花板掉了下来。那团火瞬间点燃了周围，甚至蔓延到他的脚下，也烧到了藏着《宽恕之网》的那面隔扇上。

糟糕，伯朗想着，正要往隔扇靠近时，手臂却被人从身后抓住：“危险，快逃！”是一个男人的声音。

“你在说什么？《宽恕之网》就在那里——”伯朗说着转过身，

忽然就说不出话了。

抓着伯朗手臂的是一个他很熟悉的人。尽管这样，伯朗在一瞬间还是不知道他是谁，因为那是个不该出现在这里的人。

“画就随它去吧。”明人说话时事不关己的眼神依旧和小时候一样，“区区一幅画而已，快逃。”

伯朗的思考已经停止了，他已经一头雾水。然后，他就默默地被拉出了那座房子。

29

到屋外时，消防队员的身影出现在眼前。看来消防车已经赶到了。他们大声叫唤着四处奔走，其中有一个特别强壮的人过来问伯朗：“没受伤吧？”

“我没事。”伯朗回答。

“里面还有人吗？”

“没了。”

消防队员点了点头：“这里很危险，请离开。”说完就向同伴们发出指示。其他队员都训练有素，他们各司其职，一举一动都没有多余的动作。

走出大门后，伯朗看见路上除了停着消防车以外还有警车。可能是因为听到警笛，附近的群众也都聚了过来。

不，这种事都无所谓了。伯朗再次看向刚才还拽着他手臂的人，挺直的鼻梁，瘦削的下巴，身高比伯朗略高一点儿。

“你……为什么会在这里？”

明人的脸上浮起了害羞的笑容，很快又正色说道：“让你为我担心真不好意思，但这样一来，事情就解决了。多亏了哥，谢谢！”

“说什么谢谢……”

伯朗不知为何会被谢，正觉得一头雾水。诸多疑问接二连三地涌向心口，伯朗不知道应该先问哪个。

身穿制服、一脸严肃的警察走向伯朗他们:“你是手岛伯朗先生吧。”

“是的。”伯朗困惑地回答。

“总部下令带你回警署，能请您同行吗？”

“哎？为什么？”

“理由没有告诉我，只是下令带你回去，还请配合！”

“请等一下，我的车还停在这里。”

“我知道。钥匙已经交由我保管，我会让部下开车送你去警署。”

伯朗迷惑了，这到底是什么情况？

“有请。”警察摊开手心，催着他上警车。伯朗只得停下思考，慢吞吞地迈出脚。

坐到警车的后车座后，伯朗开始打量周围。他没有看到枫和宪三的身影，却看见了一个意料之外的人，是勇磨。他站在路边，正一边利用便携烟灰缸抽烟，一边观看灭火行动。为什么应该独自开着奔驰回去的勇磨会出现在这里？伯朗完全无法理解。

到达镇子里的小警署后，伯朗被带到了一个类似会客室的房间。警察先给他送上一杯温热的日本茶，然后又告知他要在这里等一会儿，但一直都没有人来。伯朗坐在看起来就很廉价的沙发上，渐渐地觉得困了。回头想想，他一直都睡眠不足。

实际上，他也睡着了。等醒过来的时候，他已经躺在沙发上，身上还盖着条毛毯。

伯朗揉了揉眼，站起身。然后，他发现竟有人站在窗边，不由得一惊。那人背对着伯朗，似乎正在欣赏黎明时分的小镇。

伯朗看了看钟，马上就要早上七点了。

“真是一头雾水。这里是警察署吧，我好像做了个噩梦。”

“你没事吧？叫人端杯咖啡来吧。”

“也好，不，还是算了。比起这个——”伯朗抬头看着明人，“我倒是想问一问你的事。”

明人点头，从窗前走到伯朗的对面坐下。

“我也是这么想的，所以决定由我来说明，但到了这里以后，只听到哥震天响的呼噜声。”

“我已经醒了。”伯朗双手放在膝盖上，挺直了背，“说吧。”

明人做了个深呼吸，然后盘起双腿开口。

“因为工作，我从去年夏天就一直在西雅图。虽然很担心老爸的病情，但也无可奈何。我拜托过波惠姑妈，让她万一有什么情况就联络我。最近我被告知老爸的情况恶化，随时都可能去世，于是就赶紧回了国。”

“这事我已经知道了，我想听接下来发生的事。”

“到了成田机场后，有两个男人在等我。他们是警视厅的人。然后，他们告诉了我始料未及的事。据说有人企图绑架我、监禁我。”

听他突然冒出这么可怕的字眼，伯朗缩了缩身子：“怎么回事？”

“根据他们的说法，警视厅的网络犯罪对策课收到消息，内容是有人正通过互联网招募肯参与绑架、监禁某人的同伙。调查以后发现，确实存在这样的网站，也找到了相关内容的投稿，但不知道投稿的内容是否属实，如果只是乱写就无法定罪。于是警方设了个圈套，扮成去应募工作的人与之接触，想要查明对方是什么人。但对方很慎重，只是自称‘协调人’，怎么都找不到蛛丝马迹，而且他所使用的手机很可能是一次性的。警方的负责人和他多次用邮件沟通，最后掌握到目标是一个叫矢神明人、居住在西雅图的男人，同时也掌握了他在日本的居住地以及预计即将回国的消息。”

明人淡淡地讲述着，伯朗不可思议地望着他的嘴角，虽然在听宪三的坦白时，他也觉得很没有真实感，而此刻听到的事情，他更感觉如同虚构的小说。

“相反，对方——‘协调人’询问了有关绑架监禁计划的详细内容，他说如果能让他满意就会委派工作。只不过他提出了条件，绝不能让目标受伤，监禁期间也不能影响目标的健康。监禁时间还不明确，但快则两三天，长也就一周左右。报酬一百万日元会在监禁成功后支付，监禁时间如果超过一周，每增加一天就会多支付十万日元。警方觉得这如果是恶作剧也太过细致，于是决定和目标进行接触。然而，目标已经从西雅图出发，于是他们就守在成田机场。”

“你觉得是谁想监禁你？”

“警察问过我一样的问题。他们问我对犯人是谁有没有头绪。我回答说没有。于是警方就确定了绑架监禁的详细计划，用邮件发送给了‘协调人’。他们计划监视目标的行动，在目标外出时数人齐上，把目标绑上小货车，然后关到事先准备好的位于郊外的独门独户的隔音室，二十四小时看守。他们好像还发送了小货车和独门独户房子的照片。对方因此才放心，把工作委派给他们。至此警方确认‘协调人’是认真的。问题是，要怎么才能查明他的真实身份。警方提出的计划是，让我假装已经被绑架后监禁，然后观察对方的行动，还问我这样是否可行。”

“然后你就同意这个提议了吗？”

“我是有条件的。”明人说，“虽然想不出谁要监禁我，但我不认为和老爸死期将近的事无关。原本知道我即将回国的人就只有亲戚，这样一来，‘协调人’很可能就在这些人里面。这么一想，我脑中忽然闪过一个假说，应该说是我长年抱着的疑问再次冒头。哥你应该知道我说的是什么事吧？”

“妈妈的死因吗？”

“是的。”明人说。

“自从妈妈去世以后，我一直都没办法信任身边那些包括亲戚在内的人。我一直都怀疑妈妈是被人杀害的。所以我觉得这次的事可能也和妈妈的事有关。虽然这只是我的直觉，但我很确信这一点。于是我告诉警察，我可以协助他们假装被绑架监禁，但我希望他们能再次调查我妈妈的死因。警察虽然表现出了兴趣，却没有立刻答应我。毕竟那已经是十六年前的事，问题在于要怎么调查。”

明人说到这里的时候，忽然传来了敲门的声音。

“时机真是太巧了。”明人愉快地睁大眼，大声说，“请进。”

门开了。一名身穿制服的女警察走了进来：“我来晚了。”

听到她的声音，伯朗仔细端详着她的脸，然后，大脑在瞬间变得一片空白，他唰地站起身："咦？"

女警察正是枫。

她对伯朗露出害羞的微笑："你好，大哥。"

"我刚要说到你。"明人对枫说完，又转向伯朗，"就像我刚才说的那样，警方在为调查方法而犯愁，因为几乎没有可以被称为物证的东西。为了查明真相，就必须有人打入相关人员的内部。讨论到最后，他们选择了日本警察很少会采用的潜入调查。而且，是让女警察扮演我的妻子后潜入，这简直是前所未闻的调查方案。当我听说这件事的时候，我吓了一大跳。"

"我第一次听到任务内容的时候也很吃惊。我觉得上司的脑子坏掉了。"枫站着说，"虽然我扮演过女公关或者赛车皇后，但扮演别人的妻子可是第一次。听到他们的解释——凶手很有可能是自己人，这么做是接近真相的最好手段后，我也就同意了。"

伯朗摇头道："这是什么事……"

"给哥添麻烦了。起初我有提过就告诉哥一个人真相，但被告知不行。"

"尽量减少知情者是潜入调查的铁则。但因为必须取得手岛先生的帮助，所以我也很难受。对不起！"即使身穿制服，枫还留着螺旋小鬈发，此刻她态度诚恳地低下了头。

"那个自然也是假的吧？明人写的那张'我有一点儿事要出门'的字条也是假的吧？"

"因为我觉得，如果没有那么一张字条，手岛先生会对警方的不作为产生怀疑。"

“的确是因为有了那张字条，我才会接受你的说法，完全被骗了啊。”

“不好意思……”

“也就是说，”伯朗看着明人，“你还是单身？”

“是的，我工作很忙，没空交女朋友。我是一个人从西雅图回来的。”

“是这样啊。但是不对啊，如果是这样就讲不通了。那个是怎么回事？勇磨说他在当地进行了调查，确认你是和新婚妻子一起回国的。”

明人点了点头，用眼神示意枫继续往下说。

“他什么都知道。”她说，“他在当地调查，确认明人先生还是单身后，就来逼问我。潜入调查的身份暴露的时候有两种应对方法，一立刻消失，二请求对方协助。我和上司商量之后选择了后者。所以我把一切都告诉了勇磨先生。当然，我们也没有排除他就是‘协调人’的可能性，但这是在多番考虑后的选择。”

“他就很听话地帮忙了？”

枫点头道：“他说为了亲戚可以两肋插刀。”

伯朗低下头，想起自己对勇磨说过很多过分的话。

“昨天我们三个人正在制订今后的作战计划，”明人说，“就在我房间里，然后被哥的突然到来打乱了手脚。勇磨先生也就算了，我还不能被人发现。于是我赶紧躲进鞋柜，又趁哥和勇磨争吵的时候偷偷从玄关离开。”

伯朗回忆起明人房间的玄关处有一个很大的鞋柜。

“那么，你刚才会在那座房子的附近出现是因为……”

“我是坐勇磨先生的车来的。各位在搜屋的时候，我一个人可无聊了。虽然勇磨先生很快就拿着那份报告书回来了，但没多久又收到枫小姐的信息，说哥下车后又走着去了那座房子。我们奇怪是怎么回事，于是也回来了。”

所以勇磨才会出现在刚才那个地方吗？伯朗恍然大悟。

“你听到了我和那个人……兼岩宪三的对话吗？”

“我是实时听到的。枫小姐有两部手机，其中一部一直都保持和我通话的状态。所以，《宽恕之网》的事，还有妈妈去世的真相，我都听到了。”明人叹了口气，“真是让人难受的内容。”

“有一件事你得告诉我，关于小泉那座房子的事。你早就知道那座房子还留着吧？”

“嗯。”明人承认道。

“毕竟是我拜托，说希望能留下那座房子的。我觉得某一天要对杀人案立案的时候，它可能会有用。而老爸也觉得留下这座房子比较好。不过他的理由和我的完全不一样，老爸说，那座房子里有对妈妈十分重要的东西。当时我也不懂他在说什么，大概老爸知道《宽恕之网》的事，觉得它被藏在那房子里的某个地方吧。”

“为什么你们要隐瞒那座房子还在的事？还伪造了变成空地后的照片？”

“那是因为……”明人摊开双手，“真凶可能就在身边啊。我们假装房子被拆除，是想让他放松警惕。虽然不是不相信哥，但这种事就要做得彻底才行。”

“彻底被你们骗了。”

“但如果哥一直都不知道那座房子还在，那么这次的调查就不会有进展，所以枫小姐就引导着哥找到了那座房子。”

伯朗吃惊地盯着枫看：“是这样的吗……”

“对不起。”她再次低下头。

“为了让调查能有进展，就必须把我知道的所有事全都让哥哥知道。向哥传达包括老爸曾经研究学者综合征的事在内的各种信息，也是她的工作。”

伯朗回忆起第一次去青山的公寓时的情景。

“这样一来，许多事情就都说得通了。”

“我能解释的差不多就是这些，你还有其他问题吗？”

被明人这么一问，伯朗思考了一下，但很快摇头说：“现在没有。或者可能有，但现在想不起来，毕竟发生的事情太多了。”

“也是。”明人说着站起身。

“我接着要和警视厅的人开会，就此告辞。我想哥还有很多事情想问枫小姐，就把她留给你啦。”他说着对枫使了个眼色，“那么回头见。”明人说完走出了房间。

房间里只剩他们两个，枫还是站着，她有些不自在地垂着头。

“坐吧。”伯朗说。

“好。”枫迟疑了一下，然后回答，“失礼了。”说完，她坐到了刚才明人坐过的地方，但还是没有抬起头。

女警察的制服很简朴，裙摆很短，而且她还穿着丝袜。即使这样，伯朗还是无法忽略她的性感。因为他太了解她光着腿是什么样的，也知道她身穿合适的衣服时会有怎样的曲线。

“那个，”伯朗开门见山地说，“首先我要说，我非常吃惊。”

她点头道：“对不起。”

“不客气地说……怎么说呢？我被你……耍得很彻底。”

“对不起。”

“我以为你是明人的妻子，对你各种照顾，也担了不少心。”

“对不起。”她还是低垂着头。

“你把头抬起来，我没有生气。”

枫惶恐地抬起头。彼此的目光才对上，伯朗就别开了视线。他很清楚害臊的其实是自己。

他看了枫的左手一眼，无名指上的戒指不见了。

“那枚蛇戒呢？”

“那是为了人设而准备的小道具。”

“是吗？”

听到她这么干脆的回答，伯朗感到沮丧。回头想到自己曾对那人设如此倾心，他甚至觉得自己是世界上最大的傻瓜。

“虽然我想问你的问题很多，但首先还是问我最想知道的事吧。”伯朗调整了呼吸后说，“全都是在演戏吗？”

“是的。”她先是顿了顿，才回答道，“是演戏，我不是明人先生的妻子。”

“你想明人哭了的时候也是在演戏？”

“是的。”

“真是厉害。”

“因为这是任务。”

“给我的那一耳光呢？那也是出于任务而演的戏？”

枫沉默了，她微微侧着头，仿佛正在自己问自己。

"到底是怎样？"伯朗再次追问时，枫的目光直直地迎向了他。

"潜入调查员，"她开始讲述，"被要求做到随机应变地应对各种突发情况。虽然最终目的是破案，但不同场合下优先考虑的事不一样。最糟糕的情况是被怀疑，这是要想方设法避免的，而不被怀疑的最好办法，就是完全进入角色。这一次，我就彻底成了明人先生的妻子。我没有思考过如果是他的妻子应该会怎么做，因为我就是他的妻子，而我所有的行动也都是如此。我觉得那个时候……在打你脸的时候，我应该也是这样的状态。我之所以要说我觉得，是因为我自己也不是很明白。有时候，我们是凭本能行动的，如果不这样就会反应不过来。"

那么昨晚是什么情况呢？他很想这么问。就在伯朗要对她表白心意的时候，她却说："今晚就说到这里好吗？"然后又加了句，"现在还没到听后面话的时候。"她是在怎样的心情下说出那番话的呢？

但是他却说不出口。不管怎么说，整件事对她而言就是任务，没有更多，也不会更少。

"我明白了，工作辛苦了。"这不是讽刺，他真的觉得这项工作很辛苦。

30

在这个一波三折的案件告破两天后的上午，伯朗接到了明人的电话——康治去世了。清晨，他在明人和波惠的守护下停止了呼吸。

"他能撑到事情解决后真是太好了。如果是在那之前，我一定会因为没法露面而为难。”

“难道就算康治去世，你都要陪他们演被人监禁的戏吗？”

“我已经做好心理准备了。毕竟，这是可能解开母亲去世之谜的最后机会。”

“如果是那样——”伯朗说到一半停下了。

“什么？”

“不，没什么。守夜和葬礼安排得怎么样了？”

“正在安排。守夜是今晚，等决定后我再通知你。”

“我知道了。”

挂了电话后，伯朗呼地吐了口气。

伯朗想问他，如果康治死于案件侦破前，他是不是打算让枫作为自己的妻子出席守夜和葬礼。但他又觉得现在问这种问题已经没有意义，所以没有说出口。

伯朗完全不知道在那之后，案件是如何处理的。而牵扯到自己的，就是被警视厅问了话。当然，负责的不是枫，而是几个完全陌生的警察。同样的事被反复询问，这使得伯朗十分焦躁。但在那之后就再也没有人联系过自己，或许他的任务已经结束了。

顺子正在住院，据说她在知道宪三被逮捕后病倒了。昨晚，伯朗去探望了她。她的脸色很差，情绪也十分低落。因为她想知道详情，所以伯朗一五一十地告诉了她。不过事情太过错综复杂，伯朗也不知道她是不是能完全理解。但是，她似乎明白了是宪三对数学的走火入魔导致了祯子的不幸离世。

“那人从年轻时就这样，为数学付出自己的人生……付出得太多了……”她的声音因为泪水而哽咽。“等可以会面了，我想和他谈谈。”她坚定地说。

而矢神家的人应该都由明人解释过了。虽然这对他们来说是非常有冲击力的故事，但最令他们震惊的应该是枫吧。伯朗想象着，被她耍得团团转的并不只有自己。

“医生。”有声音从背后叫他，转身一看，荫山元实正站在那里。

“你午饭吃什么？我正想去便利店买点儿三明治什么的，要我带东西回来吗？”

“是噢。”

伯朗仰望着女助手的脸，把事情的始末告诉了她。虽然在听的过程中，她几乎一直都面无表情，但在知道枫的真实身份后还是微微瞪大了眼。

“要不去那里吧，之前说过的荞麦面店。”

“啊，那也不错。”

“还有，”伯朗顿了顿后又继续说，“下次一起吃个饭吧。我不是说午饭，而是晚餐，就我们俩好好地吃一顿。”

荫山元实冰冷的目光严厉地扫向他：“医生。”

“是。”他有不祥的预感。

她指着伯朗的脸：“你这一点很不好，陋习难改。你把女人当成什么了？”

“果然不好吗……”伯朗挠了挠头。

“我可以陪你去荞麦面店。请尽快收拾好。”

“啊，是，是。”伯朗从椅子上站起身。

荞麦面店就在地铁入口附近，可能是因为新开张，店内人很多。他们等了大约十分钟才入座。

点单后，伯朗陈述了今晚要守夜，所以想停诊的意思。

“如果是守夜，那就没办法了。反正今晚也没有预约。我知道了，你去吧。”

“请多关照。”

“顺带问一下，那件事怎么样了？”

“哪件事？”

“继承动物医院的事。是继续叫池田动物医院呢，还是改为手岛动物医院，你决定好了吗？”

“那个啊……怎么做好呢？”

“我希望你能尽快得出结论，院长的时间也不多了。”

“是啊。”

池田伯朗吗？这笔画很不吉利啊！他恍惚地思考着这件与事情没什么关系的事。

守夜在矢神家的檀家寺举行。伯朗久违地穿上丧服，跟着其他吊唁者上了香。在经过家属席位时，他与明人目光相对。明人似乎对着他微微一笑。

上香后，伯朗来到隔壁招待吊唁者的房间。虽然丧主应该是明人，但主持大局的是波惠。她活跃地来回走动，一一问候诸多吊唁者，举手投足都展现出了风度。

明人走了过来，往伯朗的酒杯里倒了啤酒：“那么多事真是辛苦你了。”

“彼此彼此。”

“之后你有听警方说过什么吗？”

“没，你听说什么了吗？”

“听到一些关于宪三的供述。”

据明人所说，宪三似乎丝毫也没察觉自己中了警方的圈套。他似乎还以为和自己邮件交流的人监禁了明人，正在等康治的死讯。他打算等康治死后，如果能在遗物中找到《宽恕之网》，就指使同谋者释放明人，但他没能算到枫的登场。他不知道枫为什么要隐瞒明人失踪的事，不知道如何应对。而且，他也没算到枫会住在明人的房子里。因为按照当初的计划，他们已经预定在释放明人之前弄乱他的房间，这是为了使警察认为这就是绑架监禁明人的目的。据说连承担这个任务的人都已经在网上招到了。

“原来是这样吗？不过最终，警方的潜入调查还是正中靶心啊。”伯朗交叉双臂，扭了扭脖子。

“不过对哥来说却是罪恶的作战呢。”明人若有所指地看着伯朗，一脸窃笑。

“那是什么？什么罪恶？你想说什么？”伯朗噘着嘴道。

“不用发火吧。我懂的。其实我也有点儿担心，毕竟是个美女，更重要的是性感，正是哥喜欢的类型。”

“你在说什么？你怎么可能对我的品位……”

“伯朗先生！”一旁有人叫他，是百合华，她走到伯朗身旁，彬彬有礼地低下头，“前几天是我失礼了。”

“没什么……”

“不过，我的直觉对了吧？怎么想明君都不可能娶那种女人当妻子。真是太好了。”她飞快地说完后，满脸沉醉地望着明人，似乎现在就想伸手揽住他的手臂。而明人好像也不是全无此意，害羞地微笑着。

忽然有人拍了拍伯朗的肩，转过身，只见勇磨站在面前：“哟！”

“晚上好。”

“要怎么说呢？真是戏剧化的一晚啊。我大概一辈子都忘不了。”

“同感。对了——”伯朗看看勇磨的脸，“那份后天性学者综合征的研究报告书怎么样了？”

“那个啊……”勇磨皱着眉转向明人。

“虽然很对不住勇磨先生，我还是请他放弃了把它用于商业的念头，暂时会由我负责保管。”

明人从外套口袋里拿出手机，操作了一番之后，把屏幕对着伯朗，屏幕里显示出一张写有文字的纸，文字如下：

天才未必会带来幸福。与其创造不幸的天才，不如为增加幸福的凡人而努力。

“这是写在报告书上最后一页的话。我把它当作老爸的遗言。”明人平静地说，然后收起了手机，“手岛一清先生为自己画了《宽恕之网》而后悔。他察觉到那是人类不可涉足的领域。和妈妈交往后听说了这件事后，老爸也开始对自己的研究感到疑惑，所以才把报告书托付给了母亲。既然这样，报告书就不能贸然给外人看。”

一旁的百合华赞叹道："明君真帅。"

"而且，"明人继续说道，"要说价值的高低，《宽恕之网》远远在报告书之上。所以我认为，妈妈所说的从老爸那里得到的东西，会不会是指那幅画。作画的虽然是手岛一清先生，却是老爸让他画的。"

"那幅画吗……"

大火被扑灭后发现，房子里的隔扇已经被烧光，《宽恕之网》更是被烧得不剩踪影。

"宪三先生似乎觉得或许你可以解开那幅画的谜。"

"那就不知道了。质数的谜啊……虽然很感兴趣，但我觉得目前人类要去涉足这个领域还太早了，老爸在医院里似乎也说过'明人不用背负'之类的话。"

"是的，我确实听到过。"

"我想，那大概是在说那幅画。意思是说，我不用背负那幅画的责任吧。这担子确实太沉重了……"

"如果连你都这么说，那就没人能背负了。"

"不管怎么说，我还有别的事要做，比如重振矢神家。"明人说着和勇磨对视了一眼。

勇磨双手往腰间一叉。

"我和明人商量过了，我们两个要设法重振这个已经走向衰落的家族。"

"原来是这样。"伯朗点了点头，然后望向明人，"这可真是要辛苦你了。"

"人无法独自生存。"明人说，"互相扶持的人生才会快乐。"

“少臭美啦。”虽然伯朗嘴上这么说，但脸上却是无法抑制的笑容，他感到很羡慕他们。

要回去的时候，又有人来和伯朗打招呼，是佐代。身穿丧服的她更显妖艳，伯朗觉得“未亡人”这个名词就是用来形容她的。

“和我说的一样吧，”佐代对着伯朗微笑，“那个女人不是普通人。”

“是啊。”他只能老老实实地承认，“不愧是您。”

“但是呢，”佐代在他耳边悄声道，“我觉得你们很相配噢。”

“啊？和谁？”

佐代没有回答这个问题，她哧哧一笑，说了声“那么下次见”以后就离开了。

31

土猫阿富是一只浅褐色的猫，体重五千克，很快就要满十五岁。虽然年事已高，但据说还有着可以跃上桌面的弹跳力，带它来这里是因为最近它的呕吐次数增多了。带它来的是一个三十过半的女人，身上穿的连衣裙虽然裙摆飘飘，但腰身处却有点儿紧，突出了她的肚腩。伯朗很想问她为什么会穿这种衣服。

伯朗抱起阿富，使它张开口，如预想的一样。

“稍微有点儿贫血。”

“啊？是这样吗？”

“血色不太好，用人类来形容的话，算是惨白。”

“这也能看出来吗？明明看起来毛茸茸的。”

“长毛的地方是看不出的，所以我才检查了它的牙床。看，你不觉得很白吗？”伯朗翻开阿富的嘴，“本来应该是粉红的。”

“哦？”

“它喝水吗？”

“喝很多。”

“小便呢？”

“也很多。”

“食欲呢？”

“啊，最近食欲有点儿下降。”

伯朗点了点头，把阿富还给她。

“验个血比较好，我怀疑可能是肾功能不全。”伯朗看到女人不安地僵着脸，又继续说，“不过，还算轻度的，靠摄入辅助品和食物疗法应该就能改善。”

伯朗察觉到女人的肩膀放松了，体恤饲主、防止他们过度神经质也是兽医的职责。

采了血后，伯朗目送阿富和饲主离开诊疗室，然后看向坐在角落的池田：“你有什么意见吗？”

池田摆了摆手。

“完全没有。你是可以独当一面的兽医，一切都可以交给你。”

“谢谢。”

“不过，不改名为‘手岛动物医院’真的不要紧吗？”

“我不是说了不要紧嘛。而且，池田动物医院的手岛代理院长在某天突然成为手岛动物医院的池田院长，这样的事情岂不是很烦人？”

“所以我想过就通称手岛嘛。”

“没事，我对手岛这个姓氏没有留恋。”

池田点了点头，站起身。

“既然是这样，那我就不再多说什么了。那么，请多指教。”他说着递过一个文件袋，里面是办理收养手续的文件。伯朗伸手接过。

“院长。”荫山元实说着从前台过来，“我有点儿事想和您说，能与您一起走吗？”

“虽然没关系，不过关于医院的事你问手岛君……”

“不，当前的院长是池田医生，拜托了。”

“你还是那么顽固啊。”池田苦笑着往里走。

荫山元实追在池田的身后，途中忽然停下脚步回过头。

“外面还有一个饲主，很抱歉，能否有劳医生去接待呢？”

“啊？我吗？”

“拜托了。”她说着消失在里面的房间。

“搞什么啊？”伯朗一边站起身，一边在肚子里发牢骚，他打开诊疗室的大门，“那么，下一位——”还没说出“请进”二字，他的声音就戛然而止，因为坐在那里的人出乎他的意料。

“你好！”

一头螺旋小卷的枫满脸笑容地对他挥手，明亮的黄色衬衫下是黑色的皮裙，衬衫最上面的两颗扣子没扣，露出了乳沟。而皮裙的长度，也是迄今为止最短的一条。

“都快看到内裤了噢。”

“看不到，我精确计算过。”

你计算什么了，他很想这么说。

“你来做什么？”

“这个。”枫指着一旁，那里放着一个白色的笼子，“我养宠物了，想请你给我点儿建议。”

伯朗交叉着双臂，看看笼子，又看看她：“你养什么了？”

枫一脸急切地打开笼子的门，把里面的动物弄了出来：“是这个小家伙。”

伯朗目瞪口呆，眼前是只粉红色的迷你猪。

“你……没听我说话是吧？”

“听了噢。但是店里的人说，这小家伙应该不会超过三十千克。”

“那种话能当真吗？快还回去！”

“不行不行，我已经对它一见钟情了，要我抛弃这个小家伙是不可能的。所以呢，小伯。”

“小伯？”

“店里的人说，最好找一个专门的医生，迷你猪似乎很容易生病，所以今后我们会打很长时间的交道。请多关照啦，小伯。”枫长长的睫毛对他闪了闪，交叉着的性感双腿换了个方向。

的确看不到内裤。